Hans Fallada

Dies Herz, das dir gehört

atb aufbau taschenbuch

Rudolf Ditzen alias Hans Fallada (1893–1947), zwischen 1915 und 1925 Rendant auf Rittergütern, Hofinspektor, Buchhalter, zwischen 1928 und 1931 Adressenschreiber, Annoncensammler, Verlagsangestellter, 1920 Roman-Debüt mit »Der junge Goedeschal«. Der vielfach übersetzte Roman »Kleiner Mann – was nun?« (1932) machte Fallada weltberühmt. Sein letztes Buch, »Jeder stirbt für sich allein« (1947), avancierte rund sechzig Jahren nach Erscheinen zum internationalen Bestseller. Weitere Werke sind u. a.: »Bauern, Bonzen und Bomben« (1931), »Wer einmal aus dem Blechnapf frißt« (1934), »Wolf unter Wölfen« (1937), »Der eiserne Gustav« (1938).

Es sollte eigentlich ein Film werden, mit Zarah Leander und Mathias Wieman in den Hauptrollen. In 16 Arbeitstagen, im Schreibfieber wie immer, bringt Fallada das Manuskript zu Papier. Am 5. November 1939 sendet er es dem Tonfilmstudio Carl Froelich & Co., doch sein Auftraggeber ist unzufrieden. Es gibt Änderungswünsche. Noch deutlichere Zugeständnisse an die NS-Propaganda oder wirkungsvollere Szenen für die Hauptdarstellerin? Über die Forderungen ist nichts bekannt. Fallada quält sich mit der Überarbeitung, doch dann bleibt das Projekt liegen, bis es 1994 vom Aufbau Verlag veröffentlicht wird.

Fallada schrieb hier ein Märchen, denn wo sonst könnte das Gute noch über das Böse siegen. In dieser einfachen Konstruktion legt Fallada das ganze erzählerische Gewicht auf die originellen Figuren und das Kräfteverhältnis zwischen den beiden Liebenden – Johannes und Johanna, Hannes und Hanne –, die sich schließlich als Gebende und Nehmende immer ähnlicher werden.

Hans Fallada

Dies Herz, das dir gehört

(Zuflucht)

aufbau taschenbuch

Mit einem Nachwort von Almut Giesecke

MIX
Papier aus verantwortungsvollen Quellen
FSC® C083411

ISBN 978-3-7466-2862-2

Aufbau Taschenbuch ist eine Marke
der Aufbau Verlag GmbH & Co. KG

1. Auflage 2012

Die Originalausgabe erschien 1994 bei Aufbau,
einer Marke der Aufbau Verlag GmbH & Co. KG
Umschlaggestaltung Mediabureau Di Stefano, Berlin
unter Verwendung eines Motivs von
ullstein bild – Wolff & Tritschler
Satz LVD GmbH, Berlin
Druck und Binden CPI – Clausen & Bosse, Leck
Printed in Germany

www.aufbau-verlag.de

Inhalt

Vorspiel
Der Auswanderer

Hauptstück
DIES HERZ, DAS DIR GEHÖRT

Erster Teil
Zwei Menschen lernen sich kennen

Zweiter Teil
Zwei Menschen lernen Vertrauen

Dritter Teil
Zwei Menschen bleiben beieinander

Personen

Frau Erna Wiebe, Besitzerin einer Eisenwarenfabrik

Thomas Wiebe Johannes Wiebe	ihre beiden Söhne
Prokurist Blohm Prokurist Henning Privatsekretärin Lola Fabrikwärter Lobrian Monteur Martin Raschke	im Wiebe'schen Betrieb

Hausmädchen Bertha – bei Wiebes

Hanne Lark, Verkäuferin in der Zentralmarkthalle
Auguste Mahling, ihre Tante
Oskar Mahling, ihr Onkel
Oppermann, Obstgrossist in der Halle
Pottschmidt, Standbesitzer in der Halle
Marie Jäckel, Hannes Freundin
Emil Schaken, ein Arbeitsscheuer

Hermann Schönholz Tilde Schönholz Oberarzt Dr. Leer	Ladenbesitzer

Vorspiel
Der Auswanderer

Die Leute vor der Fabrik

Dort, wo Berlin-Charlottenburg seinen Charakter als Wohnstadt verliert, wo es, selbst Industriestadt geworden, an die Riesenwerke der Siemensstadt angrenzt, liegt in einer kleinen Straße die Metallwarenfabrik »Hermann Wiebe«. Von der Straße aus sieht man nicht mehr von dieser Fabrik als ein paar Pultdächer aus Glas oder Schiefer, eine hohe rote Mauer verwehrt jeden weiteren Einblick.

Diese Mauer ist sehr hoch und oben noch mit Glassplittern besetzt, sie ist sehr lang und sehr hässlich rot – kurz, sie gleicht genau einer Gefängnismauer! Und die beiden Tore aus Eisenblech in dieser Mauer, ein breites Durchfahrtstor und ein kleineres für den Fußgängerverkehr, können das Gefühl von Trostlosigkeit, das den Beschauer angesichts dieser Mauer beschleicht, nicht erleichtern: es sind gnadenlose Tore, Tore der erbarmungslosen Pflicht. Außerdem sind sie zur Stunde verschlossen. Dafür klebt ein Aushang an dem kleineren Tor.

Die Buchstaben aus geschmiedetem Eisen über dem Tore, die da besagen, dass dies die »Metallwarenfabrik Hermann Wiebe« ist, waren wohl ehemals golden, aber jetzt hat das Schwarz der rußenden Fabrikessen und der Rost des zergehenden Eisens ihnen längst ihren Glanz genommen. Sie sehen genauso düster, freudlos und hässlich aus wie alles in dieser kleinen Charlottenburger Fabrikstraße, wie selbst dieser Novembermorgen: nasskalt, grau und trübe. Ein

Morgen, der den dringenden Wunsch nach heilem Schuhwerk wach werden lässt.

Vor dem Fabriktor steht eine kleine Gruppe von Arbeitern – etwa zehn oder zwölf Mann. Sie stehen ziemlich nah vor dem Aushang, den sie aber längst gelesen haben. Es sind junge und alte Männer, aber, ob jung oder alt, die hinter ihnen liegende lange Leidenszeit mit Weltkrieg und Inflation und all den Kämpfen, Sorgen und Miseren danach hat ihren Gesichtern den gleichen Ausdruck von sturer Hoffnungslosigkeit aufgeprägt. Sie sind ganz schlecht gekleidet, die Jacketts, die sie über ihre blauen Arbeitsblusen gezogen haben, sind entfärbt und ohne alle Fasson, faltig hängen sie über die gebeugten Rücken – bei den Jungen wie bei den Alten.

In diesem Augenblick sehen sie – nahe dem Plakat stehend – mit einem Ausdruck wohlwollender Verachtung auf einen von ihnen, der mit Ausdauer den dicken, altmodischen, eisernen Klingelknopf am Fußgängertor zieht.

Der Klingler sieht seine Arbeitskollegen herausfordernd an. »Det wolln wa doch ma sehn!«, sagt er und reißt immer wieder an dem Klingelknopf. »Det könn se doch mit uns nich machen! Wenigstens rinlassen müssen se uns! Det is meen Arbeetsplatz!«

Ein junger Arbeiter sagt, aber nicht zu ihm, sondern zu den andern: »So doof! Der klingelt sich noch dusslig! Die haben drinnen doch bestimmt die Klingel abjestellt!«

Die andern nicken beifällig.

»Da kannste jar nischt machen! ›Wegen Auftragsmangel geschlossen‹ – da steht et doch! ›Restlohn und Papiere sind am Freitag vom Stadtbüro abzuholen‹« – sagt ein älterer Arbeiter. »Euschen, jib dir – wat hat denn det for eenen Sinn!«

Das Zureden macht den Klingler nur noch wilder. »So

dürfen se mir nich kommen! Det wolln wa doch ma sehn! ’n Hund lässt man abends in seine Hütte, und wir …«

Er reißt am Klingelknopf.

»Lass ihm det Vajniejen, Maxe«, sagt wieder ein anderer. »An wat muss er sich doch beruhigen! Valleicht denkt er, er zieht den großkotzigen Herrn Syndikus Wiebe an de Neese, det tut ihm jut …«

Ein junger Arbeiter fragt einen sehr alten, der, an einen Laternenpfahl gelehnt, ein Bein hochgezogen, dasteht und nachdenklich an seiner durchlöcherten Schuhsohle herumbiegt: »Und wat machst du, Willem?«

»Ick kieke mir meine Schnellbesohlerei an. Det is mit meene Sohlen schlimmer wie mit ’nem Schweizerkäse: Loch bei Loch!«

»Nee, ick meene, wat tuste nu?«

Der alte Arbeiter sieht ihn an: »Det fragste? Wozu fragste det? – Ick jehe stempeln. Wat denn sonst? Bei mir stempeln schon viere zu Hause, na, nun bin ick der Fünfte, der stempelt. Haben Vater und Kinder doch denselben Weg, wird sich Mutta freuen!«

»Und du versuchst jar nich, Willem – Pst! Kieke mal! Kennste den, der da kommt?«

Eine Autotaxe ist vorgefahren. Undeutlich sieht man in ihrem Innern einen jungen Mann, der vom Hintersitz aus den Fahrer bezahlt. Alle Arbeiter haben stumm die Köpfe nach dem Wagen gewandt, auch der Klingler, der aber seinen Knopf nicht loslässt. Ihre Gesichter sehen weiter gleichgültig und hoffnungslos aus.

Der Arbeiter am Laternenpfahl sagt schnell flüsternd zu dem Alten: »Det is det Nesthäkchen von diese Arbeitergeberfamilje, der junge Bruder von dem Herrn Syndikus …«

Der alte Arbeiter sieht interessenlos zu, wie der junge Herr jetzt aus der Taxe steigt und sich vom Fahrer einen Koffer herausreichen lässt.

»So«, sagt der alte Mann.

»Den kenn ick«, flüstert der junge Arbeiter aufgeregt. »Mit dem hab ick früher mal jespielt! Der war nich übel. Der hatt 'n Sinn für uns. Den hau ick an, Willem!«

»Wat hat denn det for 'nen Sinn?«, fragt der alte Arbeiter hoffnungslos. »Stempeln jehn musste doch!«

Der junge, etwa zwanzigjährige Herr, sehr jugendlich und ein wenig weich aussehend, hat unterdes die kleine Arbeitergruppe am Fabriktor bemerkt und stutzt. Aber schon ist der junge Arbeiter bei ihm, fasst nach dem Koffer und sagt eifrig: »Gestatten Sie, Herr Wiebe! Sie kennen mich doch noch? Ick bin Raschke, Martin Raschke – der Sohn von Ihrem früheren Gärtner.«

Der junge Herr, sehr gepflegt – der Gegensatz in Kleidung, Haltung, Hautfarbe zwischen ihm und den Arbeitern ist sehr auffällig –, ist trotzdem erfreut. »Martin! Natürlich! Und ob ich dich kenne! Weißt du noch, wie du mich mit dem Kopf zuerst in die Regentonne gestoßen hast?«

Martin Raschke muss unwillkürlich lachen. Dann aber sagt er mit einem Blick auf die andern, die scheinbar teilnahmslos dastehen, in Wahrheit aber gespannt zuhören, mit Nachdruck: »Dafor setzen Sie mich jetzt auf die Straße!«

»Ich –?« Der junge Herr ist sichtlich verwirrt. »Was heißt das, Martin? Ich dich auf die Straße? Was bedeutet das hier? Warum geht ihr nicht in die Fabrik? Was ist das für ein Anschlag?«

»Die Fabrik ist wegen Arbeitsmangel geschlossen, Herr Wiebe.«

Langes, tiefes Stillschweigen.

Dann: »Wir hier kommen grade von Montage – es ist wohl schon am Dienstag passiert, Herr Wiebe.«

Der junge Herr Wiebe ist sichtlich verwirrt und erregt, die Arbeiter beobachten ihn aufmerksam. Er spürt aller Blicke auf sich, möchte reden, wie es ihm ums Herz ist, und fühlt sich doch als Sohn der Fabrik.

»Ich komme von einer Reise«, sagt er abgerissen. »Mein Bruder hat mir kein Wort davon geschrieben. Ich verstehe nicht – wirklich ganz geschlossen, für alle?«

Der Klingler sagt bösartig: »Für Sie nicht junger Herr! Sie müssen nicht uffs Arbeitsamt!«

Eine grobe Stimme aus dem Arbeiterhaufen ruft: »Halt die Klappe, Euschen!«

»Ich verstehe es nicht«, sagt der junge Herr wieder. »Ich habe auf meiner Reise Aufträge reingeholt, nicht viel, aber drei, vier Wochen helfen sie uns weiter. Mein Bruder ...«

Er sieht die Arbeiter an, als erwarte er ein hilfreiches Wort von ihnen, aber die Arbeiter sehen ihn nur stumm an. Schließlich erbarmt sich seiner Martin Raschke und sagt: »Aber wenn Sie Aufträge rinjeholt haben, isset vielleicht nur ein Missverständnis, Herr Wiebe?«

Der junge Mann belebt sich. »Gewiss! Sicher! Mein Bruder wird übersehen haben ... Und außerdem wollte ich Anfang nächster Woche nach den Staaten, nach Amerika – ich würde sicher auch dort Aufträge ...«

Ihm ist, als sei er vor den Kopf geschlagen, als müsse er sich rechtfertigen vor seinen Arbeitern. Plötzlich sagt der alte Mann am Laternenpfahl und hebt dabei den Schuh: »Junger Herr, det sind meene Schuhe bei voller Arbeet! Bei mir stempeln nämlich schon viere zu Hause! Wolln Se mir vielleicht sagen, wie meine Sohlen bei Arbeitslosigkeit aussehen werden?«

»Schrecklich!«, sagt der junge Herr Wiebe und macht unwillkürlich einen Griff zur Brusttasche, als wollte er dem Arbeiter Geld schenken. Aber er schämt sich sofort, dafür sagt er mit festerer Stimme: »Es ist bestimmt ein Irrtum. Ich werde sofort mit meinem Bruder sprechen. Die Entlassungen werden rückgängig gemacht werden, ich kann es euch jetzt schon sagen. Ich habe ein paar Aufträge, und ich werde so viel Aufträge aus den Staaten bringen ...«

Mit einem liebenswürdigen Lächeln: »Sie denken, weil ich so jung aussehe, kann ich nicht gut verkaufen? Aber ich bin ein guter Verkäufer! Und ich werde an euch denken ...«

Er ist bei seinen Worten immer weiter auf das kleine Tor zugegangen. Jetzt zieht er einen Schlüssel aus der Tasche, nimmt Martin den Koffer ab, sagt: »Danke schön, Martin – für alles!«

Das Tor fällt zu.

Martin dreht sich zu den anderen um, sieht sie triumphierend an und sagt: »Na, seht ihr?«

Stille.

Dann antwortet der Klingler bösartig: »Der quatscht mir zu ville – viel jequatscht is halb betrogen, hat meine Jroßmutta immer jesagt!«

Die Herren in der Fabrik

In seinem recht gut ausgestatteten Fabrikbüro sitzt hinter dem großen, säuberlich aufgeräumten Schreibtisch der ältere Bruder von Johannes Wiebe, der Syndikus Thomas Wiebe, und erteilt dem Prokuristen der Firma, dem alten weißhaarigen Blohm, seine Weisungen.

Trotzdem Thomas Wiebe erst etwa dreißig Jahre alt ist, ist er schon ziemlich füllig. Das Gesicht, unverkennbar dem seines jungen Bruders ähnlich, hat nichts mehr von Frische und Mut, es ist das etwas fett gewordene Gesicht eines erfolgreichen Geschäftsmannes, vor allem aber eines Mannes, der sich für zum Mindesten sehr gut aussehend hält und recht eitel auf dieses Aussehen und auf seine Erfolge ist.

Herr Thomas Wiebe sitzt bequem in seinem Armstuhl und sieht nicht zu dem auf der andern Seite des Schreibtisches stehenden Prokuristen auf. Er spielt mit einer dünnen, goldenen Uhrkette, während er sagt: »Also, Sie sehen, dass bei der Auszahlung der Restlöhne alles glattgeht. Ich wünsche kein Geschrei und Geschimpfe – vor allem keine Zeitungsnotizen.«

»Sehr wohl, Herr Wiebe!«

»Es ist unsre Privatsache, ob wir arbeiten oder schließen. Wir sind ein Privatbetrieb. – Für alle Fälle können Sie ja das Polizeirevier verständigen, dass es ein paar Schutzleute in der Nähe hält.«

»Ich würde nicht gerne …«

Der Prokurist bricht ab, denn sein junger Herr hat mit einem nicht misszuverstehenden Ausdruck hochgesehen.

»Was würden Sie nicht gerne, Herr Blohm?«

»Die Firma Hermann Wiebe hat in den siebenundzwanzig Jahren ihres Bestehens noch nie mit der Polizei zu tun gehabt!«

»Eben! Die Firma Hermann Wiebe würde auch in diesem Falle nichts mit der Polizei zu tun haben, sondern schlimmstenfalls ein aufsässiger Arbeiter.« In einem andern Ton: »Seien Sie kein Narr, Blohm! Sie wissen genauso gut wie ich, dass der Betrieb unter den jetzigen Verhältnissen nichts abwirft. Wozu sollen wir uns all die Arbeit und Mühe machen, bloß damit wir an den Staat Lohnsteuern und Arbeitslosenversicherungen abführen? Ich denke, ich bin ein Kaufmann!«

Der Prokurist Blohm, mit versteckter Ironie: »Das sind Sie, Herr Wiebe!«

»Ich mache keine Geschäfte ohne Verdienst. Ich bin kein Beitragskassierer …«

»Siebenundzwanzig Jahre haben diese Schornsteine geraucht, Herr Wiebe. Und jetzt …«

»Jetzt sind sie in siebenundzwanzig Jahren alt und sentimental geworden, Blohm. Gehen Sie vier Wochen in Urlaub, gehen Sie acht Wochen, gehen Sie ein halbes Jahr …«

»Sie brauchen mich nicht mehr, Herr Wiebe?«

Der junge Herr lenkt ein. »Also ruhen Sie sich erst einmal aus. Ob wir Sie brauchen oder nicht, entscheidet meine Mutter. Vorläufig bin ich nur der Syndikus der Firma …«

»Und wären Sie der Herr, würden Sie mich auch entlassen. Ich danke Ihnen, Herr Wiebe …«

Der alte Mann dreht sich um und geht gegen die Tür.

Thomas Wiebe ruft ihm ärgerlich nach: »Ich habe kein Wort von Entlassung gesagt – wenn Sie meiner Mutter Derartiges erzählen, lügen Sie. Ach was, seien Sie nicht so empfindlich, Blohm!«

Der alte Prokurist hat nicht mehr auf die Worte seines Herrn gehört, ohne Antwort will er aus dem Zimmer. Da öffnet sich die Tür, und Johannes Wiebe stürmt herein.

»Was ist das«, ruft er erregt. »Ihr habt hier zugemacht?! Warum denn? Ich habe euch Aufträge für drei Wochen gebracht …«

Der Prokurist Blohm, zu sehr beschäftigt mit seinem eigenen Schmerz, um die Aufregung seines jungen Herrn zu verstehen, verweist ihn mit einer Handbewegung an seinen

Bruder: »Darüber müssen Sie mit dem Herrn Syndikus sprechen ...«

Und geht.

Johannes Wiebe starrt ihm verblüfft nach, vergisst ihn aber sofort wieder und wendet sich an seinen Bruder, der sich mit einem halb spöttischen, halb überlegenen Lächeln von seinem Sitz erhoben hat.

»Und du hast mir kein Wort davon geschrieben. Du hattest kein Recht ...!«

Der Ältere fasst ihn bei den Schultern. »Ist das eine Begrüßung nach einer so langen Reise?! Guten Tag, Hannes, du siehst prächtig aus. Ich habe mich sehr über deine Berichte und vor allem über die Aufträge gefreut. Du hast dir wirklich deine Sporen verdient. Mutter ist auch ganz glücklich.«

»Wie geht es Mutter? Ist sie drinnen?«

Er deutet mit dem Kopf auf eine Tür im Rücken des Bruders.

Der Bruder weicht aus. »Ich glaube, im Augenblick nicht. Wir können gleich nachsehen. Ich möchte zuerst mit dir sprechen. Mutter hat schon Kummer genug mit dieser Stilllegung von Vaters Werk.«

»Aber wie konntet ihr das auch tun! Ihr müsst es sofort rückgängig machen. Ich habe Aufträge ...«

»Deine Aufträge, lieber Junge, sind als Anfangserfolge sehr hübsch, aber wir können sie sehr gut zur Entleerung unserer vollen Läger gebrauchen. Um deiner Aufträge willen braucht keine Hand zu arbeiten.«

»So? Und meine Reise in den nächsten Wochen nach den Staaten? Ist die auch zu nichts weiter gut?«

Die beiden Brüder schauen sich an; der Ältere sieht immer noch mit der amüsierten Überlegenheit des Erfahrenen drein, der den jüngeren, unerfahrenen sich abzappeln sieht.

»Ich habe bei Mutter für diese Amerikareise gestimmt, weil dir viel daran zu liegen schien. An irgendwelche nennenswerte geschäftliche Erfolge glaube ich nicht.«

»Und warum nicht, bitte?«

»Gott, lieber Junge, soll ich dir denn wirklich Unhöflichkeiten sagen?«

»Das hast du jetzt schon genug getan, wie immer, es kommt auf ein paar mehr oder weniger nicht an! Also warum nicht, bitte?«

»Weil du kein Kaufmann bist, Hannes. Weil du nie einem festen Ziel folgst. Jetzt hat's dir mal ein paar Wochen Spaß gemacht, Eisenwaren zu verkaufen. Vielleicht hast du in den nächsten vier Wochen mehr Lust, Bücher zu lesen oder Schneeschuh zu laufen ... Man kann sich nicht auf dich verlassen, entschuldige bitte ...«

Der Jüngere macht eine wütende Bewegung der Abwehr.

»Aber auf dich kann man sich verlassen, wie, Thomas?«

»Darauf, dass ich ein zielbewusster Kaufmann bin, bestimmt!«

»Auch ein ehrlicher?«

»Hannes, ich muss dich sehr bitten!«

»Warum hat mir denn der ehrliche Kaufmann nicht geschrieben, dass er die Fabrik schloss?«

»Weil du sofort alle Lust verloren hättest, Aufträge hereinzuholen, darum, mein lieber Junge!«

»Ich bin nicht dein lieber Junge! Ich bin alles andere als dein lieber Junge. Ich bin als Vaters Erbe Mitbesitzer dieser Fabrik, und ich verlange ...«

»Du bist minderjährig, vorläufig üben Mutter und ich noch deine Rechte aus!«

»Das hat nicht Mutter getan, das warst du! Ich komme eben an, zehn, zwölf Arbeiter stehen vor dem Tor, Monteure von uns, von der Reise zurück, die hast du auch nicht benachrichtigt, und es war ihr Brot, das du ihnen wegnahmst.«

»Siehst du, jetzt verstehe ich alles! Du siehst ein paar entlassene Arbeiter, und sofort bricht dein weiches Herz. Ja, mein Lieber, daraufhin kann man keinen Betrieb leiten!«

»Aber auf kalte Zahlen, jawohl! Du hast Arbeit für vier Wochen und schließt die Fabrik!«

»Jawohl, weil ich sie in vier Wochen doch schließen müsste und weil das Schließen heute die Unkosten verringert!«

»Aber zweihundert Arbeiterfamilien hätten vier Wochen länger zu essen gehabt!«

»Mein lieber Junge, ich bin ein Geschäftsmann, keine Versorgungsanstalt!«

Jetzt ist der Jüngere in voller besinnungsloser Wut. Er spürt hinter der gelassenen Überlegenheit des Älteren dessen Ärger, und es reizt ihn, ihn noch mehr zu ärgern, zu verwunden, aus der Überlegenheit herauszubringen.

»Doch bist du eine Versorgungsanstalt!«, ruft er zornig. »Eine Versorgungsanstalt deines eigenen fetten Bauches, deiner eigenen faulen Gelüste. Wenn du nur in deine Bars zu deinen geliebten Kokotten gehen kannst …«

»Johannes! Ich verbiete dir … Jetzt ist aber Schluss …«

»Jetzt geht es erst los, mein Lieber! Denkst du, ich habe nicht längst gesehen, dass du Mutter und mich hintergehst? Du behauptest immer, die Fabrik will dies und das, aber in Wirklichkeit willst du es! Du willst uns rausdrängen, du willst alles bestimmen, du willst alles verdienen …«

»Da ich alle Arbeit tue, ist es nur recht, dass ich am

meisten verdiene. Und wie ich mein Geld ausgebe, ist meine Sache, jedenfalls nicht für alberne Ölbilder nichts könnender Kleckser und gestammelte Verse fauler Poetaster wie du!«

Plötzlich ist der Jüngere ganz ruhig geworden. »Mit dir ist nicht zu reden«, sagt er kurz. »Du bist nichts weiter als ein dummer, blöder Materialist. Ich werde mit Mutter sprechen, die Fabrik wird wieder geöffnet werden!«

»Das glaubst du doch selbst nicht!«

»Und wenn sie nicht wieder geöffnet wird, dann gehe ich. Jawohl, dann reise ich nach den Staaten! Aber für mich, nicht für deinen verfaulten Betrieb in diesem verkommenen Lande! Ich will als Mensch leben!«

»In Amerika!«

»Ich will ich selber sein!«

»In Amerika!«

»Ich habe nichts mehr in Deutschland zu tun, wo alle alle aussaugen, jeder nur an sich denkt ...«

»Aber in Amerika!«

»Jawohl, in Amerika!«

»Mit einem hübschen Scheckbuch ..., das glaube ich!«

»So viel für dein Scheckbuch! Ich will ich selbst sein – ich werde arbeiten!«

»Du ...!« Der Bruder bricht in ein Gelächter aus. »Du willst arbeiten? Du, der nie eine Arbeit richtig fertig gemacht hat, weder in der Schule noch hier in der Fabrik? Du willst von deiner Arbeit leben? Glückliche Reise, mein Sohn! in vier Wochen sehen wir deinen ersten Scheck, und in einem Vierteljahr schlachten wir das fette Kalb für den verlorenen Sohn!«

Er sieht den Bruder mit verhohlenem Triumph an, jetzt hat er ihn da, wo er ihn haben will!

»Nie!«, schreit der Jüngere. »Nie! Entweder komme ich heim als großer Mann oder …«

Er macht eine wilde Gebärde gegen die Tür und geht.

Der Ältere starrt ihm nach. Dann zieht er langsam ein großes seidenes Tuch aus der Tasche und trocknet sich das mit Schweiß bedeckte Gesicht ab. Mit einem behaglichen Aufseufzen lässt er sich wieder in seinen Sessel sinken, wählt eine Zigarre, schneidet sie ab, entzündet sie und zieht langsam den Rauch ein.

Nun greift er zum Telefon.

»Fräulein Krause, verbinden Sie mich bitte sofort mit meiner Mutter.«

Mutter und Sohn

Hinter der hässlichen roten Mauer liegt nicht nur die stillgelegte Fabrik der Wiebes mit ihrem kalten, berechnenden Syndikus. Hinter den Lagerhöfen, hinter einer zweiten Mauer liegt auch die Villa der Besitzer, von Frau Erna Wiebe, die dort mit ihren beiden unverheirateten Söhnen Thomas und Johannes wohnt. Es ist die übliche Backsteinvilla der neunziger Jahre, mit Dächern, Türmchen, Erkern, Zuckerhutspitzen, ein Ding aus dem Steinbaukasten, noch verhässlicht durch ein paar moderne Arbeiten wie Glasveranda und Autoauffahrt.

Frau Erna Wiebe, eine stattliche, nicht schlecht aussehende mittelalterliche Dame – aber eben Dame –, steigt aus dem Auto – es dämmert nun schon wieder, aber nun ist es die Abenddämmerung – und geht in das Haus.

In der Halle nimmt ihr ein Mädchen die Überkleider ab. Auch die Halle ist ein Produkt der neunziger Jahre mit

Geweihkronleuchtern, massigen dunklen Möbeln, einer zufällig erworbenen Ritterrüstung, die unter der vergrößerten Fotografie eines Wiebe'schen Ahnherrn, der noch Hufschmied war, steht. Viel Samt, viel gepresster Plüsch, noch mehr Troddeln. Ab und zu ein schönes Stück, aber es kommt nicht zu seiner Geltung, weil Schäuel und Gräuel es bedrängen.

Frau Wiebe geht durch all diese mit »ererbtem Wohlstand« angefüllten Zimmer. Sie hat das Mädchen gefragt: »Mein Sohn Johannes?«, und das Mädchen hat in einem gewissermaßen kondolierenden Ton geantwortet: »Der junge Herr ist noch immer oben.« Darauf hat Frau Wiebe gefragt: »Hat er sich noch zu essen geben lassen?«, und das Mädchen hat in demselben trübseligen Ton »Nichts!« geantwortet.

Nun geht Frau Wiebe zu ihrem Sohn Johannes. Sie geht, ohne sie zu sehen, durch all diese öden, längst verstorbenen Zimmer, zögert einen Augenblick vor einer Tür, beugt sich ein wenig, lauscht, klopft dann, in plötzlichem Entschluss, energisch und tritt ein, ohne das »Herein« abzuwarten.

Der Sohn hat am Fenster gestanden und in den entlaubten, immer trüber und dunkler werdenden Garten hinausgesehen, genau so, wie er schon dastand, als seine Mutter vor Stunden von ihm fortging. Jetzt wendet er ihr langsam das Gesicht zu.

Aber die Mutter ist nicht gesonnen, diese Unterredung im Halbdunkeln zu halten. Sie schaltet sofort alle Flammen ein, und das Licht enthüllt nun ein sehr anderes Zimmer, als die sind, durch die sie eben gegangen – das Zimmer eines jungen unausgeglichenen Menschen, halb puritanisch, halb luxuriös, mit wenigen strengen Möbeln, aber dicken Teppichen, mit glatten Wänden, aber drei, vier Bildern (die Bilder sind, keine »Ansichten«), mit einer Bücherwand, aber auch mit einem Medizinball.

»Stehst du noch immer am Fenster?«, fragt die Mutter lebhaft. »Setze dich, Hannes – du hättest lieber etwas essen sollen! Nein, rauche jetzt nicht. Rauchen ist in deinen Jahren immer schädlich und nun erst auf leeren Magen!«

»Nun?«, fragt der Sohn, ohne viel auf diese mütterlichen Ermahnungen zu achten, denn er brennt sich doch eine Zigarette an.

»Du fragst: nun? Also, ich bin bei deinem Bruder gewesen. Ihr habt euch die üblichen brüderlichen Grobheiten gesagt, diesmal vielleicht etwas mehr als üblich – das ist nicht tragisch. Ein paar Monate Trennung werden das schon ausgleichen.«

»Und die Fabrik?«

»Mit welcher Hartnäckigkeit du plötzlich auf der Fabrik bestehst! Sonst war dir Vaters Werk ziemlich egal, und du warst ganz froh, dass dein Bruder und ich dir alle Arbeit abnahmen. Also, die Fabrik bleibt natürlich geschlossen. Ich bin noch einmal mit Blohm, der doch wahrhaftig nicht deines Bruders Freund ist, alle Unterlagen durchgegangen. Der Betrieb trägt sich jetzt gerade noch, bald würden wir zulegen.«

»Und wir sind zu arm, um einmal ein paar Monate zuzulegen?«

»Rede doch keine Albernheiten, Hannes – bist du ein Sozialist? Eine Fabrik ist ein Geschäftsunternehmen und wird nach geschäftlichen Grundsätzen geführt. Unser Privatvermögen hat damit gar nichts zu tun.«

»Stammt aber aus den Erträgnissen der Fabrik!«

»Wahrhaftig, Hannes, dein Bruder hat recht: du bist ja ein halber Kommunist. Aber über diese Dinge wollen wir nicht reden. Du bist bisher recht zufrieden gewesen, dass ein Privatvermögen da war.«

»Und jetzt habe ich etwas verstanden, nämlich, dass man nicht alle Last auf die Rücken der Schwachen abladen darf. Ich habe unsere Monteure vor der Fabrik stehen sehen.«

»Thomas hat mir das erzählt. Das hat dein Herz bewegt – macht dir alle Ehre, Hannes. Aber haben wir schließlich diese Leute arbeitslos gemacht? Die Regierung mit ihrer verfehlten Politik ist schuld. Schließlich weißt du es schon länger aus den Zeitungen, dass es in Deutschland soundso viel Arbeitslose gibt, dass da nun grade unsre zwölf dein Herz so bewegen …«

Johannes in plötzlichem Ausbruch: »O Mutter, hör auf! Ich kann das nicht hören. Du bist doch meine Mutter, ich weiß doch, du hast ein gutes, weiches Herz, und du redest von denen vor den Toren, als seien es ganz andere Menschen, die nichts Gemeinsames mit uns zu tun haben!«

»Es sind auch andere Menschen!«

»Da war ein alter Mann, der hat mir seine durchlöcherte Schuhsohle gezeigt. Da war Martin, der Junge vom Gärtner Raschke, mit dem ich früher gespielt habe – wie ein alter Mann sah er aus, und er ist ebenso alt wie ich! Mutter, ich empfinde es wie eine Schuld, dass ich hier mit heilen Kleidern in einem gut geheizten Zimmer sitze, und die da draußen in der Nässe … Ich ertrage es nicht! Mutter, mach die Fabrik wieder auf, gib ihnen wenigstens dies bisschen Arbeit! Ich will feierlich vor allen Notaren und in allen Verträgen, die mein Herr Bruder für gut befindet, auf meinen Anteil an Fabrik und Vermögen verzichten.«

Die Mutter, nun gar nicht mehr Dame, sondern nur noch Mutter, zieht mit einer plötzlichen zärtlichen Gebärde seinen Kopf an sich.

»Mein armer Junge! Wie du leidest! Wie ich dich wiedererkenne! Du konntest nie ein Tier leiden sehen – diese elende Zeit ist viel zu viel für dich …« In ärgerlichem Ton: »Dass diese albernen Kerle auch gerade vor dem Tor stehen mussten!«

Der Sohn, hoffnungsvoll, nahe der Mutter: »Du wirst die Fabrik wieder öffnen, ja, Mutter?«

Die Mutter richtet sich straffer auf, die zärtliche Minute ist vorüber.

»Aber das ist unmöglich, Hannes! Sieh es doch ein! Man führt keine Fabrik mit zärtlichen Gefühlen.«

Der Sohn, erst halb und halb entschlossen, sich vor den Folgen des eigenen Entschlusses fürchtend: »Dann muss ich fortreisen …«

Die Mutter herzlich: »Natürlich – ich halte es auch für das Beste. Reise eine Weile, sieh dir die Staaten an. Es soll da auch nicht mehr so blühend aussehen. Geh nach Südamerika, bleibe ein, zwei Jahre dort. Wir – ich werde dich vermissen, aber …«

»Nein, Mutter, nicht so. Wenn ich reise, nicht so. Wenn ich jetzt von euch gehe, dann trenne ich mich von euch. Nicht von dir, Mutter, aber von – ihm und von Vaters Werk, das ihr falsch, verderblich führt, wie ich fühle.«

»Und von was willst du leben, mein armer Träumer? Die Welt draußen wird« – Blick durchs Zimmer – »keine Stuben voll Ölbilder und geliebter Bücher für dich bereithalten. Die Welt ist hart, nicht nur vor den Fabriktoren deines Vaters, überall ist sie hart.«

»Ich kann auch hart sein! Mutter, wenn ich jetzt reise, hast du dich gegen mich und für Thomas entschieden!«

Die Mutter, in einem anderen, schärferen Ton: »Soll das eine Drohung sein, Johannes?«

»Keine Drohung. Aber es soll dir sagen, dass deine Entscheidung mir die Rückkehr zu euch, in dieses Werk unmöglich macht. Wenn ich reise, reise ich für – immer!«

Die Mutter kälter: »Ich habe schon von Thomas gehört, dass du solche Drohungen in der Hitze ausgesprochen hast. Dass du sie jetzt mit kälterem Blut wiederholst, ist nicht gut, mein Sohn. Auf solche Drohungen öffne ich die Fabrik nicht, aber ich beginne kleiner zu denken von meinem Sohn!«

»Wir denken so verschieden …«

»Aber wir lieben uns doch, Hannes! Wir sind doch Mutter und Sohn!«

»Aber die Mutter will kein Tittelchen ihrer geschäftlichen Überzeugung für den Sohn opfern.«

»Ich habe zwei Söhne – und, verzeihe, Hannes, der ältere war bisher der tüchtigere, zielbewusstere, erfolgreichere.«

Der Sohn, in plötzlichem Entschluss: »Gut, Mutter. Du hast entschieden. Ich reise!«

Die Mutter, immer bemüht einzulenken: »Also reise! Es wird mir schwer. Und schreibe – schreibe oft. Und komm bald wieder …«

»Du weißt, Mutter …«

»Ich weiß nichts. Ich habe nichts gehört. Lege dich nicht unheilvoll fest. Du ahnst nicht, in welche Lagen dich das Leben draußen noch bringen wird. Denke immer daran, dass ich deine Mutter bin«, leise: »Ich bin das Herz, das dir gehört …«

»Ich werde immer an dich denken!«

»Auf Wiedersehen, Johannes!«

Er schweigt.

»Auf Wiedersehen, Johannes!«

Er schweigt.
»Johannes, deine Mutter sagt dir auf Wiedersehen!«
Er mühsam: »Ich hoffe – Mutter, auf Wiedersehen!«

Reisebilder

Wenn Johannes Wiebe noch viele Jahre später an seine Ausreise nach den Staaten und an seine erste Zeit dort dachte, so schien ihm das alles wie ein endloser, wirrer Traum, grau in grau, allmählich immer tiefer grau werdend. Einzelne Bilder hoben sich mit stärkerer Leuchtkraft aus der allgemeinen Düsternis, aber der Grundton, der sich in allem Erleben wiederfand, war doch der einer tiefen Verzweiflung, die immer stärker wurde, bis sie schließlich seine ganze Seele erfasst hatte.

Zu Anfang hatte er noch manchmal lachen, sich an Neuem freuen, sich für Absonderliches interessieren können. Schließlich aber wohnte nur noch eine dunkle Verzweiflung in ihm, die nichts mehr lichten konnte, ein Gefühl, dass alles umsonst war, dass er nur noch vegetierte, weil er keine Wurzeln mehr hatte, die in einen Heimatboden fassten – er war nirgends mehr zu Hause.

Er war ja nicht gerne aus der Heimat fortgegangen, sosehr er sich das auch einreden wollte. Im Zorn hatte er gesagt, dass er von ihnen allen fortwollte – und da schienen sie plötzlich alle sein Gehen so selbstverständlich zu finden, dass er nicht mehr zurückkonnte. Er war ja noch sehr jung, und er war dazu noch ein sehr weicher, recht verwöhnter Junge, es war eigentlich unverständlich, dass sie ihn so gehen ließen. Er hatte etwas aufzugeben, seine geliebten Bilder und Bücher, ein wohlgeordnetes Heim, die Liebe einer sehr guten, wenn auch in den letzten Jahren ein wenig fremd gewordenen Mutter – aber das merkte er erst später, wie viel es war, was er aufgegeben hatte.

Aus dem Wust der trüben Erinnerungen hebt sich jene Nacht heraus, da er gehen musste, die Mutter hatte ja »auf Wiedersehen« gesagt. Er hat wieder lange im dunklen Zimmer am Fenster gestanden, aus dem dunklen, entlaubten Garten stieg ein trüber Dunst, ihn schauerte. Keiner kam zu ihm, keiner gab ihm ein gutes Wort …

Er tritt vom Fenster zurück, schließt es, macht Licht, ordnet seine Papiere. Es ist alles schon da, der Pass mit seinem Visum, die Dampferkarte – natürlich 1. Klasse, wie es sich für einen Sohn aus reichem Hause gehört –, auch Geld. Reichlich viel Geld für den Anfang eines Mannes, der sich sein Geld selbst verdienen will.

Einen Augenblick hält er sein Scheckbuch zögernd in der Hand, dann überkommt ihn der Hass auf den Bruder. Durch des Bruders Hände würde jeder Scheck gehen, den er drüben ausgibt, der Bruder würde befriedigt und höhnisch grinsen: ›Siehst du, solch Bürschchen bist du! Habe ich doch recht gehabt!‹

Er legt das Scheckbuch offen auf seinen Tisch, jeder Schritt, den er tut, trennt ihn schon von der Heimat, wirft ihn der Fremde in die Arme. Aber dieses Hassgefühl ist doch so stark, dass es ihn den Koffer aufnehmen und aus dem Zimmer gehen lässt.

Langsam geht er durch das Haus, den Koffer in der Hand, lange bleibt er vor dem Zimmer seiner Mutter stehen. Wenn sie doch käme, wenn sie ihn so sähe – den Sohn, der sein Vaterhaus verlässt!

Aber sie kommt nicht. Das Haus ist totenstill.

Wie er nun die Treppe zur Diele hinabsteigt, beseelt ihn

von neuem die Hoffnung, die Mutter könnte unten sitzen, ihn abfangen wollen.

Aber wiederum nichts. Die Diele ist leer und dunkel. Er stößt gegen den eingeschmuggelten Ritter, der Ritter klappert blechern – aber nichts rührt sich. Er öffnet die Haustür. Drei Minuten steht er in der Haustür und wartet noch einmal, eine letzte Chance – für die andern.

Dann fällt die Tür seines Vaterhauses hinter ihm zu, es hallt dumpf wider. Er steht und lauscht dem Schall nach – hundertmal, zehntausendmal ist diese Tür hinter dem Kind, dem Knaben, dem Jüngling Johannes Wiebe zugeschlagen: diesmal scheint der Ton anders zu sein. Es hallt nicht nur im Haus, es hallt auch in seinem Herzen wider.

›Nun komme ich nie wieder zurück‹, denkt er und versucht dann, es sich halblaut vorzusprechen. Aber das begreift sich noch nicht. Noch nicht!

Auf dem Fabrikhof springt Bella, die Wachhündin, ihn an. Er streichelt sie eine Weile, bis der alte Wächter Lobrian heran ist. Er muss noch mit einem Menschen hier sprechen, ehe er ganz fortgeht.

»Guten Abend, junger Herr«, mummelt der Alte. »Soll ich Ihnen den Koffer tragen?«

»Nein, danke, Lobrian. Wenn Sie mir nur die Pforte aufschließen wollten?«

»Sie gehen wohl wieder auf Reisen, junger Herr?«

»Ja, Lobrian, und diesmal weit fort, bis nach Amerika!«

»Nach Amerika! Sie haben es aber gut, junger Herr, da soll es Arbeit und Essen die Fülle geben!«

»Die haben auch ihre Sorgen, Lobrian.«

»Glauben Sie das doch nicht, junger Herr! Ich habe es doch gelesen, wie gut es denen geht. Warum sollte es uns so schlecht gehen, wenn es nicht andern dafür gutgeht?! Es gleicht sich alles aus auf dieser Erde, junger Herr!«

»Glauben Sie das wirklich, Lobrian? Ach, seien Sie doch so gut und sehen Sie einmal auf der Straße nach, ob da wer von unseren Arbeitern steht.«

Plötzlich ist dem jungen Johannes die Angst überkommen, da könnte noch einer von den Monteuren stehen und die Erfüllung seines Versprechens verlangen, dass morgen die Arbeit wieder anfängt, etwa der Martin Raschke ... Wie ein Wortbrüchiger, wie ein Fahnenflüchtiger kommt er sich vor!

»Da ist niemand, junger Herr. Wer soll auch da sein? Wir haben doch zugemacht.«

»Ja, wir haben zugemacht. Gute Nacht, Lobrian, und hier ...« Er gibt dem Wächter Geld, er kann es nicht lassen, er ist der junge Herr aus gutem Hause.

»Danke schön, junger Herr, und glückliche Reise! Und kommen Sie gesund zurück!«

»Vielleicht komme ich gar nicht zurück?«

»Ih, wie werden Sie nicht! Sie denken, weils da drüben so gut aussieht und hier so schlecht? Das wendet sich auch einmal, dann sind wir oben, und die sind unten. Da werden Sie doch nicht fehlen wollen?«

Und ein anderes Bild taucht auf. Im Hamburger Hafen liegt der Dampfer, und die Auswanderer gehen an Bord. Fahle Gestalten, jämmerliche Gestalten – mit jämmerlichem Sack und Pack. Johannes Wiebe sieht von seinem Promenadendeck auf sie hinunter, wie sie an Bord zotteln, einem ungewissen Schicksal entgegen, mit weinenden Frauen und plärrenden Kindern.

Und doch beneidet! Denn an Land steht ein dichter Schwarm derer, die ebenso zerlumpt, ebenso verzweifelt sind, denen aber das Schicksal nicht die Gunst geschenkt hat, Einwanderungserlaubnis in die Staaten zu erhalten.

»Ach, Tilly, wein doch bloß nicht. Ihr habt's doch jetzt geschafft, drüben habt ihr gleich Arbeit. Und in sechs Monaten fahrt ihr 'n eignes Auto!«

»Schick gleich Dollar. Du weißt, Omi hat's kaum noch zum Leben.«

»Ach, wer da auch mitfahren könnte! Nur raus aus dem Dreck!«

»Hier wird man doch nie wieder was!«

»Sieh doch bloß mal den Ausgemergelten, der so hustet! Den Schwindsuchtskandidaten lassen sie rüber an all die schöne Arbeit, und wir, mit unsern guten Knochen, dürfen weiter stempeln!«

Ja, dies war einer der Momente, da die Wolke sich lichtete, da sich Johannes Wiebe wie ein Bevorzugter vorkam. All diese Überladenen, Verarbeiteten, Besorgten hatten noch den Mut zu einem guten Start – wie sollte er ihn nicht haben müssen? Er fing drüben ganz anders an.

Dann, als die Küste Deutschlands langsam verschwunden war, saß er im Rauchsalon neben einem Deutsch-Amerikaner.

»Ich habe mir the old country angeschaut«, sagte der Deutsch-Amerikaner. »Aber ich leike es gar nicht more.«

»Was tun Sie nicht?«

»Ich leike es nicht. Wie sagen Sie in Deutsch? To like?«

»Sie lieben es nicht mehr?«

»Nein, es ist – nonsense! Alles Bruch. Aber God's own land ...« Der Mann beniest es. Er wischt sich die Nase.

»Ich muss mich vor Zug sorgen. Ich habe einen Kalt.«

»Was haben Sie? Wie lange sind Sie denn schon drüben? Sie können ja kaum noch Deutsch!«

»Ein Jahr – aber das Deutsche verlernen Sie schnell. Das Deutsche ist alles Mist. Wir Amerikaner …«

»Sie Affe!«, hatte der junge Johannes Wiebe gesagt und war aufgestanden. So sehr deutsch fühlte er sich damals noch. Er hatte ja grade erst die Heimat verlassen, er spürte noch nicht, dass er die Wurzeln ohne Erde hinter sich dreinschleppte.

Aber das gab sich, es gab sich so schnell.

Er erinnert sich an seine erste Hotelnacht in New York. Man hatte ihn in das Hotel des Vereins Christlicher Junger Männer geschickt, also ein Hospiz, wie er gedacht. Aber es war ein Wolkenkratzer. Er bekam Zimmer 997. Ein kleines Loch mit Bett, Stuhl, Garderobenständer, Spiegel.

Sonst noch etwas? Nichts sonst.

Er musste sich am Morgen im Toilettenraum waschen.

»Kann ich hier nicht irgendwo ein Privatbad haben?«, fragte er fast verzweifelt. »Ich bin gerne für mich allein.«

»Aber nein, mein Herr, ganz ausgeschlossen! Wir Amerikaner machen alles gemeinsam: ein Land, ein Geschmack, eine Idee – ein Waschraum. Bitte sehr! Es wird Ihnen schon gefallen!«

Und wie es ihm gefiel! Mit vierzig, fünfzig jungen Amerikanern in einem Waschraum! Sie singen, sie gurgeln, sie putzen Zähne, schlagen Türen, johlen, schneiden sich die Fußnägel – eine halbe Stunde muss er stehen, bis ein Waschbecken für ihn frei ist.

Wie ein Traum steigt vor ihm das Zimmer daheim auf. Hat er nicht so etwas gesagt, er wolle nach Amerika, um ein Mensch für sich zu sein? Der Bruder hatte gelacht – sollte der Bruder recht gehabt haben zu lachen?

Aber das war erst der Anfang.

Er erinnert sich schrecklicher italienischer Restaurants

aus dieser ersten Zeit, mit schwärzlichen Kellnern, schwärzlichen Hemden und schmierigen Fräcken. Alles schreit, spuckt, schwatzt, bohrt in den Zähnen und bohrt in der Nase. Alles Essen ist Normalfraß.

Und er erinnert sich an Kaffeestuben, wo er vom laufenden Band alles nimmt, was er braucht: Kaffee und Milch, Haferbrei und Sandwichs, Normalfrühstück, geistlos, lieblos …

Und er erinnert sich an einen Arbeiter im Bus, der ihm ein Taschenmesser in die Hand gibt und von ihm verlangt, er solle ihm einen Splitter aus der Hand schneiden – er, das Söhnchen aus feinem Hause, vor allen Leuten im Bus, einem Arbeiter. Er hat einmal ein echtes Gefühl mit den zerrissenen Sohlen eines alten Arbeiters gehabt, er hat schon manches echte Gefühl in seinem Leben gehabt, die Resultate waren gering.

Er erinnert sich an schreckliche Kinovorstellungen, wo zwischen den Bildern die albernsten Schlagertexte auf der Leinwand erschienen, und das ganze Publikum singt begeistert schreiend mit, außer sich vor Vergnügen.

Und er erinnert sich schöner Konzerte, die das Publikum nur dazu benutzt, sich zu zeigen, mit Brillanten und nackten Brüsten, mit den schönsten Frauen, mit den berühmtesten Stars.

Er fühlt sich namenlos allein. Er weiß nichts mit sich anzufangen, er ahnt nicht, welche Arbeit er unter diesem brutalen, unbekümmerten, spuckenden und schreienden Volk tun könnte! Langsam schwindet seine Barschaft dahin, so ängstlich er sie hütet, wie gering er seine Ansprüche auch stellt.

Und er erinnert sich gut, wie ihm einmal, in einer nordamerikanischen Stadt, in seinem kleinen Hotel der Portier einen Brief hinhält: »For you, Mister Wiebe?«

Er erzittert, als er diesen Brief nimmt, auf dem er die Handschrift seiner Mutter erkennt.

Er geht mit ihm auf sein kahles Loch, er legt ihn vor sich auf den Tisch, er starrt ihn an.

Er ist allein mit diesem Brief aus der Heimat, von der Mutter. Drunten auf der Straße braust und strudelt es vorüber, zehntausend Menschen, Autos, Lastwagen, das Gebrüll einer Stadt mit Mädchen, Liebe, Feindschaften, Frauen, Hass, Arbeit – er aber ist allein mit seinem Brief.

Dreimal nimmt er ihn in die Hände, um ihn durchzureißen. Er legt ihn wieder auf den Tisch zurück.

Er hat Angst, schwach zu werden, wie der verlorene Sohn in die Heimat zurückzukehren, dem man ein fettes Kalb schlachten muss, um ihn nur satt zu kriegen.

(Oh, das freche, höhnische Gesicht seines Bruders – ohne dies Gesicht wäre alles so einfach! Vor einer Mutter schämt man sich doch nicht!)

Schließlich öffnet er den Brief – zwei Blätter liegen darin: ein Scheck und ein Briefblatt seiner Mutter. Es stehen nur sechs Worte darauf, aber sie treffen ihn ins Herz. »Deine Mutter wartet auf dich, Hannes«, liest er.

Er legt den Kopf auf den Tisch und träumt. Vielleicht weint er auch ein wenig, wer weiß, man sieht es nicht.

Schließlich, nach einer langen Zeit, sieht er hoch.

Er liest noch einmal den Brief seiner Mutter, trotzdem er jedes Wort in ihm kennt. Dann legt er ihn sorgfältig in die – ach! – so dünn gewordene Brieftasche.

Den Scheck aber zerreißt er mit beiden Händen in viele kleine Schnitzel.

Dann nimmt er seinen Koffer und geht wieder einmal aus seinem Zimmer, weiter auf seiner Irrfahrt – ins Nichts.

In einer Automobilfabrik in Detroit steht Johannes Wiebe am laufenden Band der Motorenmontage und setzt Muttern auf. Langsam laufen, mit ihrer Unterseite nach oben, die Motoren an ihm vorüber. Acht Muttern hat er auf acht Bolzen zu stecken, weiter nichts. Er muss sie nicht umdrehen, er braucht sie nur aufzustecken.

Neben ihm, fast in Ellbogenberührung, steht ein kleiner krummer Ire, Mike, der die Lagerdeckel auf die Bolzen legt, rechts neben ihm steht ein baumlanger Neger, Jeff, der mit einem elektrischen Schlüssel die Muttern anzieht.

Johannes Wiebe steht nicht den ersten Tag am laufenden Band, aber trotzdem steht ein Werkmeister hinter ihm und beobachtet genau, wie Wiebe aus einer eisernen Schale acht Muttern greift, sie mit der andern Hand rasch aufsetzt – er hat grade so viel Zeit, es eiligst zu tun, während der Motor an ihm vorüberfährt – und schon wieder nach acht neuen Muttern greift, denn jetzt ist schon wieder der nächste Motor da.

Johannes Wiebe schaut nicht auf. Mechanisch greift er nach den Muttern, mechanisch setzt er sie auf. Seine Finger sind schon ziemlich geschickt und flink geworden, selten vergreifen sie sich und fassen nur sieben Muttern. Selten muss er eine kleine Bewegung nach rechts hin machen, um dem Motor zu folgen, weil noch nicht die achte Mutter aufgesetzt ist. Dann stößt er gegen den Ellbogen des Negers Jeff, der scheinbar sehr zornig mit den Zähnen fletscht.

»Nimm dich heute zusammen, Jack«, sagt der Werkmeister ermahnend. »Pass auf deine Arbeit auf, du darfst das Band heute nicht wieder aufhalten.«

Johannes-Jack Wiebe antwortet nicht. Dafür sagt der

kleine Ire: »Er macht's, so gut er kann, Herr. Er ist noch nicht voll eingearbeitet. Gestern Nachmittag lief das Band für ihn zu schnell.«

»Er bekommt aber seinen vollen Lohn«, sagt der Werkmeister böse. »So hat er seine volle Arbeit zu tun. He, du, Deutscher, ich spreche mit dir! Du sollst das Band nicht aufhalten! Du sitzt schon wieder am Ellbogen von Jeff!«

»Entschuldigen Sie, Herr! Das Band läuft schon wieder sehr schnell.«

»Wollen Sie Ihre Arbeit tun oder wollen Sie nicht?«

»Ich will schon, Herr.«

»Dann tun Sie sie auch!«

Mehr zu den andern als zu Johannes Wiebe: »Ich kenne diese Deutschen, sie taugen alle nicht zu vernünftiger Arbeit. Immerzu wollen sie denken! Du sollst deine Muttern rechtzeitig aufsetzen, du!«

»Jawohl, Herr!«

»Also, ich habe es dir gesagt! Wenn du das Band noch mal aufhältst, du ...!«

Der Werkmeister geht langsam, beobachtend, an seinem Bandabschnitt entlang und sucht ein neues Opfer, Johannes Wiebe fährt sich eilig mit der Hand über die Stirn.

»Mach zu«, mahnt ihn Mike. »Der Boss hat dich mächtig auf dem Strich.«

»Ich mache so schnell ich kann, aber ...«, sagt Johannes Wiebe mutlos.

»Aber du kannst nicht sehr schnell, was? Schau den Jeff an, der könnte zehn statt acht Muttern in seiner Zeit festdrehen.«

Der Neger fletscht wieder die Zähne. Es erweist sich nun, dass dies sein Lachen ist.

»Mach dir nichts aus Boss«, sagt er tröstend, »das alles

Dummartigkeiten sein. Gib mir zwei Muttern, ich sie setze auf …«

Johannes Wiebe seufzt tief. Das bisschen Stirnwischen hat ihn schon wieder aus dem Takt gebracht, er bedrängt schon wieder Jeff.

»Nimm dich doch in acht, Jack!«, ruft Mike ärgerlich. »Der Boss guckt schon wieder. Ruf einen Helfer, geh aufs Klo, ehe du …«

Aber es ist schon zu spät, der Werkmeister kommt zornsprühend zurück.

»Eben ist da unten ein Motor mit nur sechs Muttern an mir vorbeigelaufen! Du hältst nicht nur das Band auf, verdammter Deutscher, du bringst es noch so weit, dass mir Motoren bei der Prüfung zurückgewiesen werden!«

Johannes Wiebe ist viel zu klein und viel zu beschäftigt, um zu antworten. Er muss acht Muttern greifen, sie aufsetzen, der neue Motor ist da, acht Muttern greifen, aufsetzen … Es ist so viel Lärm in dieser einen Morgen großen Halle, in der er mit fünfzehnhundert Mann und dreihundert Spezialmaschinen arbeitet. Das bisschen Geschimpf in seinem Rücken stört ihn kaum noch. Er ist in diesen Monaten, die er hier arbeitet, so viel gescholten worden!

Alles, was er an Kraft, Willen, an Widerstand noch in sich hat, das frisst diese lächerliche Arbeit mit ihren acht Muttern. Es ist wahrhaftig so, als ginge die Welt unter, wenn er diese acht Muttern nicht zur Zeit aufsetzt.

Wenn man sich das so vorstellt, dass ein Gott im Himmel sitzt, der es so eingerichtet hat, dass Johannes Wiebe essen und leben kann, wenn er sich gut Mühe gibt, acht Muttern aufzusetzen … Und nun sitzt dieser Gott im Himmel da und passt gewissermaßen für den Werkmeister auf, gibt ihm einen Stoß: ›Du, der Johannes Wiebe hängt schon wieder nach!‹ – Da muss man nur grinsen, da muss man alles lächerlich finden, besonders wenn man daran denkt, dass man wegen einer genauso lächerlichen Sache, wegen einer durchlöcherten Schuhsohle, aus einem behaglichen Heim fortging …

»Jetzt lacht er noch! Hören Sie …!« Der Werkmeister ist, wie man so sagt, sprachlos. »Sie halten das Band auf, und wenn ich Ihnen Vorhaltungen mache, dann lachen Sie noch!«

»Entschuldigen Sie, Herr, ich habe nicht gelacht. Ich habe bloß gedacht …«

»Seht ihr, diese verdammten Deutschen! Ihnen passen unsere amerikanischen Arbeitsmethoden nicht, sie wollen denken! Sie wollen die Welt beherrschen, diese …!«

Er endet mit einem Fluch.

Der kleine Irländer hat Sinn für Humor, er wirft einen raschen Seitenblick auf die jämmerliche Gestalt, die sich da mit ihren Schraubenmuttern abquält, und meint: »Sehr sieht *der* nicht nach Weltbeherrschung aus, was, Boss?«

Ehe der Werkmeister sich in einen neuen Zornesausbruch steigern kann, tönt eine Stimme vom laufenden Band: »Was ist hier los?«

Statt eines Motors ist ein Aufseher auf dem Transportwägelchen das laufende Band hinabgefahren. Sie machen das ab und zu, um die Arbeiter zu kontrollieren, und es gelingt ihnen vortrefflich, auch die Geschicktesten zu überraschen. Plötzlich – Johannes Wiebe hielt schon seine Mutter zwischen zwei spitzen Fingern – war da ein Paar Schuhe statt der Bolzen – und schon war der Mann zwischen ihnen.

»Was ist hier los?«, fragt er. »Was ist mit dem Mann?«

»Er hält das Band auf, Herr«, sagt der Meister plötzlich

in einem ganz anderen Ton. »Seit Wochen hält er immer wieder das Band auf. Er ist zweimal angelernt worden, immer wieder stelle ich ihm Helfer. Zwei, drei Tage geht es, also kann er es. Und plötzlich kann er es wieder nicht.«

»Sabotage?«, fragt der Aufseher den Werkmeister halblaut.

Der Werkmeister zuckt die Achseln. »Er ist so ein verdammter Deutscher …«, sagt er ausweichend.

Der Aufseher will etwas sagen, besinnt sich und wendet sich an Johannes Wiebe.

»He! Sie! Was ist das mit Ihnen? Wollen Sie nicht, oder können Sie nicht? He, Werkmeister! Schicken Sie mal einen Helfer! Ich will mit dem Mann mal einen Gang tun!«

Der Werkmeister rief Sam, und aus den immer wartenden Helfern, die für die Leute einzuspringen hatten, die aufs Klo wollten, kam ein kleiner krummbeiniger Neger. Griff schon über die Schulter von Johannes weg, fasste die Muttern, setzt sie auf und begann eine schreiende, vergnügte Unterhaltung mit seinem Nebenarbeiter Jeff.

»Das sind Arbeiter!«, sagte der Werkmeister anerkennend. »Mit denen hat man nie Ärger. Aber ihr …!«

Er sah unwillig dem Johannes Wiebe nach, der sich halb hinter dem Aufseher durch das Gewirr der Motorenmontage-Halle drängte.

Erst als sie draußen waren, über die Gleisanlagen sprangen, an endlosen Ent- und Verladebahnhöfen vorüber, an ebenso endlosen anderen Hallen, in denen geschweißt und gehämmert wurde, fragte der Aufseher noch einmal: »Wollen Sie nicht, oder können Sie nicht?«

»Oh, ich will schon, Herr!« (Dieses »Herr« ist ihm schon in Fleisch und Blut übergegangen.)

»Und warum geht es manchmal, und manchmal geht es nicht? Eben lief das Band nicht sehr schnell.«

»Ich weiß doch nicht, ich geb mir alle Mühe ...«

»Sie sollen sich aber keine Mühe geben! Das ist eine Arbeit, die sich ganz von alleine tut. Überlassen Sie doch Ihren Fingern die Arbeit. Sie selbst werden nicht dafür gebraucht.«

»Oh, es ist eine verdammte Arbeit! Es ist, als sei man bloß ein Stück Maschine, als sei man bis in Hirn und Herz hinein Maschine.«

»Aber sie wird verdammt gut bezahlt, diese Arbeit. Kriegen Sie in Deutschland irgendwo fünf Dollar am Tag für solche Arbeit?«

»Ich will lieber nur drei Dollar, zwei Dollar verdienen, aber eine Arbeit tun, die eine wirkliche Arbeit ist!«

»Was für eine wirkliche Arbeit?«

»Eine Arbeit für einen Mann, nicht für ein Maschinenteil!«

»Nun will ich Ihnen etwas zeigen«, sagte der Aufseher.

Sie sind während ihres Weges zum Eingang der Fabrik gekommen.

»Sehen Sie hier – stellen Sie sich hier hin!«

Durch ein Guckloch im Eisenblech dieses Fabriktors sieht Johannes Wiebe auf den weiten Platz hinaus, der vor dem Fabrikgelände liegt. Er sieht da die Tausende und Zehntausende von Wagen älterer und ältester Bauart, mit denen die Arbeitsuchenden vor dem Einlasstor des Anstellungsbüros aufgefahren sind.

Und dann sieht er näher, in zwei Säulen geordnet, die Schar der Arbeitsuchenden. Der eine Heerbann schwatzt, lacht und singt unbekümmert, das sind die Schlange stehenden Neger. Der andere Heerbann aber steht wortlos, grimmig, düster da – das sind die arbeitsuchenden Weißen. Und sie haben alle Ursache, düster zu sein, denn sie wissen, dass man in diesem Musterbetrieb des Erdensterns lieber den hirnlosesten Neger beschäftigt als den klügsten Weißen.

Vor diesen Heersäulen aber stehen die beiden Pförtner der Fabrik. Sie tragen schmucke Uniformen, vor allem aber tragen sie Gummiknüppel, mit denen sie die kaum mannsbreite Einlasstür gegen jeden unbefugten Eintritt zu verteidigen gedenken. Diese Pförtner haben Gesichter wie Bulldoggen, sie sind Muskelpakete, es sind Preisboxer.

»Sehen Sie das?«, fragt der Aufseher Johannes Wiebe. »Das sind alles Männer, die Ihren Arbeitsplatz haben möchten. Der Winter steht vor der Tür, viele Fabriken arbeiten nur noch halb, manche gar nicht mehr. Es wird viele unter diesen Männern geben, die gerne ein Messer riskieren würden, um bloß Ihren Platz zu bekommen, sehen Sie das nicht ein?«

Johannes Wiebe schweigt.

»Lohnt es sich nicht, sich ein bisschen Mühe zu geben, das Band nicht zu verzögern, um seinen Platz zu halten?«

»Vielleicht. Ich weiß es nicht ...«

»Sie wissen es nicht? Gott, Mann, wenn Sie in diesem Winter in dieser gesegneten Stadt ohne Arbeit sitzen werden, wenn Sie in der Abfallkiste der Gemüsehändler nach ein bisschen Fressen für sich suchen werden, dann werden Sie wissen, ob es sich lohnt!«

»Ich habe schon ein paarmal hier in diesem Lande gehungert. Ich weiß, wie das ist, wenn man stundenlang Choräle singen muss für eine Tasse Kaffee und ein Stück Maisbrot, das nicht vorhält. Das meine ich nicht.«

»Was meinen Sie denn?«

»Ich meine, ob es sich überhaupt zu leben lohnt, wenn man *so* arbeiten muss. Ich bin nichts mehr als ein Maschinenstück, das acht Muttern aufsetzt. Abends, wenn ich meine Bohnen esse, nachts, wenn ich träume, immer setze ich acht Muttern auf.«

»Aber was wollen Sie denn, Mann? So leben Zehntausende, Hunderttausende, und sie sind froh, so leben zu können.«

»Ich möchte eine menschenwürdige Arbeit.«

»Aber warum sind Sie denn in dieses Land gekommen, wenn Ihnen ein Fünf-Dollar-Job nicht gut genug ist?«

»Weil ich mir einbildete, man könnte in diesem gelobten Land der Freiheit als Mensch leben!«

»Was kann ein ungelernter Arbeiter mehr vom Leben verlangen als fünf Dollar Tagelohn?«

»Menschsein. Ein bisschen Frieden – ich weiß nicht.«

»Ja, Sie sind wahrhaftig ein Deutscher – Sie wissen nicht, was Sie wollen! Sie haben die leichteste Arbeit in der berühmtesten Fabrik der Welt – und ...« Er bricht ab.

»Jetzt sollen Sie sehen, wie ihre menschenunwürdige Arbeit gefragt ist.«

An den beiden vorbei ist ein Kontorjüngling durch den engen, schmalen Torgang zu den Pförtnern gelaufen. Er gibt einem der Pförtner ein Papier in die Hand, flüstert ihm etwas ins Ohr. Der eine Pförtner flüstert dem andern etwas zu, beide straffen sich, beide fassen ihre Gummiknüppel fester.

Der Kontorjüngling läuft eilig, halb lachend, halb ängstlich, zurück, an den beiden vorbei.

Es ist draußen, ehe noch einer der Pförtner ein Wort gerufen hat, ganz still geworden. Die Neger haben mit Plappern und mit Singen aufgehört. Die Scharen drängen sich enger aneinander, schieben sich, zuerst nur zollweise, auf die beiden Pförtner zu.

Jetzt fängt ein Summen an aus der Menge aufzusteigen,

ein böses, aufreizendes Summen aus vielen gespannten, erregten, kleinen Geräuschen. Es ist wie ein Wespenschwarm, der gleich losbrechen wird. Es klingt wie ein Dampfkessel, an dessen Ventile der Heizer Gewichte gehängt hat.

»Zehn Neger für Hochofenarbeit verlangt!«, ruft der eine Pförtner mit brüllender Stimme.

Aus dem einen Schwarm klingt es wie ein triumphierendes Jubelgeschrei, aus dem andern wie ein geller, plötzlich erpresster Seufzer der Enttäuschung.

Ein Neger läuft auf die Pforte zu. Ein weißer Mann springt ihn von der Seite an, der Gummiknüppel des Pförtners langt aus. Der Weiße fällt zusammen, aber auch der Neger stürzt, über ihn fallen die nächsten …

In der Sekunde darauf ist alles ein wüstes, tobendes Gebalge, eine Schlägerei. Ganz hinten, wo es völlig aussichtslos ist, dass sie zum Tore gelangen, prügeln sie sich. Es prügeln sich Weiße mit Schwarzen, Schwarze mit Weißen, Schwarze mit Schwarzen, Weiße mit Weißen … Die Gereiztheit des stundenlangen aussichtslosen Wartens entlädt sich. Heulen und Stöhnen, Wutschreie und Seufzer …

Nur die Pförtner, die kampfgewohnten alten Preisboxer, behalten den Kopf oben, das Auge klar. Unermüdlich teilen sie die Schläge ihrer Gummiknüppel aus, auf Köpfe, in aufseufzende Gesichter hinein. Sie verteidigen das Tor, bis es ihnen gelungen ist, den zehnten von den schnellsten, listigsten, kampfkräftigsten Negern durchzulassen. Dann fällt es klirrend zu, und schon schrillen draußen die Wagen der Werkpolizei, die mit Gummiknüppeln die Streitenden trennen, den Platz säubern. Es werden heute keine weiteren Engagements vorgenommen.

Von der Erregung des Kampfes aufgerüttelt, hat Johannes Wiebe seinen Aufseher fest am Arm gepackt.

»Das ist grauenhaft«, murmelt er. »Das ist schrecklich!«

»Es ist das Gesetz des Stärkeren«, sagt der Aufseher und löst seinen Arm aus dem umklammernden Griff. »Wir hier in den Staaten glauben daran, dass der Stärkere ein größeres Recht zu leben hat.«

»Es ist viehisch!«, flüstert Johannes Wiebe wieder.

Ein großer langbeiniger Neger, der letzte der Glücklichen, läuft, mit allen Zähnen lachend, an ihnen vorüber.

»O Misto!«, ruft er begeistert. »Was ein Spaß! Ich ihm mit Fuß in Bauch getreten, ich glauben, ihm platzen die Gedärme ...!«

Und läuft immer noch lachend weiter zum Anstellungsbüro.

»So«, sagt der Aufseher. »Und nun wollen wir wieder zu Ihren acht Muttern zurückkehren. Ich denke, Sie werden sie jetzt etwas begehrenswerter finden!«

Und er schickt sich an zu gehen.

»Nein!«, sagt Johannes Wiebe, aus tiefen Gedanken erwachend. »Nein!«

»Was heißt das, alter Junge? Kommen Sie, wir haben über eine Stunde vertrödelt, machen Sie jetzt ein bisschen flink. Ich glaube, die Lehre sitzt – sie hat bisher allen Faulen noch auf die Beine geholfen.«

»Mir nicht!«, sagt Johannes Wiebe entschlossen. »Ich mache nicht mehr mit.«

»Sie geben die Arbeit auf, eine Fünf-Dollar-Arbeit, jetzt, wo der Winter vor der Tür steht? Nachdem Sie das gesehen haben?«

»Ja, ich geb sie auf, *weil* ich das gesehen habe. Ich kann in diesem Lande nie leben und arbeiten. Ich fahre nach Haus!«

»In euer Deutschland, wo jetzt jeder von Diktatoren geknechtet ist?! Mensch, aus Gottes eignem Land, dem freiesten Land der Welt?«

»Ja, mein Deutschland, nach Haus!«

Der Aufseher kopfschüttelnd: »Nie wieder zeige ich einem Deutschen so was! Ihr reagiert immer anders als die vernünftigen Amerikaner … Ich verstehe euch nicht.«

»Gott sei Dank!«

Der Heimkehrer

Es hatte ganz richtig geschienen, in Zorn und Empörung, im Überdruss und im Ekel, die Arbeit hinzuwerfen. Aber als dann Johannes Wiebe abends auf seinem trostlosen Zimmer saß, seine Bohnen löffelte, schien es nicht mehr ganz so richtig. Es war ja doch Feigheit, so heimzukehren. Er war nichts geworden, und er hatte nichts erreicht. Er hatte nicht einmal fertiggebracht, was Tausende, Zehntausende mühelos fertigbrachten, was jeder hirnlose Neger konnte: acht Schraubenmuttern rechtzeitig aufzusetzen, einen Monat lang, zehn Monate lang, hundert Monate lang …

Wenn er es der Mutter zu erklären versuchen würde, würde sie bestenfalls sagen: »Du hast ganz recht, das ist keine Arbeit für einen Wiebe!« Der Bruder aber würde nur stillschweigend, aber überlegen grinsen und bei sich denken: ›Natürlich, das Bürschlein! Kann nichts, versteht nichts, hält nirgends aus – aber den Kopf hat er voll großer Rosinen! Nun, nach diesem werden wir ihn schon kurzhalten!‹

Er hat während des Essens den Brief seiner Mutter vor sich hingelegt. Es ist ein noch uneröffneter Brief. Er ist vor einer ganzen Weile gekommen, vor sechs, acht Wochen …

Damals hat er ihn nicht aufgemacht, damals dachte er noch, er würde wenigstens hier durchhalten können (wenn er auch schon wusste, dass es für ihn so, wie er war, in diesem Lande keine Möglichkeit des Hochkommens gab).

Seht, in all der Zeit, die er in diesem Lande verbrachte, haben ihn die Briefe der Mutter überall gesucht und gefunden. Es war ja vielleicht nicht so schwer für die Mutter, seine immer wieder veränderten Adressen zu erfahren, er war ja ein Ausländer. Er musste seine Aufenthaltsbewilligung verlängern lassen, er musste mit dem deutschen Konsulat in Verbindung bleiben …

Nein, die Adresse zu erfahren konnte für eine Frau, wie seine Mutter war, nicht schwierig gewesen sein. Aber es musste ihr sehr schwer geworden sein, immer wieder diese Briefe zu schreiben, auf die nie eine Antwort kam. Dieser unbegreiflich trotzige Sohn! Sie hatte ihn für so weich gehalten, ohne allzu große Sorgen hatte sie ihn fahren lassen, nach der zweiten oder dritten Schlappe würde er schon heimkommen! Es war ihm ja so verführerisch leicht gemacht – immer lag ein Scheck dabei!

Aber der Sohn ist doch nicht so weich gewesen, in veränderter Form steckte wohl etwas von der Energie der Mutter in ihm. Eine Weile lang hatten ihn diese Briefe schrecklich gequält, das war in den Zeiten gewesen, da er sich in allen möglichen Berufen versucht hatte, mit dem Glauben, hochzukommen, etwas zu werden, was denen zu Hause imponieren konnte!

In jener Zeit hatte er diese Briefe wütend zerrissen, sie schienen ihm so sehr den Unglauben an alles, was er werden konnte, auszudrücken. Sie sagten so einfach: Komm heim! Das bedeutete nichts anderes als: Aus dir wird doch nichts!

Aber seit jener Nacht, da er am laufenden Band gestanden hatte, hatte es damit angefangen, dass er die Briefe uneröffnet in seine Brieftasche steckte. Das laufende Band, das hatte bedeutet, dass er den Kampf um das Hochkommen aufgegeben hatte, dass es für ihn nur noch den Kampf um das nackte Leben gab. Und das uneröffnete Einstecken hatte bedeutet, dass er Angst bekommen hatte. Er hatte es sich nie so recht klargemacht, dass er sich damit einen Ausweg, einen Rückweg frei hielt – kam es zum Schlimmsten, so war der Brief in der Tasche, mit dem Scheck!

Und heute war es nun zum Schlimmsten gekommen!

Heute erkannte er, dass er nun den Ausweg des Geschlagenen beschritt: er beugte sich unter die Hand des Bruders!

An diesem Abend bleibt der Brief noch uneröffnet auf seinem Tisch liegen. Er lag lange wach in seinem Bett, draußen tobte die fremde Stadt mit ihren Autos, ihren nächtlichen Heimkehrern unter seinem Fenster vorüber. Sie grölten und sie lachten, sie waren so schrecklich gedankenlos lustig! Ihre Fröhlichkeit hatte etwas Ödes, etwas Totes. Das Leben war so verdammt einfach: Erfolg haben, das hieß Dollars hamstern, Dollars hamstern war ein Lebenszweck an sich – o Gott, waren sie langweilig! Und er hatte so lange Zeit unter ihnen leben können!

Aber nun, da er in seinem Bett wach lag, verloren auf den lärmenden, nie abreißenden Strom unter seinem Fenster lauschte, nun, da er sich schon von all diesem gelöst hatte, konnte er sich auch nicht vorstellen, dass er wieder daheim in der Baukasten-Villa hinter der Fabrik leben würde, an Bildern sich vergnügen, an schönen Büchern Gefallen finden würde. Und nebenbei den einen oder anderen belanglosen Auftrag des allmächtigen und allwissenden Bruders ausführen würde …

Es war nicht vorstellbar, dass er genau dort wieder anfing,

wo er aufgehört hatte. Dazu hatte er sich zu sehr verändert. Aber was sollte er sonst drüben tun als der Sohn aus gutem Hause?

Er hat etwas davon gehört und gelesen, er hat es auch heute wieder zu spüren bekommen, dass drüben im Vaterland etwas anders geworden ist. Als er zu Anfang hier in diesem Lande lebte, waren die Deutschen für die Amerikaner ein mit halb verächtlichem Mitleid angesehenes Volk: »Ihr seid ja schon halb tot. Gewiss, der Krieg ist auch schuld – aber wir sind jung. Wir fangen erst an zu leben – ihr seid schon beinah tot, ihr armen Deutschen!«

Aber seitdem hatte sich diese Tonart gewaltig verändert, von herablassendem Mitleid konnte nicht mehr die Rede sein. Sein Werkmeister hatte es noch heute gesagt: »Ihr Deutschen wollt ja wohl die ganze Welt beherrschen!«

Es war gefährlich geworden, sich Deutscher zu nennen; er hatte manchen guten Deutschen kennengelernt, der sich als Schweizer ausgab oder als Holländer.

Einmal war er, eigentlich aus reiner Beschäftigungslosigkeit, an einem Sonntag zu einer Versammlung gegangen, die der Deutsche Verein in dieser Stadt einberufen hatte. Es war in einem Park gewesen, in einem dieser schrecklichen amerikanischen Parks, mit garantiert echten Wasserfällen aus Zementrohren, mit Eisenkonstruktionen und Baumruinen. Auf der Tribüne hatte ein Mann in Uniform gestanden und hatte geredet, vor ihm hatten noch ein paar Uniformierte gestanden, aber was der Redner geredet hatte, das war nicht zu verstehen gewesen, so sehr pfiff, brüllte, schrie die in weitem Umkreis stehende Menge.

Dann waren Flieger über die Versammlung dahingebraust und hatten Flugblätter über der Menge abgeworfen, in denen alles Deutsche beschimpft und verlästert wurde, so sehr, dass sich sogar in Johannes Wiebe der Widerspruch regte. Er kannte ja Deutschland, es war seine Heimat, sie konnte regiert werden, von wem es auch sei, nie konnte sich seine Heimat mit ihren deutschen Menschen zu lauter blutgierigen, säbelschwingenden Sadisten ändern!

Aber geändert musste sie sich haben – der Hass war zu spürbar. Hochgekommen musste sie sein: es war so viel Neid in dem Hass.

›Vielleicht‹, denkt Johannes Wiebe, ›bringt auch mir diese Änderung Möglichkeiten. Ich kann noch einmal anfangen. Und noch einmal. Und wieder. Ich bin ja dann daheim. Ich werde mich nicht von meinem Bruder aushalten lassen. Natürlich, Mutter will ich wiedersehen … Aber ich glaube nicht, dass ich wieder tatenlos in unserer Villa herumsitzen möchte – Gnadenbrot will ich auch nicht essen.‹

Der Scheck, dieser bankbestätigte Scheck, den er am nächsten Morgen auf der Bank vorlegt, ist auch Gnadenbrot, das weiß er. Er muss die ganze hohe Summe nehmen, aber er will sie nicht ausgeben. Er könnte sich nun wieder einkleiden wie ein junger Herr, er könnte erster Klasse auf Bahnen und Schiffen heimwärts fahren, aber das will er nicht.

Er ist den Luxus nicht mehr gewöhnt, und im Grunde hat er nie Luxus gebraucht, so ist er nicht. Er kauft sich einen anständigen Anzug, ein bisschen Wäsche, mehr nicht. Dann fährt er über den Erie-See nach Buffalo und von dort ostwärts nach New York.

Er ist niedergeschlagen und still, als er so in der Bahn sitzt, äußerlich ein Amerikaner, mit der Fahrkarte hinter dem Hutband wie alle. Aber innerlich stößt ihn ihr Kauen und Schreien, die Füße auf den Sitzen, ihr Spucken, ihr burschikoses Sichbeklopfen stärker ab als je, nun, da er immer ostwärts fährt, in die Länder der aufgehenden Sonne, der Heimat zu. Vielleicht reizt ihn alles stärker, jetzt, da er sich schon nicht mehr zu ihnen gehörig fühlt, endgültig weiß, dass er sich bei ihnen in God's own land nie einleben wird. Vielleicht ist ihm aber auch nicht ganz wohl. Oft hat er einen schweren Druck im Schädel, sein Magen, der sich schon fast an den unverdaulichen Fraß gewöhnt hatte, streikt.

Als er in New York auf das Büro der großen Deutschen Schifffahrtsgesellschaft will, halten ihn ein paar Posten mit Plakaten an. »Fahr nicht auf Nazi-Schiffen« liest er.

»Du, Fellow, du wirst doch nicht mit den Leuten fahren?! Ich hoffe, du bist ein guter amerikanischer Staatsbürger, der für die Freiheit eintritt?!«

»Bin ich nicht frei, auf dem Schiff zu fahren, das ich will?«

»Oh! Geh zur Hölle, du bist ja selbst so ein verdammter Deutscher!«

Und er schlägt nach ihm. Aber ein bisschen hat Johannes Wiebe doch in diesem Land der robusten Selbstverteidigung gelernt; er weicht dem Schlag aus und haut dem Sandwichman mit der scharfen Ecke seines Köfferchens gegen das Schienbein: »Geh selber zur Hölle, du!«

Drinnen verlangt er eine Passage dritter nach Hamburg.

Der junge Mann, der ihn bedient, hat wohl etwas von dem Lärm des Streites vor der Tür gehört. »Sie sind angehalten worden?«, fragt er.

»Ach, diese Affen …«

»Ja, Affen sind es«, sagt der junge Mann. »Aber Affen ohne Manieren. – Nach Hamburg dritter? Da brauchen Sie aber nicht erst mit dem großen Kasten in zwei Tagen zu fahren, da nehmen Sie doch den Neptun. Der hat nur dritter Klasse – der fährt schon heute Abend um sechs, und Sie sparen noch 25 Dollar!«

»Gerne!«, antwortet Johannes Wiebe. »Es fahren wohl jetzt nicht viele – wegen dem Trara da draußen?«

»Sie haben eine Ahnung – wir sind immer besetzt. Alles Rückwanderer – es spricht sich allmählich herum, dass daheim ein anderer Wind weht, dass dort jeder Arbeit findet und nicht die Sorte Arbeit, die es hier gibt …«

»So«, sagt Johannes Wiebe. »Und Sie meinen wirklich, es sieht anders aus – daheim?«

»Ich meine? Ich weiß – ich war erst vor zwei Monaten drüben, auf Urlaub. Seit wann waren Sie nicht daheim?«

»Es ist schon eine ganze Weile her.«

»Dann werden Sie sich aber wundern! Da werden Sie aber die Augen aufmachen! – Oh, da werden Sie die Idioten hier vor der Tür schon besser verstehen. Begreifen Sie doch, Mann, nach fünfzehn Jahren Erniedrigung ist es wieder ein Glück, ein Deutscher zu sein!«

»Ja, wirklich?«, antwortet Johannes Wiebe. »Nein, das freut mich aber …«

Doch es rührt ihn nicht sehr an. Noch nicht. Noch ist er viel zu sehr mit sich selbst beschäftigt: was werde ich anfangen? Was kann ich Mutter sagen? Wie werde ich mich mit Thomas stellen?

Das sind die Fragen, die ihn beschäftigen, und wenn er all diese Rückwanderer, die eine neu aufgehende Sonne in die Heimat zieht, von ihren Erwartungen, Hoffnungen, Plänen reden hört, so berührt ihn das kaum. Er hat seine eigenen Sorgen, und zudem geht es ihm nicht gut.

Der Druck in seinem Schädel wird immer stärker. Manchmal, wenn er auf Deck steht, ist ihm beinahe, als sei das Schiff unter ihm fortgefahren, und er schwebe frei und allein in der Luft, zwischen Wind und Wellen …

›Ich bin krank‹, sagt er sich dann. ›Ich muss krank sein.

Aber das darf ich nicht sein. Auch noch krank nach Hause kommen – nein, das macht die Niederlage erst ganz schlimm! Im Bett liegen – und Thomas sieht auf mich herunter und sagt: Na, du Unglückshuhn, etwas anderes habe ich nie erwartet …‹

Er geht mit allen Kräften, die ihm geblieben sind, gegen diese Krankheit an, aber sein Gesicht wird hohl dabei, seine Augen bekommen einen seltsamen Glanz.

An einem der letzten Überfahrtstage klopft ihm der Schiffsarzt auf die Schulter: »Nun, was ist das mit Ihnen? Sie sehen mir aus, als ob Sie ein bisschen Fieber hätten!«

»Ich? Aber kein Gedanke daran! Ich fühle mich ganz wohl«, lügt er.

»Und sind in diesem Augenblick schneeweiß geworden. Nein, kommen Sie lieber einmal mit mir.«

Er will sich wehren, er will nicht krank sein, aber der Doktor ist erbarmungslos.

»So, stecken Sie erst einmal das Thermometer in die Achselhöhle. – Und nun erzählen Sie mir, seit wann Sie sich so schlecht fühlen.«

»Aber ich sage Ihnen, Herr Doktor …«

»Reden Sie doch nicht! Natürlich, ich verstehe das: Sie wollen nicht krank daheim ankommen. Eine Mutter oder eine Braut steht am Kai, wie?«

Der Arzt lächelt behaglich, stolz auf seinen Scharfblick.

»Nun, ich werde sehen, was sich tun lässt. – Dacht ich's doch: 39 Grad Fieber, und damit laufen Sie schon tagelang herum, ich habe Sie doch beobachtet. Eine niedliche Grippe! Also, legen Sie sich, bis wir im Hafen sind, in Ihre Koje. Schlucken Sie gleich jetzt diese zwei Tabletten – ich sehe dann schon nach Ihnen. Dass Sie wenigstens im Hafen auf Ihren zwei Beinen stehen können. Nachher zu Haus werden Sie sich freilich gleich wieder hinlegen müssen. Haben Sie weit nach Haus?«

»Nein, nein, gleich in Hamburg!«, lügt er wieder.

Er legt sich gehorsam ins Bett. Aber durch die Fieberträume geht eine neue Angst, die ihm der gute, ahnungslose Schiffsarzt in den Kopf gesetzt hat: seine Mutter könnte am Kai stehen! Und da sieht sie ihn dann vom Schiff kommen, fiebrig und verfallen: ein richtiger verlorener Sohn, der um Gnade, der um ein Bett fleht!

Nur das nicht! Hundertmal sagt er sich in ruhigen Stunden, dass seine Mutter unmöglich bei allen Schiffen auf dem Kai warten kann. Wenn sie ihn überhaupt erwartet, steht sie bei den großen Dampfern, die erster Klasse fuhren. Sie hat ja noch keine Ahnung, wie verändert der Sohn heimkehrt! Und wenn es möglich ist, soll sie es nie erfahren. Er hat Zeit, er hat Geld, er kann sich erst erholen – sie hat so lange gewartet, es kann nun nicht mehr auf ein paar Tage ankommen! So geht er nicht zu ihr zurück.

Und dann kehrt das Fieber wieder zurück, und die raschere Blutwelle, die sein Hirn durchflutet, trägt den Dampfer in den Hafen. Er hat sich hinter dem Schornstein versteckt, sein Köfferchen in der Hand, späht er nach dem Kai hinüber. Und richtig: da steht die Mutter, und kaum ist die Landungsbrücke hinübergeschoben, so kommt die Mutter schon an Bord! Ein Offizier geht neben ihr, ganz dicht an dem Schornstein kommen sie vorüber, der Offizier spricht: »Johannes Wiebe, ja, der ist an Bord. Gleich werden wir ihn haben!«

Er späht nach dem Landungssteg, jetzt könnte er vielleicht ausreißen – aber am Ende des Steges steht sein Bruder Thomas mit einem Polizisten! Und die beiden flüstern heimlich miteinander!

Er möchte förmlich in den Schornstein hineinkriechen, aber das hilft ihm nichts, grade auf ihn zu kommt nun die Mutter mit dem Offizier. Der deutet mit dem Finger: »Der da ist Johannes Wiebe!«

Und die Mutter sagt mit ganz hoher tadelnder Stimme: »Oh, Johannes, mir wird eben gesagt, du hast deine Tabletten nicht ordentlich genommen. Immer warst du so widersetzlich – du hast dich gar nicht geändert!«

Und damit will sie ihm eine Tablette in den Mund stecken; aber es ist gar keine Tablette, es ist eine Schraubenmutter aus der Automobilfabrik. Er hat vergessen, sie aufzusetzen, und zur Strafe soll er sie jetzt verschlucken …

Er wehrt sich krampfhaft, aber der Druck gegen seinen Mund wird immer stärker, und nun sagt plötzlich die Stimme des Schiffsarztes ganz ärgerlich: »Mein junger Freund, trinken Sie doch endlich, es wird Ihnen wirklich guttun!«

Er schlägt die Augen auf, und da sitzt wirklich nur der Schiffsarzt an seinem Bett und will ihm ein Glas Orangensaft zu trinken geben. Der böse Traum ist zerstoben, er trinkt.

Der Schiffsarzt macht ein ernstes Gesicht und sagt: »Sie machen mir rechte Sorgen, mein junger Freund! So kann ich Sie doch wirklich nicht an Land gehen lassen!«

»Ach, Herr Doktor, bis morgen bin ich in Ordnung!«

»Bis morgen? Sie haben wieder einen Tag verschlafen, junger Wiebe! In drei Stunden legen wir in Hamburg an. Kommen Sie, seien Sie vernünftig, lassen Sie mich für Sie einen Krankenwagen bestellen. Gehen Sie erst einmal ins Krankenhaus.«

»Bitte, wirklich nicht, Herr Doktor!«

Der Doktor denkt nach. »Ist es irgendetwas? Kommt jemand – oder wollen Sie jemanden nicht sehen?«

»Ach, Herr Doktor, bitte nicht fragen. Ich verspreche Ihnen, ich lege mich in Hamburg sofort ins Bett.«

»Sie versprechen mir das in die Hand?«

»Das tu ich, Herr Doktor!«

»Es ist sträflich von mir, aber ich sehe ja ein ... Was Sie auch alles für Zeug im Traum geredet haben ... Nun also, ich schicke Ihnen den Steward, dass er Ihnen ein bisschen hilft.«

Und nun steht Johannes Wiebe an Deck. Er ist sehr schwach, aber sein Kopf ist wieder klar. Wie im Traum hält er sich versteckt. Er steht hinter einem Ventilator und sieht auf all die Gesichter am Kai. Er kann das eine Gesicht, das geliebte und gefürchtete Gesicht, nicht entdecken.

Langsam leert sich das Deck, langsam wird das Gedränge um das Fallreep lichter. Johannes Wiebe hat jedes der dort noch wartenden Gesichter dreimal angesehen: er kann ohne Angst vom Schiff gehen.

Er tut es, langsam, mit weichen Knien. Er ist so schwach, dass er sich von einem Träger sein leichtes Köfferchen abnehmen lässt.

»Sonst nichts – Herr?«

»Sonst nichts. Aber setzen Sie mich schnell in ein Auto.«

Er steigt mühsam in den Wagen, er lässt sich in das erstbeste Hotel fahren. Eine halbe Stunde später liegt er wieder in einem Bett, erschöpft, aber mit klarem Kopf.

Dies war die Heimkehr des verlorenen Sohnes – aber dem Arzte hat er doch wenigstens Wort gehalten!

Hauptstück

DIES HERZ,
DAS DIR GEHÖRT

Erster Teil
Zwei Menschen lernen sich kennen

Der Bruder

Fast zwei Tage hat es Johannes Wiebe im Bett seines Hamburger Hotels ausgehalten, dann trieb ihn plötzlich die Unrast hoch! O Gott, er war ja wieder in der Heimat, nur sechs, acht Stunden von Berlin und der Mutter entfernt, und er lag tatenlos im Bett!

Es ist schon dunkel, im feuchten Asphalt vor seinem Fenster spiegeln sich viele Lichter. Aber das kann ihn nicht mehr halten! In einer Stunde ist er reisefertig, bezahlt seine Rechnung: »Geht noch ein Schnellzug nach Berlin?«

»Jawohl, mein Herr, in einer halben Stunde. Kurz vor Mitternacht sind Sie in Berlin.«

Er geht das kurze Stück bis zum Bahnhof. Diese zwei Tage Ruhe haben ihm gutgetan. Ein leises Schwächegefühl noch in den Beinen, eine seltsame Leere im ganzen Körper, als sei er sehr leicht geworden – das ist alles!

Er steigt in den Zug, setzt sich in eine Ecke – und kaum sitzt er, schläft er schon wieder ein.

Der Heimkehrer hat, ohne es zu wissen, wie drüben seine Fahrkarte hinter das Hutband gesteckt, und der Schaffner dieses Zuges ist Ausländerverkehr gewöhnt – so kann Johannes Wiebe ungestört schlafen, bis ihn ein freundlicher Mitfahrer anstößt: »Wir sind gleich in Berlin, mein Herr!«

»In Berlin!«

Er springt auf, nimmt sein Köfferchen, läuft den Gang entlang, ganz nach vorn. Noch immer fährt der Zug, er kann es nicht abwarten. Jetzt, aus dem tiefen Traum, aus den weichen Genesungstagen heraus, gibt es nur noch einen Gedanken für ihn: nach Haus! Alle Überlegungen, alle Grübeleien sind zerstoben. Der Heimkehrer will nach Haus!

Als Erster drängt er sich durch die Schranken – jetzt beunruhigt ihn kein Gedanke, dass die Mutter ihn hier erwarten könnte. Als erster erwischt er eine Taxe: »Nach Berlin-Charlottenburg – Meisenstraße. Halten Sie hinten bei der Metallwarenfabrik Wiebe!«

Was ist es, das ihn abhält, direkt bei der mütterlichen Villa vorfahren zu lassen? Ist es die späte Stunde? Will er die Mutter nicht aus dem ersten Schlaf stören? Oder ist doch noch ein Rest von Vorsicht, von Angst in ihm sitzengeblieben?

Er weiß es nicht, er hat es so hingesagt, ohne viel nachzudenken.

Und nun steht er an dem Hintertürchen der Fabrik. Natürlich hat er keinen Schlüssel, natürlich weiß er, dass jetzt, kurz vor ein Uhr nachts, kein Klingeln hilft. Aber er kennt ja die Gewohnheiten der Fabrik: alle zehn Minuten kommt der Wächter Lobrian mit der Hündin Bella an diesem Türchen vorüber, rüttelt an ihm, ob es noch verschlossen ist, und geht weiter.

Er steht und wartet und lauscht. Im Schein der Gaslaterne liegt vor ihm die lange, altvertraute Mauer mit den Glassplittern, das Eisentor – es hat sich nichts verändert, seit er das letzte Mal hier gewesen ist, soviel sich in Deutschland unterdes auch verändert haben soll.

Plötzlich kommt ihm ein Gedanke: Es ist doch alles genauso wie damals, an jenem grauen Novembermorgen, als die Monteure hier vor der Fabrik standen, die entlassenen, die arbeitslosen, dass es ihm nicht einmal aufgefallen ist, dass jenes Plakat noch immer an dem Eisentürchen klebt.

Erst allmählich wird ihm klar, eine wie lange Zeit seit jenem Novembermorgen vergangen ist, dass unmöglich noch der gleiche Aushang an der Eisentür haften kann.

Er tritt näher, er brennt ein Streichholz an, er liest: »Arbeiter – auch ungelernte, auch Frauen – stellt laufend ein: Eisenwarenfabrik Hermann Wiebe«.

Etwas wie Rührung überkommt ihn: Es ist also doch anders geworden, es ist besser geworden! Während sich drüben im gelobten Land die Arbeiter vor den Fabriktoren um einen »Job« prügeln, laufen die Maschinen wieder in Vaters Werk! Und er ist ein Narr gewesen – er hat draußen bei Fremden um Arbeit gebettelt, während er im eigenen mit hätte schaffen können!

Oh, was für ein Narr er gewesen ist! Aber er wird sich ändern! Er wird mitarbeiten, er wird nicht empfindlich gegen die spöttische Überlegenheit des Bruders sein, der eben doch der Tüchtigere, der Erfolgreichere ist! Denn er hat das Werk wieder in Gang gesetzt, während Johannes Wiebe nicht einmal sich selbst in Gang setzen konnte!

Liebevoll streicht er über das Plakat, es ist doch gut, *so* heimzukommen!

Und nun hört er den Schlürfeschritt des Wächters, ja, es ist noch immer der alte Schritt des alten Lobrian, der in viel zu großen Gummistiefeln über den Hof schlürft!

»Lobrian«, ruft er halblaut, und sofort schlägt Bella wütend an, auch Bellas Bellen würde Johannes aus hundert bellenden Hunden heraushören.

»Wer issn da?«, fragt Lobrian sofort entrüstet. »Hier kommt jetzt keiner rein!«

»Lobrian – Johannes Wiebe! Der junge Herr!«

Einen Augenblick ist tiefe Stille. Dann heult erst Bella auf, Johannes sieht sie förmlich sitzen, auf den Hinterkeulen, das Maul weit aufgerissen, wie sie den Mond anheult oder Glockenläuten, wie sie eben heult, wenn die Gefühle sie so überwältigen, dass sie nicht weiß, ob sie Freude oder Schmerz empfindet.

Und dann ruft der alte Lobrian mit einem ganz ähnlich heulenden Ton in der Stimme: »Gott, der junge Herr! Ick komme ja schon, ick such ja schon den Schlüssel, junger Herr! – Bella, hab dir nich so dusslig, reiß mir nich um! Es ist der junge Herr, ja doch, du elende Töle – mach doch nicht ganz Charlottenburg wach!«

Und nun, da der junge Wiebe eingetreten ist: »Junger Herr, nee, det ick det noch erlebe! Det Se zu meene Tür rinkommen! So 'ne Ehre! Grade, wo Se rausgegangen sind! Wissen Se noch? Damals war Ihnen een bissken plümerant, und ick hab Sie noch jesagt, wat oben is kommt nach unten. Wat, hat jestimmt, junger Herr, hat et jestimmt oder nich? Jetzt sind wir oben, und die drüben jehn stempeln – bloß det se nicht mal stempeln jehn dürfen! Und nun sind Se wieder da!«

»Ja, nun bin ich wieder da, Lobrian!«

Ja, so etwas ist Heimkehr, Johannes ist ganz überwältigt. Er hätte nie gedacht, dass der alte Mann so warm für ihn empfinden könnte. So warm hatte in all der Zeit draußen kein Mensch mit ihm gesprochen! Er hatte dem Lobrian doch nie etwas besonders Gutes erwiesen, war nicht herzlicher zu ihm gewesen als zu allen anderen. Er war gewissermaßen ein selbstverständliches Erbstück vom Vater her, immer herummümmelnd, immer über die Unordnung der Arbeiter schimpfend, die Kisten auf dem Hof stehenließen, über die er dann in der Dunkelheit stolperte – und nun so!

»Freuen Sie sich denn wirklich so, Lobrian? Es ist ja gut, ja, nun bin ich wieder zu Haus. Und Bella – ja, nun lass es aber gut sein. Du machst mich ja ganz dreckig! Und wie geht es jetzt? Ihr stellt Arbeiter ein?«

»Arbeit jenug, vill zu ville – aber ick weeß nich, nee, in de erste Stunde will ick Se nich vermiesen, junger Herr! Sie wern schon selber hörn!«

»Immer die bösen Löhne, was, Lobrian?«

»Ach, mit die Löhne, det jeht ja jetzt, det is ja alles festjelecht, da kann er nich bei meckern. Aber so, was sein Ton is – und überhaupt …«

»Wessen Ton?«

»Na, Sie wissen doch junger Herr, Sie müssen doch als erster Bescheid wissen. Se sagen doch alle, er hat Ihnen ooch rausjegrault …«

»Mein Bruder?«

»Nee, junger Herr, det mach ick nich, Namen nenn ick nich. Ick bin zu alt, mir de Fresse zu verbrennen. Aber ick sare imma: Lasst ihn man so weiter toben, er wird schon sehen, wie lang er's treibt. Heut is nich mehr einst, und een Arbeeter is keen Schuhwisch mehr …«

Es war dem Johannes Wiebe gar nicht lieb, dass die ersten Nachrichten aus der Heimat gerade den ungeliebten Bruder betrafen und dass sie nicht gut waren. Er wollte nichts mehr davon hören, diese Klagen begegneten sich zu gut mit Klagen in seiner eigenen Brust.

Er fragte: »Und meine Mutter – sie ist doch zu Haus?«

»Weeß ick nich, junger Herr«, antwortete Lobrian ein wenig gekränkt, dass seine Beschwerden so wenig Widerhall fanden. »Wat in der Villa passiert, davon hab ick keene Ahnung. Ich red doch nie mit 'nem Menschen ein Wort. Aber ick hab so wat jehört, die Frau Mutter is wechjereist …«

»Na, dann werde ich selbst nachsehen müssen. Gute Nacht, Lobrian, morgen sprechen wir uns wieder.«

Damit geht Johannes Wiebe rasch über die Fabrikhöfe, klinkt in der Mauer, die den herrschaftlichen Garten von dem Fabrikgrundstück trennt, das Pförtchen auf und geht nun rasch und möglichst vorsichtig über den leise knirschenden Kies der Villa zu, die dunkel und massig zwischen Bäumen und Büschen vor ihm aufsteigt.

Er ärgert sich, dass die gute Stimmung, die ihn am Fabriktor überkam, schon wieder verflogen ist. Lobrian ist eine gute Seele, gewiss, aber das mit seinem Bruder hätte er ihm auch nicht gleich versetzen müssen. Und nun soll die Mutter nicht einmal zu Haus sein, so dass er ganz allein von gerade diesem Bruder bewillkommt würde, ein lächerliches Köfferchen in der Hand, in einem Anzug, der jetzt bestimmt die Spuren von Bellas stürmischer Begrüßung trug.

Er steht vor der Villa und sieht zögernd zu ihr auf. Kein Licht brennt, ja, es ist nun schon fast zwei Uhr geworden, alle schlafen, wer nun eben im Haus sein mag. Er wird klingeln müssen. Der Gedanke, dass ihm vielleicht irgendein ganz unbekanntes Hausmädchen öffnen wird, dem er erst auseinandersetzen muss, dass er der Sohn des Hauses ist, die ihm vielleicht nicht einmal Glauben schenkt, sondern vor der Tür der Villa stehen lässt, bis sie den Bruder geweckt hat – das macht ihn so unschlüssig! Er steht auf der Auffahrt, hat die Hand zur Klingel erhoben und wagt doch nicht zu klingeln.

Da zittert ein Lichtschein über diese Hand, über die Klingel, über die Hausfassade. Das Summen eines Motors wird vernehmbar – rasch tritt Johannes Wiebe in den dunkelsten Schatten hinter einen der Oleanderkübel. Vielleicht ist es die Mutter, die von ihrer Reise zurückkehrt! Das wäre schön!

Aber es ist der Bruder, der aus dem Wagen steigt. Ganz nahe sieht Johannes im Halbdunkeln die vertraute Gestalt, die ihm noch fetter geworden scheint. Der Bruder klappert mit Geld, wortlos, der Taxichauffeur sagt auch nichts, sondern fährt sofort wieder ab.

›Also ist er noch immer nicht üppiger mit Trinkgeldern geworden‹, denkt Johannes Wiebe, der sich oft über die kleinliche Knauserei ebendieses Bruders geärgert hat, dem Geld für die Bedürfnisse der eigenen Person nie knapp war.

Nun klappert der Bruder mit Schlüsseln. Johannes kann sein Gesicht nicht erkennen, aber er merkt schon, der Bruder hat trotz seiner aufrechten Haltung schwer geladen. Er merkt es an dem Schnaufen des Verfetteten, er hört es aus den leisen Flüchen, die des Bruders Versuche begleiten, den Schlüssel ins Schloss zu führen.

Jetzt ertönt ein lauter Fluch, denn mit lautem Klappern fallen die Schlüssel auf die Steinstufen.

Es wäre vielleicht an der Zeit für den jüngeren Bruder, sich dem älteren hilfreich zu zeigen, aber er will nicht. Es will nicht in ihm. Er hat einen Schritt hinter seinem Kübel hervor getan, aber dann ist er stehengeblieben und sieht mit einer Mischung von Neugier und Ekel dem Bruder zu, der sich schwerfällig hinhockt und mit den Händen auf dem Boden herumtastet. Aber er findet die Schlüssel nicht, er richtet sich schnaufend wieder auf und stampft ärgerlich mit den Füßen auf.

Er stößt dabei gegen die Schlüssel, die nun laut klappernd von Stufe zu Stufe fallen, bis sie auf dem Kies der Auffahrt, zwei Schritte von Johannes, liegenbleiben.

»Oh, verdammt, verdammt, verdammt!«, flucht Bruder Thomas.

Bruder Johannes steht atemlos still. Kommt jetzt der Bruder …?

Aber der Bruder kommt nicht. Er hat die Suche nach den

Schlüsseln als aussichtslos aufgegeben, er drückt energisch den Klingelknopf, und als ihm nach einer Viertelminute noch nicht geöffnet ist, klingelt er fluchend und ausdauernd weiter. Er nimmt den Finger gar nicht erst wieder von der Klingel! Man hört ihr gellendes, nicht aufhörendes Geschrei durch das ganze Haus.

›Mutter ist bestimmt nicht da!‹, denkt Johannes verzweifelt. ›Vor Mutter hat er sich doch immer ein bisschen in Acht genommen …‹

Oben geht ein Fenster auf, und eine verschlafene weibliche Stimme fragt: »Wer ist denn da?«

Thomas Wiebe schreit: »Zum Donnerwetter, könnt ihr denn nicht aufmachen?! Sitzt ihr auf euern Ohren?! Seit drei Stunden stehe ich hier schon!«

»Ich komme sofort, gnädiger Herr«, sagt die Stimme, und das Fenster oben wird hell.

Und wirklich ist sie in kaum zwei Minuten unten. Die große Bogenlampe über der Auffahrt wird hell, und während nun die Kette klappert, die Schlösser knacken, hat Johannes Zeit, seinen Bruder in vollem Licht zu betrachten.

Nein, er hat sich nicht verändert, wenigstens nicht zum Guten, der Bruder Thomas! Wie er dasteht mit seinem Abendmantel über dem Frack, untadelig angezogen, trotz schwerer Angetrunkenheit auch in der Haltung untadelig, sieht er eigentlich, trotz stärkerer Fülle, gar nicht unangenehm aus. Aber man muss dies Gesicht sehen, nicht nur verfettet, sondern gedunsen, den zu vollen, gierigen Mund und dazu die kalten, bösen Augen – nein, Thomas, du bist noch immer kein Bruder, zu dem sich's leicht zurückkehrt!

Das Mädchen steht in der Tür. Es ist noch immer das ältere, ein wenig säuerliche Mädchen, übrigens Bertha gerufen, das Johannes kennt, das zuverlässige Faktotum seiner

Mutter, das Grab aller Familiengeheimnisse. Aber wie sie jetzt zu ihrem Herrn »Bitte sehr, gnädiger Herr« sagt und ihm die Tür freigibt, klingt ihr Ton gar nicht so säuerlich, sondern eigentlich ganz wohlwollend.

Aber ihr Herr ist noch nicht geneigt einzutreten. Vielleicht wird es ihm – aus den Dünsten des Alkohols heraus – schwer, sie zu erkennen. Er starrt sie an, dann fragt er mit etwas schwerer Zunge: »Bertha, du bist doch Bertha, was?«

»Jawohl, ich bin Bertha, gnädiger Herr«, antwortet das Mädchen, und ihr Ton wird immer vergnügter. »Und entschuldigen Sie, gnädiger Herr, ich habe so schnell gemacht, wie ich irgend konnte, darum bin ich nicht ordentlich angezogen.«

Thomas Wiebe versucht zu erkennen, wieso die Gestalt vor ihm nicht ordentlich angezogen ist.

»Bertha, Mädchen«, sagt er dann schwerfällig, »ich habe dir schon hundertmal gesagt, dass du schöne Beine hast, du musst mich bloß nicht immer darauf stoßen. Mama zu Hause?«

»Nein, gnädiger Herr. Aber die gnädige Frau hat angerufen, der junge Herr ist auch mit *dem* Dampfer nicht gekommen. Sie wartet noch den nächsten ab.«

»Da kann sie lange warten, Bertha, Mädchen, ich sage dir, der kommt überhaupt nicht, der verjuxt das Geld lieber drüben. Der führt die alte Dame an der Nase rum.«

»Glauben Sie wirklich, gnädiger Herr?«

»Na, ist doch klar! Der hat noch nie arbeiten gemocht! Ich hab doch einen von Pinkertons Leuten ein paar Wochen hinter ihm gehabt, drei Tage da, eine Woche hier, nichts richtig angefangen, und nun will er sich wieder bei uns vollfressen, der Nichtstuer! Na, wir werden ihn schon kriegen, was, wir werden ihn zwiebeln, wie, Berthachen, Mädchen?«

»Gewiss, das können Sie, gnädiger Herr!«

»Und ob ich das kann! Ich werd Mutter schon zeigen, wie viel ihr Lieblingsjunge wert ist, der Nichtstuer und Nichtskönner! Da soll ihm alle Anstellerei und Gefühlsduselei nichts helfen!«

»Wollen Sie nicht hereinkommen, gnädiger Herr? Es ist so kalt hier draußen, und ich habe fast nichts an. Ich mach Ihnen noch was Warmes …«

»Ja, du machst mir noch was Warmes, Berthachen! Ich komm jetzt rein. Halt, Berthachen, da war noch was … Ich hab noch was vergessen …« Er grübelt, dann fällt es ihm ein: »Die Schlüssel! Die sind mir eben die Treppe runtergefallen, da drüben bei dem Oleander müssen sie liegen.«

Er dreht sich schwerfällig um.

»Ich hol sie, gnädiger Herr! Bemühen Sie sich nicht!«, ruft das Mädchen und läuft die Treppe herab.

Als das Mädchen auf ihn zuläuft, fällt die Erstarrung, die Johannes Wiebe an seinem Platz festhielt, ab. Er hebt die Schlüssel auf – Bertha bleibt erschrocken vor dem dunklen Mann stehen –, wirft sie seinem Bruder vor die Füße und schreit: »Da hast du deine Schlüssel – ich will sie nie haben! Nie! Nie!« Und damit rennt er wie gejagt die Auffahrt hinunter, in den dunklen Garten, immer weiter, auf die Straße hinaus, immer weiter, immer weiter …

»Nee, so was!«, sagt der Betrunkene verblüfft zu Bertha. »Hat das Jungchen hier gestanden und sich alles angehört!« Er überlegt sich den Fall und lacht dann: »Auch nicht weiter schlimm! Weiß er wenigstens gleich, was wir von ihm denken!«

»Wenn er es aber der gnädigen Frau erzählt?«, fragt Bertha etwas ängstlich.

»Der? Nie! Das hat so sein sollen, Bertha! Das hat gerade

gepasst! Der kommt nicht wieder! Das hat eigentlich sehr hübsch gepasst! Komm, Bertha, Mädchen, trink einen mit mir. Stoßen wir auf den verlorenen Sohn an!«

Die Stampe

Er ist in die Nacht hineingelaufen, in die Straßen hinein, vom Vaterhaus fort, die Wangen brennend vor Scham.

Gewiss, er schämt sich des Bruders, dieses gemeinen, rohen, kalten Rechners. Wenn der Bruder auch betrunken war, als er so sprach, nicht nur die Trunkenheit ließ ihn so schwätzen. Er hatte eine gemeine Seele – es gab nichts Gemeinsames zwischen den Brüdern, es gab nun nicht einmal mehr stille Duldung.

Aber noch mehr schämte sich Johannes Wiebe seiner selbst. Er schämte sich, dass er im Schatten des Oleanderbusches hatte stehenbleiben müssen, dass er nicht hatte vortreten, nicht hatte sprechen können: »Es ist nicht wahr, was du sagst! Ich bin tüchtig gewesen, ich bin fleißig gewesen – ich habe etwas geleistet. Ich bin etwas geworden. Nicht etwas, was du in Mark und Pfennig ›etwas geworden‹ nennst, aber innerlich bin ich etwas geworden!«

Nein, er hatte im Dunkeln stehenbleiben müssen, er hat nicht so sprechen können. Es hatte etwas Wahres in des Bruders Worten gelegen. Trotz aller Gemeinheit.

Wenn aber etwas Wahres in ihnen lag, konnte er nicht zurück. So nicht. Es war unmöglich – auch um der zärtlichsten Mutter der Welt willen nicht –, von der Duldung eines solchen Bruders zu leben, innerlich wissend, er war tüchtig, und man war untüchtig – und diesen Bruder zu dulden. Es war ganz unmöglich, es würde nicht drei Tage gehen.

›Arme Mutter! Du wirst auch vergebens auf den nächsten Dampfer warten müssen! Aber schließlich wirst du doch das Warten aufgeben, und wenn du heimkommst, wirst du einen Brief von mir finden, einen Brief mit deinen Schecks und dem übrigen Gelde, dass er meinen Namen wenigstens nicht vor dir beschmutzen kann! Und ich werde mir Arbeit suchen, ganz egal was! Es soll hier ja jetzt überall Arbeit geben. Vielleicht, in Jahren, wenn ich etwas geworden bin, ein richtiger Mensch und Mann, dann kann ich zu Mutter gehen und ohne Neid auf ihn und seine Tüchtigkeit sehen. Ich bin dann auch etwas …‹

So rennt er durch die Straßen. Die Gedanken schießen durch seinen Kopf. Er empfindet Ekel, Hass, Liebe, Zorn, Verzweiflung – und so benimmt er sich auch. Er redet mit sich selbst, er bleibt stehen und lacht verächtlich, er schüttelt die Fäuste und schreit: »Nie! Nie!«

Was an späten Nachtpassanten noch an ihm vorübergeht, sieht ihm kopfschüttelnd nach oder lacht: »Der hat aber eenen Hacken!« oder schilt hinter ihm drein.

Ein argwöhnischer Schupo peilt dem wilden Wanderer mit seinem Köfferchen eine ganze Weile nach, er ruft: »He, Sie da, bleiben Sie mal stehen! Sie da, mit dem Koffer!«

Aber der Wilde hört ihn gar nicht, er denkt nicht daran, dass es überhaupt noch andere Menschen als ihn auf der Welt gibt, und plötzlich, zwischen zwei Autos, entwischt er ihm.

Johannes Wiebe aber läuft immer weiter, so lange, bis die erste fürchterliche Verkrampfung sich in ihm gelöst hat, bis ihn seine versagenden Beine daran erinnern, dass er eben von einer Krankheit genesen ist.

Plötzlich ist er todesmatt. Er fühlt sich schwach, er möchte sich nur irgendwo hinsetzen, etwas essen, sich ausruhen. Aber er steht in einer dunklen Straße, kein Licht brennt mehr hinter den Fenstern, hinter den Scheiben der Läden, und als er auf die Uhr sieht, merkt er, dass es nach drei Uhr morgens ist. Alles geschlossen!

Langsam schleicht er weiter, sein Köfferchen wird zu einer Zentnerlast. Schließlich entdeckt er einen Schupo und fragt ihn nach einer Wirtschaft, wo er eine Kleinigkeit essen könne.

»Tjaaa …«, sagt der Schupo. »Jetzt nach drei … Sie gehen mal lieber nach Haus, was, junger Mann?«

»Erst muss ich etwas essen«, beharrt er. Er hat keine Kraft mehr, sich ein Hotel zu suchen, und in einem Hotel kriegt er um diese Zeit auch nichts mehr zu essen.

»Bisschen gebummelt, was?«, fragt der Schupo ganz teilnehmend. »Sie können in den Wartesaal auf dem Bahnhof Alexanderplatz gehen, aber da sehen sie so 'ne wie Sie um diese Stunde nicht gerne. Wissen Sie was, hier zweimal linksrum, um die Ecke – da kommen Sie zur Zentralmarkthalle, was?«

»Ja, zweimal links um die Ecke!«

»Da haben sie jetzt Hochbetrieb, verstehen Sie? Sie sind wohl nicht von hier? Da wird jetzt nämlich der Magen von Berlin versorgt. Das ist für einen Fremden hochinteressant. Da laufen jetzt Wurstmaxes und Brezeljungen genug herum, da haben sie jetzt auch Stampen auf, aber in 'ne Stampe gehen Sie besser nicht mehr. Ich glaube, Sie haben auch so genug. Verstanden?«

»Jawohl, Herr Wachtmeister!«, antwortet Johannes Wiebe und geht langsam zweimal links um die Ecke.

Wie er das getan hat, ist es mit dem langsam und achtlos Schlendern vorbei. Berlin wird gefüttert, der Bauch von Berlin wird gestopft! Die Straßen sind voll von Pferdewagen und Lastautos und Dreiradkarren, Sackkarren knallen über das Pflaster, blauhemdige Männer rennen mit Kisten, Schlachter schleppen halbe Schweine, Rinderviertel …

Ein tosender Lärm, ein Getriebe, ein geschäftiges Rennen, Hupen und »Achtung«-Geschrei. Johannes Wiebe tut doch, was er nicht tun soll: Er rettet sich vor einem donnernd heranrollenden Gurkenfass in die nächste Stampe.

Die kleine Kneipe ist drangvoll, sehr rauchig, noch lauter. Da sitzen die Säckeschlepper in ihren blauen Blusen, die Fleischergesellen in blau-weiß gestreiften Jacken, dicke Händler, die mit noch dickeren Geldtaschen hantieren und laut lachend ihre Geschäfte absprechen, neben älteren, entweder sehr rundlichen oder sehr knochigen Frauen – beide Typen aber mit starkem Kinn –, die an der Seite schwarzlederne Geldtaschen haben, die sie an einmal vernickelten, jetzt aber gelb gewetzten Ketten tragen.

Und all diese – neben den Botenjungen, den Käsefräuleins, den grünblusigen Dienstmännern – reden, lachen, trinken, rauchen, essen Rollmöpse, Bockwürste oder schneiden sich zur Molle (mit oder ohne Korn), zum mitgebrachten Brot vom mitgebrachten Speck einen Streifen ab.

Einen Augenblick ist Johannes Wiebe vom Lärm und lauen Dunst ganz benommen, hilflos sieht er in den Trubel. Dann entdeckt er in einer Ecke einen fast leeren Tisch, drängt sich zu ihm hin und lässt sich erleichtert aufatmend auf den derben Holzstuhl fallen. Das Köfferchen aber klemmt er gleich zwischen die beiden lang ausgestreckten Beine, damit man es ihm nicht unbemerkt fortnehmen kann – so viel hat der verwöhnte Sohn nun doch in den Staaten gelernt.

Am Tisch sitzt außer Johannes Wiebe nur noch ein einziger Mann, ein junger Kerl, auch solch Blauhemdiger. Er sitzt da mit aufgekrempelten Ärmeln, die Unterarme tragen schöne blaue Tätowierungen und sind muskulös und sehr behaart. Der Mann hat den Kopf mit der schief sitzenden Mütze auf die Arme gestützt und starrt, einen Zigarrenstummel im Mundwinkel, auf seine halbleere Molle. Von Johannes Wiebe nimmt er nicht die geringste Notiz.

Dem ist das nur angenehm, denn freundlich sieht dieser Tischgenosse nicht aus mit dem breiten, brutalen Gesicht, der eingedrückten Nase, dem starken Kinn. Auch diesen Typ kennt er von den Staaten her, diese Kerle, immer gleich bereit, um zu krakeelen, zu schlagen, unberechenbar in ihren plötzlichen Zornesanfällen. Es ist schon gut, wenn er mit solchen Leuten nichts zu tun bekommt – nun, er ist friedlich gesonnen!

Eine tiefe, behagliche Schläfrigkeit überkommt ihn, seit er hier sitzt. Kaum kann er sich aufraffen, dem vorüberlaufenden gehetzten Kellner seinen Wunsch nach einer Bockwurst und nach einer Tasse Kaffee zu äußern. Dann versinkt er wieder in ein erschöpftes Vorsichhindösen, wird aber gleich wieder daraus aufgeschreckt, denn der Kellner knallt das Bestellte vor ihn hin und verlangt sofortige Kasse.

Gedankenlos nimmt er seine Brieftasche aus dem Jackett, öffnet sie, sieht hinein und steckt sie wieder zurück, denn ihm ist eingefallen, dass er noch Kleingeld genug bei sich in der Tasche trägt. Er bezahlt also damit, und als das erledigt ist, begegnet er plötzlich, als habe er einen Schlag bekommen, dem Blick des Blaublusigen, der ihn gierig und böse ansieht.

Aber sofort ändert sich dieser Blick, und der Blaublusige fragt, ohne seine Stellung zu verändern, ohne die Zigarre aus dem Munde zu nehmen, ganz friedlich: »Wat willst du denn hier?«

»Was essen«, antwortet Johannes Wiebe vorsichtig.

»Haste wat zu verkoofen oder biste jereist?«, fragt der andere und deutet gewissermaßen nur mit der Braue nach dem Koffer unter dem Tisch, der doch ganz unsichtbar ist. (Er hat also gut aufgepasst, der Knabe, trotz aller scheinbaren Versunkenheit. Achtung, Johannes!)

»Ich war verreist«, antwortet Johannes Wiebe, gerade so kühl, wie es einem derart unberechenbaren Manne gegenüber möglich ist.

»Weit?«

»Ja, weit.«

»Lange?«

»Ja, lange.«

»Kennste Balin?«

»Ein bisschen.«

»Möchste Balin kennenlernen?«

»Jetzt bin ich todmüde.«

»Soll ick dir Balin zeijen? Ick kann dir Dinger zeijen, da staunste direkt, und wenn de noch so weit jereist bist.«

»Wenn ich hier aufgegessen habe, suche ich mir erst mal ein Hotel und schlafe mich aus«, sagt Johannes Wiebe und lächelt ein wenig. Aber sehr gemütlich ist ihm unter dem bösen, kalt abschätzenden Blick nicht.

»Ick kenn een Mächen«, sagt der Blaublusige, »mit die muss ick dir bekannt machen. Det is det schönste Mächen von Balin.« Er denkt nach und setzt erklärend hinzu: »Se is ooch nich von hier!«

»Nein, danke, wirklich«, antwortet Johannes Wiebe und verflucht innerlich diesen Zudringlichen, der ihn schon wieder aus Wärme und Behaglichkeit vertreiben will. »Ich bin auch für das schönste Mädchen von der ganzen Welt zu müde.«

»Ach, du denkst, det is 'ne Nutte? Hast du 'ne Ahnung! Mir kiekt se übahaupt nich an! Aba valleicht kiekt se dir an. Det wär doch wat, nich?«

Johannes Wiebe hat die letzte Scheibe Kartoffelsalat vom Teller gefischt, den letzten Schluck Kaffee getrunken. Es wird jetzt wirklich Zeit für ihn, dass er aufbricht. Lange wird dieser Vermittler schöner Frauen nicht mehr geduldig bleiben, und wenn Wiebe auch nicht gerade Angst vor ihm hat, so fühlt er sich doch nicht völlig in Form für eine Schlägerei.

»Ich werde jetzt gehen müssen«, sagt er darum. »Wissen Sie vielleicht ein kleines anständiges Hotel hier in der Nähe?«

In diesem Augenblick ruft eine schöne Mädchenstimme durch das Lokal »Emil! So hör doch, Emil Schaken!«

Johannes Wiebe kommt es vor, als verstummte der Lokallärm vor dem Klang dieser schönen Stimme.

Er dreht sich um auf seinem Stuhl und sieht –

Das Mädchen

Er sieht in der Tür der Stampe ein Mädchen stehen. Es ist ein ganz einfaches Mädchen und muss wohl zu dem Betrieb hier um die Zentralmarkthalle gehören, mit solcher Selbstverständlichkeit ist es in dieses Lokal gekommen und sucht hier ihren Emil.

Sie trägt gegen die feuchte Kälte draußen einen wollenen Jumper mit langen Ärmeln, sie ist überhaupt warm angezogen. Über dem bloßen Haar hat sie ein Kopftuch – irgendein Mädchen aus der Zentralmarkthalle also, aussehend wie ein Mädchen vom Lande.

Und doch vergisst Johannes Wiebe über diesem beliebigen Mädchen seine Mattigkeit wie seinen unbequemen Nachbarn wie seinen Wunsch fortzukommen. Er vergisst sogar seine gute Erziehung, denn er starrt sie so unbekümmert und hingegeben an, dass sie durch diesen Blick gestört wird. Sie sieht ihn einen kurzen Augenblick lang an, er schlägt die Lider nieder, bezwungen.

Da ruft sie noch einmal, ungeduldiger: »Wird es nun endlich, Emil?«

Sein Nachbar weckt Johannes aus der Versunkenheit. Er hat seine Pranke auf den Arm des andern gelegt und sagt, wieder ohne seine Stellung zu verändern: »Det is det Mädchen! Wat sagste nu?«

Ungeduldig, gänzlich unbekümmert um die Folgen, schiebt Johannes den Arm fort: »Ach, lassen Sie mich zufrieden, verstanden?«

Da steht das Mädchen an ihrem Tisch. Ärgerlich sagt es zu seinem Nachbarn: »Wollen Sie nun endlich kommen, Emil? Frau Mahling ist schon sehr böse, und bei Oppermann schimpfen sie, dass unsere Kisten noch immer im Weg stehen!«

»Nu?«, sagt Emil Schaken wieder triumphierend zu Johannes. »Hab ick zu ville jesagt? – Ich erkläre meinem Freund eben, Hanne, det du det schönste Mächen von Balin bist!«

Ein unbeschreiblicher Ausdruck von Zorn und Verachtung erscheint auf dem Gesicht des Mädchens – Johannes Wiebe sieht ihn mit Entzücken. »Sie sollen mich nicht du nennen, Emil. Ich habe Ihnen das schon hundertmal verboten!«

Ihre Stimme und ihr Blick zähmen das böse Tier.

»Seien Se doch nicht so, Hanne!«, sagt er. »Det is doch keene Beleidigung nich, wenn ick Ihnen for det schönste Mächen von Balin hinstelle.«

»Wollen Sie jetzt endlich kommen und die Kisten abtragen, Emil«, fragt sie.

Sie beachtet den zweiten Mann am Tisch gar nicht, der doch ganz hingerissen ist von ihrer Stimme, ihrem Aussehen …

»Nee, Hanne, heut nich«, sagt der Blauhemdige ungerührt. »Bestellen Sie man Frau Mahling 'nen schönen Gruß und heute mach ick blau …«

»O Gott«, ruft das Mädchen, das sofort einsieht, heute ist wieder einmal mit Emil Schaken nicht das Geringste anzufangen. »Und kein Mensch zu kriegen! Und so viel Kisten abzutragen!«

Mit einem plötzlichen Entschluss steht Johannes Wiebe auf. »Wenn ich Ihnen helfen dürfte, Fräulein?«

Sie sieht ihn kühl, abschätzend an. »Das ist wohl keine Arbeit für Sie!«

»Ich habe so was zehnmal, hundertmal gemacht – in den Staaten drüben, ich komme grade aus den Staaten. Ich bin Rückwanderer.«

Emil Schaken ruft beifällig: »Det is richtig! Imma Kavalier! Imma ran wie Blücher!«

Sie beachten ihn beide nicht. Sie sagt zögernd: »Es sind heute sehr viele und teilweise sehr schwere Kisten. Sie sehen nicht sehr kräftig aus.«

»Ich *bin* kräftig.«

Sie ist noch immer unentschlossen. »Frau Mahling gibt nicht mehr als anderthalb Mark die Stunde.«

»Es ist schon recht, Fräulein.«

Sie sagt mit einem plötzlichen Entschluss: »Also gut, kommen Sie!«

Sie geht ihm rasch voran aus dem Lokal.

Emil Schaken schreitet hinter ihnen drein: »Det kost

'ne kleene Provisjon, mein Junge! Ick melde mir nachher bei dir!«

In der Zentralmarkthalle

Das Mädchen ging ihm, ohne sich umzusehen, ziemlich rasch voran, unbekümmert um den noch gesteigerten Lärm der Straße. Ein Arbeiter, der mit andern rauchend an einem Lastwagen stand, rief ihr etwas nach, über das die andern in brüllendes Gelächter ausbrachen. Sie wandte nicht den Kopf.

Erst, als sie den Eingang der Zentralmarkthalle erreicht hatten, fand Johannes Wiebe Gelegenheit, sie anzusprechen.

»Einen Augenblick, bitte, Fräulein«, sagte er, ein wenig atemlos vor Erregung.

Sie wandte sich um und sah ihn schweigend an.

Um die beiden liefen und riefen die Händler, ununterbrochen schlugen die Schwingtüren mit einem leisen Ächzen zu. Von der Decke der Markthalle sandten die Bogenlampen ein weißes Licht, das durch Brodem und Staub grau und alt geworden war, ehe es noch ihre Gesichter erreichte. So sahen sie beide sehr bleich aus.

»Er ist nicht mein Freund«, sagte Johannes Wiebe stockend. »Ich habe ihn nie gesehen.«

»Das wusste ich doch gleich«, antwortete sie sanft. »Kommen Sie!«

Wieder ging er eilig hinter ihr drein. Aber jetzt schwenkte er sein Köfferchen, als sei es eine leichte Feder. Eine grundlose, tiefe Fröhlichkeit erfüllte ihn: Sie hatte ihm nicht zugetraut, dass er der Freund dieses – Tieres sein könnte!

An einem großen Gemüsestand hatte das Mädchen haltgemacht. Er stand abwartend ein paar Schritte abseits, während sie mit einer dicken Frau sprach, die im Besitz mehrerer Kinne war, aber auch einer Brille, die ihrem rundlichen Gesicht einen Ausdruck von Strenge verlieh.

Diese Frau winkte ihm kurz, näher zu kommen, musterte ihn einmal von oben bis unten – das Mädchen stand ein wenig abseits, sah ihn aber auch an, er fühlte es – und sagte dann: »Ich glaube, Sie können die Arbeit nicht schaffen.«

»Ich weiß, dass ich es kann«, meinte er bestimmt.

»Es ist aber nicht die Arbeit, die Sie sonst getan haben.«

»Es ist etwa die Arbeit, die ich in den letzten Jahren getan habe, drüben in den Staaten.«

Die Frau sah ihn nachdenklich an. Unwillkürlich ging ihr Blick dorthin, wo das Mädchen stand, wie er wusste. Er fühlte, dass ihm heiß im Gesicht wurde.

»Also gut«, entschied die Frau. »Es ist aber nur für heute früh. Hanne, zeige ihm Bescheid. Zuerst müssen die Kisten zu dem Wagen hinaus. Der Aufseher hat sich schon beschwert, dass wir den Gang vollgestellt haben. Er soll sich beeilen. – Und schreib richtig an! Schreib endlich einmal richtig an!«

Das Mädchen nickte nur und ging ihm wieder voraus. Sie gingen durch die ganze Halle bis in ihren Hintergrund, wo die Grossisten ihre Lager haben.

Ein dicker, schweißtriefender Mann in sehr schmutzigem weißem Übermantel begrüßte sie lärmend: »Endlich kommen Sie! Fräulein Lark. Ich sage Ihnen zum letzten Mal, Sie kriegen kein Obst mehr von mir zugeteilt, wenn Sie mich immer mit dem Abtransport sitzenlassen! – Wo haben Sie denn Ihren tüchtigen Emil?«

»Dieser …«, »Herr« hatte sie sagen wollen, aber sie merkte noch rechtzeitig, dass dies falsch gewesen wäre, und verbesserte sich: »Dieser Mann springt für ihn ein.«

»Der hier? Der Herr? Ohgottohgott, ich seh schon, um acht steht der Gang noch voll, und ich muss Strafe zahlen. Aber die Strafe zahlen Sie – und Obst bekommen Sie auch nicht mehr von mir, Fräulein Lark!«

»Geben Sie dem Herrn doch erst eine Chance, ehe Sie schimpfen, Herr Oppermann«, sagte das Mädchen ruhig lächelnd. »Er sagt, er kennt die Arbeit.«

»Kennt die Arbeit! Wenn ich so etwas höre! Junger Herr, was wiegt denn so eine Kiste mit 250 Apfelsinen?«

»Bei kalifornischen rechneten wir etwa hundert englische Pfund, das sind 40 Kilo etwa«, sagte Johannes Wiebe ohne Zögern.

»Er weiß es!«, rief der Dicke plötzlich ganz versöhnt. »Woher wissen Sie was von kalifornischen Apfelsinen, he, junger Herr?«

»Ich habe in Kalifornien auf einer Obstfarm gepackt – Apfelsinen und Grapefruit.«

»Großartig! Und was wiegt ein Zweizentnersack Weißkohl?«

»Hundert Kilo.«

Herr Oppermann lachte, die beiden andern lächelten.

»Kommen Sie, kommen Sie!« Der Dicke lief ihnen geschäftig voraus in einen langen, düster beleuchteten Gang, der voll war von Kisten und Säcken.

»Da, diesen Schwindel müssen Sie bis sieben Uhr fortgeschafft haben. Los, Fräulein Lark, schreiben Sie an … Zählen Sie nach, junger Mann, dass es auch stimmt. Sie bekommen …«

Das Mädchen stand da mit Bleistift und Buch, Johannes war bei den Kisten, Herr Oppermann diktierte im Eiltempo:

»Sie bekommen heute 42 Jaffa à 51.70 – macht 217.14,

68 Spanier à 42.65 – macht 290.02, 40 Treibgurken à 4.50 – macht …«

»Oh, Herr Oppermann, bitte nicht so schnell, ich komme nicht mit«, rief das Mädchen flehend.

»Wieder kommen Sie nicht mit! Immer kommen Sie nicht mit! Und wenn ich noch so langsam diktiere, hinterher stimmt's doch nie!«, entrüstete sich Herr Oppermann.

»Lassen Sie mich bitte schreiben«, sagte Johannes. »Ich kann's wirklich.«

Wortlos gab sie ihm Block und Bleistift in die Hand, während Herr Oppermann in noch schnellerem Tempo diktierte.

»So«, sagte er endlich. »Nachrechnen müssen Sie's alleine. Ich habe noch andere Kundschaft. Zeigen Sie mal her, dass wenigstens die Zahlen stimmen.«

Er nahm den Block in die Hand.

»Sehen Sie sich das an, Fräulein Lark! Das ist eine Handschrift! Wo haben Sie so schreiben gelernt? Sie sind ja tüchtig. Wenn Sie im Fortkarren nur halb so tüchtig sind … Da steht die Sackkarre. Warten Sie, ich schmeiß Ihnen eine Lederschürze raus, es ist ja schade um Ihren schönen Anzug. Jackett, Schlips und Kragen baumeln Sie man da auf, hierher kommt keiner. Und nun los!«

Herr Oppermann verschwand in dem dunklen Gang. Wortlos reichte Hannes dem Mädchen Block und Stift. Er hätte sich gefreut, wenn sie einen Blick auf den Block geworfen hätte. Plötzlich freute er sich der unpersönlichen Geschäftshand, die ihm sein Bruder aufgezwungen. Aber sie sagte nur leise: »Danke!«

Nach kurzem Zögern zog er sein Jackett aus, hing es an einen Nagel, dazu Schlips und Kragen. Er krempelte die

Ärmel seines Manschettenhemdes auf und versuchte, mit der Lederschürze zurechtzukommen.

Das Mädchen sagte leise: »Erlauben Sie«, und kettete ihm die Messinghaken auf dem Rücken ein.

»Danke«, sagte nun er.

»Zuerst nehmen Sie die Apfelsinen«, sagte sie. »Werden Sie zwei Kisten schaffen?«

»Ich denke doch«, antwortete er und lud drei auf.

Ein Gefühl von Kraft erfüllte ihn, eine Freude am Leben, wie er sie seit Jahren, wie er sie vielleicht nie gekannt. Er dachte nicht daran, dass er eine schwere, grobe Arbeit, zu der keinerlei Geist gehörte, tat – da war diese Freude in ihm! Er konnte sich nicht mehr daran erinnern, dass er eben noch krank und elend gewesen war – da war dieses Kraftgefühl in ihm!

Sie zeigte ihm den Lastwagen, zu dem er die Kisten zu fahren hatte, ging einige Male hin und her mit. Dann, als sie wohl überzeugt war, dass er seine Sache verstand, verschwand sie. Nicht einmal ein kleines Gefühl des Bedauerns über ihr Gehen stieg in ihm auf – so konnte er ihr doch beweisen, was er zu leisten vermochte. Sie sollte sich wundern, wie leer der Gang geworden war, wenn sie wiederkam.

Aber sie kam nicht wieder. Ein paarmal erschien Herr Oppermann, nickte schweigend und ging.

Johannes aber karrte auf Leben und Tod. Zuerst wurde seine Stirn nass, dann fühlte er, wie das Hemd an seinem Rücken festklebte. Einmal hatte er ein so intensives Gefühl schmerzlicher Schwäche in den Beinen, dass er meinte, umfallen zu müssen. Aber grade da glaubte er, sie sich im Gang entgegenkommen zu sehen, und er schob weiter, laut »Vorsicht« schreiend wie die andern Arbeiter. Sie war es doch nicht gewesen, aber jedes Erinnern an die Schwäche eben war schon bei dem Gedanken an sie entschwunden.

Herr Oppermann hatte unterdessen mit wachsendem Staunen der Arbeiterei des jungen Herrn zugesehen, der behauptete, in Kalifornien Pampelmusen gepackt zu haben, der eine Handschrift schrieb wie ein Kontokorrentbuchhalter und der mit einer Sackkarre hantierte wie der Vorarbeiter des Transportgewerbes.

Herr Oppermann war nicht nur ein neugieriger, er war auch ein weitschauender Mann. Außerdem war er bei dem sich stets belebenden Geschäft und dem dabei ständig wachsenden Mangel an Arbeitskräften gerade um einen jungen Mann verlegen, der ihn ein bisschen entlasten konnte.

Als also Johannes Wiebe grade wieder einmal mit seiner Sackkarre an ihm vorüber auf die Straße hinausgepoltert war, ging Herr Oppermann rasch in den düstern Gang, fasste ohne alle fremde Scham in die Innentasche des dort hängenden Jacketts und zog die Brieftasche heraus. Seine Augen wurden größer, als er sie aufschlug, als er die recht zahlreichen Scheine sah. Herr Oppermann sah sich fast ängstlich um.

Er nahm den Reisepass in die Hände, las, nickte. ›So ein leichtsinniger Mensch!‹, dachte Herr Oppermann. ›Hängt sein Jackett mit solcher Brieftasche einfach hier hin.‹

Als Herr Oppermann den Gang für sicher erklärt hatte, hatte er höchstens an eine dünne Arbeitertasche gedacht, für diese hier schien ihm der Gang nun doch nicht sicher genug. Behaglich lächelnd versenkte er die Wiebe'sche Tasche in seinen weißschmuddligen Überrock und nahm sich vor, dem jungen Mann bei der Rückgabe der Tasche neben einer kleinen Predigt über sträflichen Leichtsinn einen Engagementsvorschlag zu tun.

Johannes Wiebe karrte unterdes ahnungslos weiter. Herr Oppermann, der ihm so aufmunternd und freundlich zulächelte, existierte gar nicht für ihn. Nichts existierte für ihn noch auf der Welt, weder Menschen noch gewichtige Kisten. Er wartete nur auf die Rückkehr eines Mädchens mit einer dunklen Stimme, die ihn beim ersten Laut schon mitten im Herz berührt hatte.

Und endlich kam sie.

Sie kam rasch, leise, und dabei schien sie doch ein bisschen verlegen. Sie warf nur einen flüchtigen Blick auf den recht leer gewordenen Gang und sagte dann: »Herr – nun weiß ich nicht einmal Ihren Namen!«

»Wiebe, Johannes Wiebe«, sagte er.

»Lark«, antwortete sie. »Johanna Lark.«

Einen Augenblick sahen sie sich an. Dann mussten beide lächeln.

»Zu Hause sagen sie Hannes zu mir.«

»Und mich nennen alle Hanne.«

»Hanne und Hannes«, sagte er.

»Ja«, antwortete sie. »Komisch, nicht wahr?«

Eine Stille entstand. Jetzt lächelten sie nicht mehr. Beide sahen sich ernst an, als dächten sie angestrengt über etwas nach.

Das Mädchen schüttelte es zuerst ab.

»Sie haben schön geschafft«, sagte sie. »Das Lastauto ist schon fort. Jetzt müssen Sie diese Sachen noch zum Stand von Tante Gustchen – ich meine, Frau Mahling, schaffen.«

»Ich fang sofort an!« Und er griff zur Karre.

»Einen Augenblick«, bat sie. »Sie können so schön schreiben, Herr Wiebe, vielleicht können Sie auch gut rechnen?«

»Ich denke doch.«

»Ich soll die Abrechnung fertig machen, Tante Gustchen verlangt es – und ich kann doch nicht rechnen!«

»Sie können nicht rechnen?«

»Nein, ich habe es nie lernen können. Schon auf der Schule habe ich so viel Schläge deswegen bekommen. Ich glaube, wir Frauen können entweder sehr gut oder gar nicht rechnen.«

»Und Sie können gar nicht rechnen?«

»Nein!«

»In nichts?«

»In nichts!«

Einen Augenblick sah er sie an. Seine Augen leuchteten jetzt so, dass sie den Blick senkte.

»Das ist schön«, sagte er plötzlich fröhlich. »Lassen Sie mich für Sie rechnen!«

Und er nahm ihr Block und Bleistift aus den Händen.

Der Dieb

Emil Schaken war unterdes in der kleinen verräucherten Stampe vor seiner halb geleerten Molle sitzen geblieben. Weder brannte er sich den erloschenen Zigarrenstummel an, noch bestellte er sich ein neues Glas Bier. Er saß nur so da, starrte vor sich hin.

Er dachte auch nicht nach, weder darüber, ob es richtig gewesen war, diesen jungen Mann mit gerade jenem Mädchen zusammenzubringen, das er mit all seinen unklaren, tierisch dumpfen Instinkten begehrte, noch darüber, was er jetzt tun würde.

Wahrscheinlich konnte er überhaupt nicht nachdenken. Er handelte immer aus dem Augenblick heraus, ganz spontan, sich selbst immer völlig überraschend. Aber er ertrug auch mit Gleichmut die Folgen solcher Handlungen. Dass Emil Schaken fast immer böse handelte, lag nicht an seinem Willen oder seinen Absichten, es lag daran, dass er nicht aus Lehm, sondern aus Dreck gemacht war.

Er saß so da und erinnerte sich recht gut der gefüllten Brieftasche, die der Fatzke an seinem Tisch gezeigt hatte. Eine solche Brieftasche war so ein Fatzke gar nicht wert: er konnte nicht das Geringste mit dem Geld anfangen! Für Emil Schaken aber bedeutete es eine ganze Menge: Räusche über Räusche, Weiber, Faulheit …

So saß er eine lange Zeit und dachte an die Räusche, dachte an die Weiber, dachte daran, wie er die Mahling ankotzen würde, wenn sie Arbeit von ihm verlangte. Und dann plötzlich stand er auf und ging über die Straße zur Markthalle.

Emil Schaken ist kein hochgewachsener Mann, er ist eher klein. Aber er ist breit und stämmig, er wiegt mit seinen starken Knochen gut seine hundertfünfzig Pfund. Aber wie er sich jetzt durch das Getriebe der Zentralmarkthalle schiebt, das sich jetzt, gegen die siebente Stunde zu, immer noch steigert, bringt er es fertig, mit seinem stämmigen, hundertfünfzigpfündigen Körper fast zu verschwinden. Man sieht ihn nicht. Man hört ihn nicht. Er schiebt sich unbeachtet durch das Gedränge.

Seine kleinen, bösen Augen hat er dabei überall, und er kennt ja jede Gelegenheit in der Halle. Er geht hinter den Ständen, zwischen den Ständen, und so gelingt es ihm, völlig unbeachtet hinter den Mahling'schen Stand zu kommen. Frau Mahling steht vor diesem Stand und baut mit Hanne Lark aus Apfelsinen eine Pyramide.

Emil Schaken sieht das. Er weiß, die Frauen sind beschäftigt, und auch der Fatzke kann ihn nicht stören. Der ist eben mit seiner Karre Richtung Oppermann abgerollt.

Emil Schaken duckt sich. Dann richtet er sich wieder auf. Er besichtigt genau jede Ecke des Mahling'schen Standes.

Er hat sehr wohl gesehen, dass der Fatzke sein Jackett ausgezogen hat, also wird es wohl hier im Stand hängen. Aber so genau er auch hinsieht, es hängt nicht hier. Nichts zu machen. Aber das hat wahrscheinlich gar nichts zu sagen: Fatzke bleibt eben doch Fatzke.

Und Emil Schaken schiebt die Hände in die Taschen und verdrückt sich leise gegen den Hintergrund der Halle. Kurz vor dem Oppermann'schen Stand stellt er sich halb hinter ein Rinderviertel, so dass er sein Gesicht jederzeit verstecken kann. Und da steht er nun und wartet. Er hat alle Zeit, zu warten. Er muss einen Augenblick abwarten, wo der dicke Oppermann wegsieht und der Fatzke aus dem Gang zum Stand hinkarrt.

Der Augenblick kommt schnell genug, und Emil Schaken gleitet ungesehen und ungehört in den Gang. Auf einen Blick findet er das Jackett und fasst hinein. Die Tasche ist leer!

Die Hand noch in der Tasche, steht Emil da und wartet auf einen Entschluss. Er war seiner Sache so sicher! Dann nimmt er die Hand aus der Tasche und durchsucht die andern. In der einen findet er ein Päckchen Zigaretten und Streichhölzer. Er steckt sie ein. In der andern Seitentasche steckt das Kleingeld – etwa zwanzig Mark. Er steckt es ein. So ein Affe – Emil Schaken würde im Besitz von zwanzig Mark niemals arbeiten, und der karrt – wie ein Affe!

Aber die Geldtasche, auf die es ihm am meisten ankommt, ist nicht da. Emil Schaken versucht, sich über den Fall klar zu werden, aber er braucht beinah zu lange dazu, denn er hört die Karre wieder anrollen. Hinter die letzten zwei Kisten kann er sich nicht stellen, die holt der jetzt. Aber der Gang ist ja ziemlich dunkel, so stellt sich Emil in seine äußerste Ecke, das Gesicht zur Wand. Es wird schon klappen – und klappt es nicht, ist es auch noch so!

Aber Johannes Wiebe kommt nicht allein zurück, sondern Johanna Lark ist bei ihm.

»Sehen Sie, Fräulein«, sagt Johannes. »Nur noch zwei Kisten! Und es ist erst dreiviertel sieben.«

»Schön«, sagt sie nur. »Sehr schön.«

»Ja«, sagt er. »Und dann ist es mit der Arbeit zu Ende.«

»Ich glaube ja«, antwortet sie.

»Wird denn nicht morgen auch noch eine tüchtige Kraft gebraucht?«

»Ich weiß nicht. Ich glaube – dieser Emil, der Mann, der an Ihrem Tisch saß« – er nickt – »ist irgendwie ein ganz entfernter Verwandter von Tante Gustchen.«

»Ach so!«

»Ja, ich glaube nicht ... Ich bin auch eine Verwandte, aber ich bin die Nichte.«

»Ja, das hatte ich schon verstanden.«

»Sie sehen also ... es tut mir natürlich leid ...«

»Also, Schluss heute, Fräulein!«

»Ich glaube, ja ...«

»Wollen Sie – wollen wir uns gleich hier adieu sagen?«

»Ja?«

»Ich meine, da draußen im Gedränge ... bei all den Menschen ...«

Sie reicht ihm die Hand.

»Adieu, Herr Wiebe.«

»Adieu, Fräulein Lark.«

Einen Augenblick sehen sie sich an, diese beiden jungen Menschenkinder. Plötzlich erschrecken sie über das, was sie fühlen. Sie fürchten, ihre Blicke könnten sie verraten. Sie senken die Blicke.

Sie geht gegen die Tür. Sie sagt sinnlos: »Also dann …«

Und er, ebenso verlegen: »Ja, ich bringe die beiden Kisten sofort.«

Sie geht.

Einen Augenblick starrt er ihr nach. Dann lädt er die beiden Kisten auf die Karre, ohne Ahnung davon, dass drei Schritte hinter ihm Emil Schaken steht.

Emil Schaken hat sich umgedreht und betrachtet den Gegner mit düsterem Blick. Aber er lässt ihn unbehelligt mit seiner Karre auf den Gang, und als eine halbe Minute vergangen ist, folgt ihm Emil.

Wieder schleicht Emil auf seine unsichtbare Art zum Stand von Frau Auguste Mahling. Er steht hinter dem Stand. Die drei andern stehen vor dem Stand. Der »Fatzke« hat sich doch noch nicht trennen können, er hilft den beiden Frauen noch beim Aufbau des Gemüses.

Nun ist es gleich sieben, in wenigen Minuten beginnt der Kleinverkauf, dann hat Emil keine Gelegenheit mehr.

Also duckt er sich schnell, kriecht auf allen vieren, um von außen nicht gesehen zu werden, in den Stand und erspäht sofort an der gewohnten Stelle die große Blechkassette, in der Frau Mahling das Wechselgeld für den Markt aufhebt. Er öffnet den Deckel, nimmt den Einsatz mit dem Kleingeld heraus, stellt ihn neben sich und greift in den unten liegenden Raum für die Scheine.

Er weiß, dass keine Scheine darin sind. Frau Mahling ist eine viel zu vorsichtige Frau, um das größere Geld dort zu verwahren. Das trägt sie in der Ledertasche an der Hüfte – aber die Brieftasche vom Fatzke muss drin sein! Die hat sie sicher in Verwahrung genommen!

Ein Ausdruck von Wut und ratloser Enttäuschung malt sich auf seinem Gesicht, als auch das untere Fach leer ist. Er hockt da auf der Erde mit zornigem, bösem Gesicht. Wieder einmal geht der Lauf der Welt nicht so, wie er, Emil Schaken, erwartet, und so etwas muss ihn ja böse machen. Viele Falten auf der Stirn, die Lippen fest um den ewigen Zigarrenstummel geschlossen, horchend, ratlos …

Aber das Gesicht erhellt sich. Leise zieht Emil den Einsatz zu sich heran, entleert ihn völlig in seine Tasche und stellt ihn zurück. Dann verlässt er den Stand und taucht sofort unter im Getriebe der Markthalle.

Polizei!

Sie haben die Gurken übereinandergeschichtet und die grünen Bohnen in den Körben ausgebreitet. Sie haben Wälle aus Blumenkohl gebaut und Türme aus Äpfeln errichtet, Birnenbastionen aufgeführt und Pampelmusenschlösser gefertigt. Manchmal haben sich ihre Finger dabei berührt, dann sind sie auseinandergewichen, als hätte eines sich am andern verbrannt.

Tante Gustchen Mahling hat die beiden scharf aus dem Augenwinkel beobachtet. Sie ist fest entschlossen, dem jungen Mann, mag er noch so tüchtig sein, gleich den Laufpass zu geben. Ihre Nichte Hanne ist ein anständiges Mädchen, und Tante Gustchen ist fest entschlossen, dafür zu sorgen, dass sie das auch bleibt. Dieser junge Herr von Nirgendwo, der zur Vollendung den Hallenarbeiter spielt, kann nichts Gutes im Sinn haben. So fängt eine anständige Liebe nicht an.

Die Hallenuhr hat drinnen kaum den ersten Schlag zur

siebenten Stunde getan, so sagt Frau Mahling entschieden: »Feierabend, Sie, junger Mann! Holen Sie jetzt Ihre Sachen, und kommen Sie dann nach Ihrem Geld.«

Der junge Mann sagt gehorsam: »Jawohl«, und geht ohne weiteres Wort und ohne Blick.

»Hanne, und du holst jetzt unser Frühstück! Ich habe auch noch mit dir zu reden! Du hast dich ja benommen ...!«

Auch Hanne geht ohne Wort und Blick.

So, und nun soll sich der Jüngling beeilen. Tante Gustchen wünscht kein zärtliches Abschiednehmen unter ihren Augen. Tante Gustchen hat in ihrem ganzen Leben noch nie von ihrem Oskar zärtlich Abschied genommen und hält so etwas auch, von ihrem Standpunkt aus mit Recht, für unnötig.

Der junge Mann hat sich wirklich beeilt. Er ist völlig ungesehen von dem jetzt auch, aber in der Kantine, frühstückenden Herrn Oppermann in den Gang gekommen und hat sich wieder zurechtgemacht. Die Schürze hat er nach kurzem Zögern auf den Boden des Ganges gelegt, und nun fehlt nur das Köfferchen, das Hanne vor drei Stunden, als er mit seiner Arbeit begann, in einen leeren Korb des Standes gesetzt hatte.

Er ist noch nicht ganz unglücklich, denn er wird sie ja noch einmal beim Geldempfang sehen, aber er ist schon fast ganz unglücklich, denn er weiß, er wird sie in zwei Minuten zum letzten Mal sehen. Das Kraftgefühl ist verschwunden, die Lebensfreude ist verrauscht, wieder schmerzen die Glieder, sein Kopf – er ist fast schon wieder so krank, wie er gewesen.

»So!«, sagt Frau Mahling befriedigt zu ihm, als sie den vergeblich suchenden Blick des jungen Mannes merkt. »So!«

Und doch will sie fast ein Gefühl des Mitleids beschleichen angesichts der blassen, plötzlich so verfallenen Gestalt. Aber sie wappnet sich mit all jener Tugendstrenge, die sie auch von der ganzen Menschheit zu erwarten das Recht hat, und sagt geschäftsmäßig: »Also, von vier bis sieben. Macht vierfünfzig. Sagen wir fünf Mark. Sie haben ja ganz gut gearbeitet.«

»Es ist recht«, sagt Johannes Wiebe und hat nichts gehört, denn er ist mit seinen Gedanken bei dem plötzlich verschwundenen Mädchen.

Wie aber wird er aus diesen Gedanken aufgeschreckt. Frau Mahling ist in den Stand gegangen, hat ihre Blechkassette geöffnet und auf den ersten Blick das Fehlen sämtlichen Wechselgeldes festgestellt.

»Diebe!«, schreit sie gellend.

»Polizei!«, schreit sie. Und immer schneller: »Diebe! Polizei! Polizei! Polizei!«

Johannes Wiebe fährt zusammen und starrt die Frau fassungslos an. Er versteht noch nicht recht, was los ist, er kann es ja auch nicht verstehen, denn Frau Mahling sagt ja gar nicht, was eigentlich gestohlen ist. Es wird ihm aber auch keine Zeit gelassen, sich näher mit diesem Problem zu befassen, denn von allen Seiten laufen sie jetzt zusammen, das einströmende Publikum, Kollegen und Kolleginnen von den andern Ständen – schon naht ein Hallenaufseher.

»Schrein Se doch nicht so, Frau Mahling!«, sagt er vorwurfsvoll. »Wat sollen die Fremden denn von unsre Halle denken! Wat is denn jeklaut?«

»Mein ganzes Wechselgeld!«, ruft Frau Mahling aus der Burg ihres Standes heraus, über die Bastionen, Wälle und Türme fort. »Fast hundert Mark!«

Sie ruft es nicht eigentlich dem Hallenaufseher zu, sondern mehr einem jungen Mann, der immer bleicher wird, wie ihr vorkommt.

»De alte Jeschichte!«, sagt der Aufseher missbilligend, umwogt von der andrängenden Masse der neugierig Zuhörenden. »Natürlich een bissken klatschen jewesen in de Nachbarschaft und unterdessen ...«

»Ich bin nicht klatschen gewesen! Ich klatsche nie! Ich bin nicht von meinem Stand fortgekommen, aber ein fremder Mann hat sich heute den ganzen Morgen an meinem Stand aufgehalten.«

»Was ist denn hier los?«, sagt freundlich, aber ein wenig missbilligend die Stimme des Gesetzes. Ein zwar kleiner, aber drahtiger und heller Schupo erscheint in dem sich rasch vergrößernden Kreise.

»Wollen Sie bitte weitergehen, meine Herrschaften. Hier ist nichts, was Sie interessieren kann. Junge Frau, die Schellfische sind gleich ausverkauft, wenn Sie sich nicht beeilen.«

Lächelnd, mit unerschütterlicher Ruhe drängt er die Leute fort, während Frau Mahling zornrot in ihrem Stand steht und den jungen blassen Mann, der immer noch nicht begriffen hat, dass sie gerade ihn beschuldigt, nicht aus dem Auge lässt.

»Und nun erzählen Sie – also das Wechselgeld, immer dieselbe Geschichte. Und dieser junge Mann soll also derjenige sein, welcher?«

»Ich?«, fragt Johannes Wiebe und fährt mit einem Ruck aus seinen Träumen hoch. »Ich – aber wieso denn?«

»Arbeitet der junge Mann regelmäßig bei Ihnen?«

»Aber wieso denn? Ich kenn ihn gar nicht. Er hat sich direkt angeboten heute früh.«

»He, Sie, junger Mann, wachen Sie auf! Stimmt das?«

»Ich habe natürlich das Geld nicht genommen!«

»Ich will wissen, ob Sie sich zur Arbeit angeboten haben. Sie sehen doch eigentlich nicht wie ein Transportarbeiter aus.«

»Doch, das stimmt. Es war eine Gelegenheitsarbeit!« Und Johannes Wiebe lächelt verloren.

»Sie sind also arbeitslos, ohne Geld?«

»Nein, das doch nicht. Ich habe ziemlich viel Geld bei mir.«

»Auch Ausweis-Papiere?«

»Die auch!«

»Also!«

Der Schupo ist im Grunde von der Haltlosigkeit der Anschuldigung überzeugt und möchte den Fall möglichst glatt aus der Welt kriegen.

»Also ist es das Schlauste, Sie weisen sich erst einmal aus und zeigen Ihr Geld mal vor. Fast hundert Mark Wechselgeld muss die Taschen ja ziemlich schwer machen! Oder ist Ihr eigenes Geld zufällig auch lauter Kleingeld?«

»Nein, ich habe fast nur Scheine bei mir.«

Er greift in die Tasche, und ein Zug von Bestürzung erscheint auf seinem Gesicht. Er greift in die nächste Tasche, in die dritte, in die vierte – er sucht sinnlos die Hosentaschen ab, unter dem tiefen Schweigen der Umstehenden.

Frau Mahlings Augen leuchten triumphierend auf, der Schupo aber ist eigentlich enttäuscht.

»Na, junger Mann«, sagt er schließlich, als die Rumsucherei nicht aufhören will. »Wo sind denn nun die Papiere und das viele Geld?«

»Ich verstehe es nicht«, sagt Johannes Wiebe ratlos. »Vorhin waren sie noch da – über tausend Mark in bar.«

Der Schupo ist jetzt überzeugt, dass er sich geirrt hat.

»Und mit tausend Mark in der Tasche karren Sie für drei oder fünf Mark Kisten in der Halle. Sehr wahrscheinlich!«

Tante Gustchen lässt ein schrilles, kreischendes Lachen hören.

»Da werden Sie schon mit zur Wache müssen. Haben Sie irgendjemanden, auf den Sie sich berufen können?«

»Ja, doch!« Johannes Wiebe besinnt sich. »Nein, niemand.«

»Also, dann kommen Sie man!«

»Doch!«, sagt eine klare Stimme, und plötzlich steht Hanne Lark mit dem Frühstückskorb von Frau Mahling im Kreis. »Auf mich kann er sich berufen. Er kann unmöglich das Geld genommen haben, ich bin ja immer hier am Stand oder bei ihm gewesen. Er ist gar nicht in den Stand gekommen. Pfui, Tante Gustchen, dass du ihn so beschuldigen kannst!«

»Du sagst zu deines Vaters Schwester pfui!«, sagt Tante Gustchen, und ihre Welt wankt in den Fugen.

»Ja, Fräulein«, sagt der Wachtmeister. »Das ist alles ganz schön und gut, aber der Schein spricht doch sehr gegen diesen jungen Mann. Er sagt ...«

»Herr Wachtmeister!«, sagt sie bestimmt. »Ich kann beschwören, dass er nicht in den Stand gekommen ist, also kann er das Geld nicht genommen haben! Das ist doch klar!«

»Schäm dich was, Hanne!«

»Und wo sollte das Geld denn sein? Hundert Mark Wechselgeld mit all den Groschen, ich habe doch heute früh Tante Gustchens Beutel gesehen, seine Tasche müsste ja sooo dick sein.«

»Richtig, Fräulein, er kann's aber weitergegeben haben. Und dass er keine Papiere hat und niemand, der ihn kennt ...«

»Kennen Sie denn wirklich niemand?«, wandte sich Hanne Lark zum ersten Mal an den so warm von ihr Verteidigten.

»Nein, niemand.«

»Aber ich kenne Sie, ich habe Ihre Arbeit gesehen, und überhaupt … Nein, Sie haben das Geld nicht genommen!«

»Nein«, sagt er. Und als seien bei ihrer Verteidigung seine Lebensgeister wieder erwacht, sagt er eifrig zum Wachtmeister: »Ich habe mein Jackett vorhin dort in einen Gang gehängt. Vielleicht ist die Tasche herausgefallen. Würden Sie einmal mit mir dorthin gehen, Herr Wachtmeister?«

»Aber natürlich!«, sagt der Schupo. »Kommen Sie!«

»Hanne, du bleibst hier!«, ruft die Tante.

Aber Hanne Lark denkt nicht daran, hierzubleiben. Tante Gustchen ist eine strenge und von ihr bisher mit Respekt angesehene Tante, aber Strenge hin und Respekt her, erst muss sie diesen – sie kann doch nicht nach dreistündiger Bekanntschaft »Freund« sagen – diesen Herrn also in Sicherheit wissen. Denn so sanft sie scheint, so stark ist sie, schwache Menschen können sich Sanftheit nicht leisten!

Nachdem Herr Oppermann sein Frühstück beendet hatte, war er leise seufzend an seine morgendlichen Abrechnungen gegangen. Mit Neid hatte er dabei an die glücklicheren Berufsgenossen gedacht, die einen Helfer hatten. Die konnten noch weiter in Ruhe in der Kantine sitzen, ohne sich mit Schreibereien plagen zu müssen. So dachte Herr Oppermann ziemlich lebhaft an den jungen Mann, der ihm heute früh so gut gefallen hatte, und war ein wenig überrascht, als er ihn, bleich und verfallen aussehend, mit einem Schupo daherkommen sah.

»Nanu?«, sagt er. »Was ist denn nu kaputt?«

»Wir suchen eine Brieftasche«, sagte der Schupo, »die hier bei Ihnen verlorengegangen sein soll. Haben Sie sie vielleicht gesehen?«

»Eine Brieftasche!«, rief Herr Oppermann und wurde ob seiner schändlichen Vergesslichkeit glühend rot. »Die habe ich ja! – Ich hatte sie an mich genommen, weil so viel Geld darin war. Es war ein sträflicher Leichtsinn, mein junger Freund! Und dann habe ich sie ganz vergessen ...«

»Also zeigen Sie mal die Tasche her!«, sagte der Schupo entschieden. Er hatte allmählich das Gefühl, dass er Zeit und Verstand wichtigeren Geschäften widmen müsste. »Sie gestatten doch, Herr?«

»Oh, bitte«, sagte Johannes Wiebe.

Er war jetzt ganz glücklich und sehr schwach. Das Mädchen stand dicht bei ihm, ihr Arm berührte ihn. Sie sah ihn nicht an, sondern gespannt auf den Polizisten, der die Brieftasche aufschlug und Stück für Stück ansah. Ihr Mund war halb geöffnet, eine Haarsträhne war unter dem Kopftuch hervorgekommen und lag über ihrer Stirn. Es war, als habe sie ihn ganz vergessen, aber sie dachte doch nur an ihn!

»Das genügt«, sagte der Schupo und gab die Brieftasche an Johannes Wiebe weiter. »Sie entschuldigen, aber Sie verstehen doch ...«

»Ich entschuldige alles«, sagte Johannes Wiebe und fühlte sich sehr glücklich.

»Sie kommen gerade von drüben?«, fragt der Schupo. »Sie haben hier noch keine feste Adresse?«

»Nein.«

»Also schreiben Sie uns Ihre Adresse, sobald Sie eine haben. Für den Fall, dass wir Sie noch als Zeugen brauchen.«

»Gerne«, sagte Johannes Wiebe.

»Also dann!«, sagte der Schupo, wollte gehen, und da fiel

ihm noch etwas ein. »Was ich nicht verstehe, ist, dass ein Mann mit so viel Geld Säcke karrt …«

Er hatte sich umgedreht und sah die beiden nebeneinanderstehen. Auch ein Berliner Schupo kann rot werden – besonders wenn er es an Scharfsinn hat fehlen lassen.

Also wurde er rot, lächelte dann und sagte: »Doch – na ja, wenn man es so nimmt …« und verschwand ein wenig überstürzt.

Die beiden

»Hören Sie!«, sagte Herr Oppermann eifrig. »Sie scheinen zwar ein wohlfundierter junger Mann, aber wenn Sie trotzdem eine Stellung suchen sollten …«

»Jetzt nicht, Herr Oppermann«, sagte Hanne Lark energisch. »Sehr gut gemeint, aber Sie sehen doch, dem Herrn ist nicht gut. Kommen Sie, Herr Wiebe.«

Sie nahm den Wankenden resolut beim Arm und führte ihn in den dunklen Gang, dessen Tür sie hinter sich zuschlug.

»Da, setzen Sie sich auf die leere Kiste! Warten Sie, ich mache Ihnen den Kragen auf. Ihnen ist sehr schlecht, ja?«

»Es ist nichts«, sagte er mühsam. »Kümmern Sie sich nicht um mich. In fünf Minuten werde ich wieder auf den Beinen sein.«

»Was haben Sie denn?«, fragte sie leise und sah ihn aufmerksam an. »Ist es der Schreck von eben?«

»Ach«, sagt er und versuchte zu lächeln, so jämmerlich es ihm auch ging. »Der Schreck hatte doch sein Gutes, nicht wahr? Es war das Schönste, was ich je erlebt habe. Ein Mensch, der für mich eintrat …«

»Aber das war doch selbstverständlich! Sie waren doch unschuldig, nicht wahr?«

»Sie kannten mich doch gar nicht!«

Eine kurze Pause. Dann sagt sie leise: »Nein, ich kannte Sie gar nicht.«

Und lachte, als sei sie über etwas Geheimes sehr glücklich.

»Fräulein Lark … Hanne …«

Er versucht aufzustehen, aber die Schwäche war zu groß, und er fiel auf seine Kiste zurück.

»Oh, verdammt!«, rief er in zorniger Schwäche. »Dass ich so hilflos vor Ihnen dasitzen muss! Das ist ein schlechter Anfang mit uns, Fräulein Lark!«

Sie lächelte wieder, sehr sanft, ein bisschen spöttisch, er sah es nicht.

Er versuchte eifrig zu erklären, seine schmähliche Schwäche zu entschuldigen: »Es ist nur diese elende Grippe! Wissen Sie, ich bin gestern Abend erst wieder aufgestanden.«

»Und heute früh schleppen Sie Kisten! Aber warum denn – bei so viel Geld!«

»Das Geld gehört nicht mir! Aber auch als Millionär hätte ich Kisten geschleppt, bis ich umgefallen wäre, bloß um in Ihrer Nähe zu sein, Hanne!«

»Und eben haben Sie gesagt, ich kenne Sie nicht!« Sie lachte leise und glücklich. »Aber Sie müssen in ein Bett. Haben Sie denn niemanden hier in Berlin, zu dem ich Sie bringen kann?«

Er schüttelte den Kopf. »Niemanden.«

»Aber wie kann man so allein leben! Wollen Sie in ein Krankenhaus?«

Er verneinte wieder.

»Oder in ein Hotel?«

»Lassen Sie mich doch nur hier sitzen! Sehen Sie alle paar Stunden nach mir, das wird mir am allerbesten tun!«

Sie sah ihn ratlos an. »Was mache ich nur mit Ihnen? Sie können doch nicht hier in dem kalten, zugigen Gang sitzen! Sie sind krank. Sie müssen in ein Bett!«

»Ich brauche nur ein paar Stunden Ruhe«, sagte er hartnäckig, aber es ging ihm sehr schlecht. »Und die habe ich in Ihrer Nähe am allerbesten.«

»Es ist doch ganz unmöglich!«, sagte sie ratlos.

Sie sah auf seinen gesenkten Kopf, an seinen Schultern sah sie, wie hastig er atmete.

»Sie haben Fieber!«, sagte sie wieder.

Er schwieg.

»Bitte, lassen Sie mich Sie irgendwo hinbringen, sagen Sie wohin!«, bat sie sanft.

Er hob den Kopf, er nahm ihre Hand.

»Quälen Sie mich doch nicht!«, bat er. »Diese Stunden sind die ersten glücklichen Stunden für mich – seit Jahren. Endlich habe ich einen Menschen gefunden – ich gehe nicht aus Ihrer Nähe und wenn ich umfallen muss!«

Sie sah ihn an. »Wahr?«, fragte sie.

»So wahr!«, sagte er leidenschaftlich, »wie ich von ganzem Herzen hoffe, noch einmal glücklich zu sein – mit Ihnen!«

»Still!«

Sie sahen sich an. Der Gang war dämmrig. Er saß auf einer Kiste, sie hielten sich bei der Hand. Sie sah von oben in sein ihr entgegengehobenes Gesicht. Es war lange still.

»Kommen Sie«, sagte sie dann. »Ich weiß jetzt, wohin ich Sie bringe. Werden Sie zehn Minuten ganz langsam gehen können?«

»Wohin wollen Sie mich bringen? Ich will nicht fort von Ihnen – auch nicht zehn Minuten weit! Ich brauche Sie – alle Tage, alle Stunden, jede Minute – immer!«

»Ich bringe Sie zu mir!«, sagte sie.

Die beiden gehen langsam, sehr langsam den kurzen Weg von der Zentralmarkthalle bis in die Bischofstraße. Es ist nun schon ein bisschen Tageshelle in die Stadt Berlin eingedrungen, aber die Straßenlaternen brennen immer noch, und das Licht ist grau und freudlos.

Sie sprechen kaum ein Wort miteinander. Jedes ist mit seinen Gedanken beschäftigt. Das Mädchen denkt nicht darüber nach, was sie für die Augen der ehrsamen Tante wagt. Wenn ihr Herz etwas befiehlt, gibt es für sie kein Überlegen. Aber sie denkt über ihn nach: Wie sehr hat er sich doch in den wenigen Stunden, die sie ihn nun kennt, gewandelt! In den ersten Stunden ein tatkräftiger Mann, der alles kann, der alles gerne tut, dem nichts zu viel ist – und nun hängt an ihrem Arm ein Hinfälliger, der sich an sie klammert wie ein Kind an seine Mutter, dessen Koffer sie trägt, und er merkt es gar nicht!

Es macht sie glücklich, dass er so viel von ihr erwartet, denn sie möchte ja immer, immerzu geben, aber eigentlich war er ihr lieber, als er ein Mann war. Es ist nicht nur die Krankheit, spürt sie, es ist ein Bruch in ihm, er ist schwach. Vielleicht weil er gerade in die Heimat zurückgekehrt ist, aber vielleicht ist er auch immer schwach gewesen.

›Ich werde ihn stark machen!‹, denkt sie.

Er aber an ihrer Seite denkt nur daran, dass er nun wirklich in die Heimat zurückgekehrt ist. Er ist daheim – er hat es vor vier Stunden noch nicht gewusst, aber nun weiß er es für immer! Wenn er noch je Zweifel hatte über die Fabrik in Charlottenburg, Bruder und Villa, über die Mutter – sie sind vorbei. Hier, wo dieser Arm ihn hält, da ist die Heimat!

Wenn er je Angst vor einem Leben ohne Geld, mit einer

Arbeit, für die er nicht erzogen wurde, gehabt hat – an ihrer Seite zu arbeiten, wo es auch sei, das ist das Glück, das ist Friede – da ist die Heimat!

So gehen sie nebeneinander hin – zwei sehr junge Menschen, die zum ersten Mal die Erschütterung des Herzens spürten.

Und hinter ihnen, oft nur drei, vier Schritte von ihnen getrennt, geht ein anderer, den Zigarrenstummel im Mundwinkel, das Auge unablässig auf sie geheftet: Die junge Liebe, schon im Schatten ungeahnten Unheils!

»Es ist nur eine Treppe«, sagt sie. »Fassen Sie sich am Geländer an. Ich halte Sie auf der andern Seite. Die Stufen sind so schmal, und diese alten Häuser sind immer so dunkel.«

Sie steigen langsam empor. Sie schließt die Flurtür auf. Sie treten auf den Vorplatz, sie zieht die Tür hinter sich zu.

Auf dem dunklen Vorplatz stehen sie einen Augenblick einander gegenüber, kaum atmend. Sie sind so allein miteinander, es ist so unerhört still um sie. Es ist ihnen beiden, als müsse jetzt gleich etwas Großes geschehen.

Aber nichts geschieht.

Sie stößt eine Tür auf und sagt: »Das ist mein Zimmer – kommen Sie!«

Es ist ein sehr schmales, fast dunkles Zimmer. Es ist nur das ehemalige Dienstmädchenzimmer der Mahling'schen Wohnung, das sie der armen Nichte eingeräumt haben – aber es ist ihr Zimmer!

Er steht da mit einem hilflos glücklichen Lächeln, er starrt die hässlichen alten Tapeten an, das schmale, weiße Bett, den eisernen Waschständer, als seien es Wunder. Rasch streichelt er den kiefernen Kleiderschrank, neben dem er steht.

Sie tut, als sähe sie es nicht.

»Ziehen Sie sich die Schuhe aus, und legen Sie sich aufs

Bett«, sagt sie. »Es wird Sie keiner stören. Wenn das Telefon geht oder die Türklingel, kümmern Sie sich nicht darum. Zu essen finden Sie in der Küche hier grade gegenüber. – Sie wollen jetzt nicht essen?«

Er schüttelt den Kopf.

»Ich komme immer um halb sechs, um die Wohnung zurechtzumachen und Abendessen zu kochen. Onkel und Tante kommen erst nach sieben. Bis dahin werden Sie frisch genug sein, sich ein Zimmer zu suchen, nicht wahr?«

Er sieht sie an.

Sie lächelt: »Oh, Sie Kind! Es darf ja hier in der Nähe sein, meinethalben hier im Haus. Wissen Sie denn noch immer nicht, dass ich Sie wiedersehen will?«

»Doch! Aber dann denke ich wieder, es ist nur ein Traum. Es ist zu viel Glück so plötzlich. Ich kann es noch nicht fassen, Hanne.«

»Wenn es dein Glück ist, so glaube daran.« Leiser: »Es ist ja auch mein Glück!«

Einen Augenblick ruht sein Kopf an ihrer Schulter, dann richtet sich Hanne Lark auf.

»Ich muss fort. Tante Gustchen hat keine Ahnung, wo ich geblieben bin. Sie wissen mit allem Bescheid? Also um halb sechs, nicht wahr?«

»Einen Augenblick, bitte, Hanne! Nur noch fünf Minuten! Sie haben noch fünf Minuten Zeit? – Bitte, geben Sie mir ein Blatt Papier und einen Umschlag. Ich muss einen Brief schreiben, ich muss das Geld fortschicken, eher habe ich keine Ruhe.«

»Warum haben Sie eher keine Ruhe?«

»Weil ich erst dann dir ganz und allein gehöre, Hanne!«

»Hannes!«

Dieses Mal küssen sie sich.

Und dann sitzt er am Tisch, in das kleine Groschentintenfass taucht er den dünnen schwarzen Holzhalter mit dem Messingring, schreibt auf dem linierten Briefpapier.

Sie steht an der Tür und beobachtet sein Gesicht. Aber sie fragt nicht.

»Liebste Mutter«, schreibt er, »verzeih mir, aber ich kann nicht zu euch. Es wäre keine Heimkehr. Ich muss mir allein meine Heimat suchen, fern von Dir. Ich glaube, ich habe sie gefunden. Dein Hannes.«

Er faltet den Brief, er nimmt alles Geld aus seiner Tasche, er behält nicht einen Schein zurück. Er nimmt die noch immer aufbewahrten Schecks – er verschließt dies alles im Umschlag. Er schreibt die Adresse.

»Da, Hanne!«, sagt er. »Willst du das gleich auf die Post bringen? Dann ist die Last vom Herzen, und ich bin ganz bei dir.«

»Ich bringe ihn sofort weg. Schlaf nur schön.«

»Und die Adresse. Du wirst diese Adresse vergessen, du versprichst mir das, Hanne?«

»Ich werde sie vergessen – ich verspreche es dir!«

»Dank! Dank! Dank!«

Sie küssen sich wie die Kinder. Dann setzt er sich todmüde aufs Bett, mit seinen Fingern tastet er nach den Schuhbändern.

Jetzt wird er schlafen können, wie er noch nie geschlafen hat. In der Heimat. In Frieden. In der Liebe. Im Glück.

Der Überfall

Kaum hat Hanne Lark die Tür ihres Zimmers geschlossen, so fällt alle sanfte Verträumtheit von ihr ab. Über eine Stunde hat sie der Tante Gustchen am Stand gefehlt – und sie braucht deren gute Stimmung, hat sie nötiger denn je!

Sie schiebt den Brief unter den Jumper und öffnet hastig die Etagentür.

Im gleichen Augenblick trifft sie schon der Schlag in die Seite. Sie seufzt auf, sinkt hin – und sieht dabei, vor wütendem Schmerz nur halb bei Bewusstsein, eine kleine, untersetzte Gestalt in die Wohnung dringen. ›Emil Schaken‹, denkt sie noch.

Johannes Wiebe hat den Fall auf der Treppe gehört, aber er ist zu müde, sich darüber Gedanken zu machen. Der eine Schuh ist schon auf den Boden gefallen, an dem andern knüpft er.

Da springt einer in das Zimmer, steht vor ihm und sagt höhnisch: »Fatzke, ich komme, die Provisjon holen. Weeßte, die de mir versprochen hast for det Mächen! Schnieket Mächen, wat?«

Johannes Wiebe hat nicht die geringste Lust, auf das blöde Geschwätz dieses Tiers zu lauschen. Aber er ist voll Empörung, dass dieser Kerl auf eine ihm noch unverständliche Weise in Hannes Zimmer gekommen ist.

»Machen Sie schleunigst, dass Sie hier rauskommen!«

»Nach Bezahlung jerne, Herr Jeneraldirektor! Her mit dem Kies!«

Und des Redens müde, fasst er Hannes vorn an der Brust.

»Was für Kies?«, fragt der.

»Dein Jeld. Mir steht det zu – du kriegst det Mächen und ick det Jeld!«

»Geld!«, sagt Johannes Wiebe. »Das Geld ist nicht mehr hier!«

»Wat!«, schreit er. »Du lügst – willst du det Jeld herjeben, oder ick mache dir kaputte!«

Und er schüttelt Wiebe in rasendem Jähzorn.

»Wo is det Jeld?«

»Das Geld hat Fräulein Lark eben zur Post gebracht«, sagt Johannes Wiebe angeekelt. »Bitte, überzeugen Sie sich, da liegt die leere Brieftasche.«

Mit einem Satz ist Emil Schaken bei ihr. Er reißt sie auf, wirft den Paß zur Erde, schiebt seine Finger in jede Tasche.

»Det Mächen!«, schreit er atemlos. »Det Mächen hat …«

»Das Geld zur Post gebracht.«

»Aber die liegt ja draußen!«, schreit Emil Schaken und rennt.

»Was?!«, ruft Johannes Wiebe und stürzt ihm nach.

Emil Schaken steht auf dem Treppenabsatz und starrt dumm auf die Stelle, wo Hanne Lark zusammengesunken war. »Weg«, flüstert er und sieht Johannes Wiebe, wie um eine Erklärung bittend, an. »Und ick habe ihr doch eenen Rippentriller verpasst – zehn Minuten hätte se langliejen müssen.«

»Was?!«, schreit nun Johannes Wiebe. »Sie haben sie geschlagen?!«

Und dringt auf ihn ein! Wieder ist die Schwäche vergessen. Er schlägt blindlings auf den Überraschten los, der mit dem Problem fertig zu werden sucht, wieso das Geld wieder weg ist, das Mädchen fort ist …, der sich kaum wehrt.

Schritte auf der Treppe, leichte Schritte, schwere Schritte, von fern. Die Kämpfenden achten nicht darauf. Die Schritte kommen näher, und es erscheint ein Schutzmann, hinter ihm der Hauswart, der Hanne, die schneeweiße Hanne, führt.

Zuerst sieht sich Emil Schaken um. An dem Schupo

gleitet sein Blick gleichgültig vorbei, aber als er das Mädchen sieht, reißt er sich mit einem Ruck von Hannes los.

»Willst du das Geld hergeben, du frechet Aas!«, schreit er.

Im Sprung trifft ihn die Faust des Schupos. Er fällt auf die Treppe, will sich halten und stürzt bis vor die Füße von Hanne und dem Hauswart. Ehe er noch hochkommt, ist der Schupo über ihm.

»Nun aber Ruhe gehalten, alter Junge! Sonst spricht der mit!« Und er hebt den Gummiknüppel leicht an.

»Stehen Sie auf und kommen Sie mit!«

Wortlos steht Emil Schaken auf.

»Zeigen Sie mal Ihre Hände her! So!« Es knackst stählern.

»Und nun erzählen Sie mal, was Sie hier in der fremden Wohnung wollten.«

»Klauen, Herr Wachtmeister!«, sagt Emil Schaken. »Jeld klauen, det mir zusteht!«

Er wendet dabei keinen Blick von Hanne.

»Det nächste Mal«, sagt er, »wo ick dir treffe, bleibste liejen, wo ick dir hinleje, vastanden?«

»Unterlassen Sie solche Drohungen!«, sagt der Wachtmeister streng. »Sie geben also zu …«

Ungeduld

Hanne Lark war gelaufen, endlich stand sie wieder vor der Zentralmarkthalle. Sie war so sehr gelaufen, dass ein recht empfindlicher, scharf stechender Schmerz in der Seite sie an den »Rippentriller« von Emil Schaken erinnerte. Unwillkürlich fasste sie, aufseufzend, an die schmerzende Stelle.

Der unter den Jumper gesteckte Brief knisterte und erinnerte sie an ein Vergessen.

Einen Augenblick überlegte sie. Es war unklug, die Tante, die nun schon anderthalb Stunden hatte warten müssen, noch länger warten zu lassen. Auch ihr Pflichtgefühl sprach dagegen, denn in diesen Morgenstunden war der Andrang am stärksten und Tante Gustchen war nicht mehr die Behändeste.

Aber dann erinnerte sie sich daran, wie viel ihm an diesem Brief gelegen hatte, wie er ihn übermüdet und halb krank geschrieben hatte, damit eine Last von seinem Herzen sei, damit er ihr ganz gehöre.

Hanne Lark macht kehrt und geht zurück zum Postamt. Das Postamt ist überfüllt. Lange muss sie in einer Schlange von Menschen stehen, bis sie endlich zu dem Beamten kommt, der ihr den Einschreibebrief abnimmt.

Aber er nimmt ihn ihr nicht ab, sie wird wieder zurückgeschickt. Sie muss erst einen Quittungszettel für diesen Brief ausfüllen. Tausend Widrigkeiten: die Pulte sind überfüllt, dann ist kein Federhalter frei, und als sie einen hat, muss sie erst einen Quittungszettel suchen gehen.

Nun liest sie doch die Adresse, die sie nicht lesen sollte, sie schreibt sie sogar. »Frau Fabrikbesitzer Erna Wiebe, Berlin-Charlottenburg, Meisenstraße« schreibt sie. Sie redet sich ein, sie wird diese Adresse sofort wieder vergessen – wie viel hundert Adressen liest ihr Auge jeden Tag an den Ständen in der Halle, auf den Wagen vor der Halle, wie viel Kundschaft-Adressen notiert sie! In ihrem Gedächtnis bleibt nichts davon, auch diese Adresse wird ihm entschwinden.

Und doch ist etwas tief drinnen in ihr, das ihr sagt, sie wird diese Adresse nie vergessen. Etwas, das sie warnt, sie zu vergessen. Sie da, Hanne Lark, an ihrem Stehpult auf dem überfüllten Postamt, kneift die Lippen zusammen, schließt die Augen, schüttelt den Kopf – sie will diese Adresse nicht, sie hat es ihm doch versprochen! Aber als sie dann wieder in der Menschenschlange steht, geschieht es ihr, dass sie ganz selbstvergessen vor sich hin sagt: »Frau Fabrikbesitzer Erna Wiebe, Berlin-Charlottenburg …«

Ihr Vordermann, ein jüngerer Kontorbote, dessen Männerstolz schon längst dadurch beunruhigt ist, dass dies fabelhaft hübsche Mädchen noch immer nicht von ihm angesprochen worden ist, fährt herum und sagt: »Wie bitte, Frollein? Elende Warterei, wat? Haben Se ooch schon so 'ne Eisbeene? Ick habe jar keen Jefühl mehr, bis ans Herz, det aber funktioniert noch, Jott sei's jetrommelt und jepfiffen!«

Sie lächelt, aber sie lächelt so abwesend, dass es der junge Mann beim besten Willen nicht auf sich beziehen kann. Er sieht sich um, wen sie wohl so anlächelt, entdeckt aber nur die Uhr über den Schaltern, die glücklich fast zehn zeigt. So sagt er denn mit all der Fassung des Großstädters, der weiß, für einen Fisch, der nicht anbeißt, kann man in der nächsten halben Stunde ein halbes Dutzend im Netz haben, und doch mit einer gewissen Patzigkeit: »Na, denn nich!« Und dreht ihr wieder seinen Rücken zu.

Als Hanne Lark endlich beim Stand von Tante Gustchen eintrifft, zeigt die Hallenuhr viertel nach zehn, und ganz entsprechend sieht Tante Gustchen aus: dunkelrot, den schmalen Mund fest zusammengekniffen, die Kinnpartie zusammen mit der Brust scharf rausgedrückt, in den kleinen Augen aber hinter den scharfen Brillengläsern einen noch nie gesehenen Zornesblick, so bedient sie die Kundschaft, die heute außerordentlich artig sein muss, um hartem Tadel zu entgehen.

»Fassen Sie meine Bohnen nicht an, Sie, junge Frau, Sie«, hört Hanne Lark sie grade sagen. »Wenn's Ihre Bohnen sind, können Sie se angrapschen. Vorläufig sind's noch meine!«

»Entschuldige, Tante Gustchen«, fängt Hanne Lark ohne Furcht an, denn sie hat immer ein mutiges Herz gehabt, und heute ist es furchtloser denn je.

»Ich sprech nicht mit dir!«, zischt die Tante. Und: »Wenn Ihnen meine Äpfel nicht gefallen, machen Se sich vielleicht selber welche!«

»... aber der junge Mann ist krank geworden«, fährt Hanne Lark unbeirrt fort, während die Tante Geld wechselt. »Ich musste ihn erst wohin bringen, wo er sich ausruhen konnte.«

Sie ist nicht ganz ehrlich jetzt, die Hanne Lark, aber sie kann hier vor allen Leuten der Tante unmöglich auseinandersetzen, wie alles kam, warum sie so handelte, wie sie es getan hat. Das vielleicht später – vielleicht. Hanne Lark ist Menschenkennerin genug, um in ihrer Tante nicht viel Verständnis zu erwarten. Aber um sechs Uhr ist er ja aus dem Hause, und das Weitere wird sich dann wohl finden.

»Mach Tüten!«, erzürnt sich die Tante immer mehr. »Siehste nich, dass ich ohne Tüten dastehe?! Zu nichts biste nutze, nur zu ... Was soll's denn sein? Zwei Dutzend Apfelsinen? Von welchen denn? Von den Spaniern oder von den Jaffa? – Wo die Jaffa sind? Direkt vor Ihrer Nase, gnädige Frau, wenn Sie niesen, niesen Sie mir grade druff!«

Und wieder mit dunkler Drohung: »Dein Onkel Oskar wird mit dir reden! Aufs Dorf werden wir dich wieder schicken! Da ist vielleicht so was Mode, aber hier bei mir ...«

Ein paar Stunden gibt es angestrengt für beide zu tun.

Allmählich gibt es Hanne Lark auf, die Tante jetzt schon zu besänftigen. Der Zorn ist noch zu frisch. Es ist ja, denkt Hanne, nicht nur die Erbitterung über Hannes Benehmen und Fortbleiben, es ist ja auch die Wut über das gestohlene Wechselgeld.

Tante Gustchen ist sehr genau. Sie isst lieber allein, trotz täglicher Magenschmerzen, ein verdorbenes Einmachglas leer, ehe sie es in den Abfalleimer schüttet. »Nur nichts umkommen lassen!«, sagt sie dann. »Die Nährstoffe sind ja noch immer drin, wenn's auch ein bisschen riecht!«

Und nun hat sie fast hundert Mark umkommen lassen müssen!

Hanne Lark könnte der Tante ja nun erzählen, dass sich dieses Wechselgeld bereits in den Taschen von Emil Schaken gefunden hat. Aber eine solche Erzählung würde ein bisschen zu weit führen – mit Erklärungen, Begründungen, vielleicht mit Lügen. Und Hanne lügt nicht gerne – sie stellt es mit Ruhe dem Schicksal anheim, den Knoten zu lösen, den es schürzte. Die Hauptsache: er liegt geruhig auf ihrem Bett und schläft sich gesund!

Dieses Gefühl, dass er geborgen ist, gibt ihr ein Gefühl schönen Friedens. Mit völligem Stillschweigen lässt sie die Scheltreden und Drohungen der Tante über sich ergehen. Sie hofft, der Zorn wird sich bald austoben, und in den ruhigeren Nachmittagsstunden wird sie Gelegenheit haben, mit der Tante vernünftig zu reden.

Als aber nach zwei der Strom der Käufer abebbt und die Stunde kommt, wo die beiden gewöhnlich in der Kantine einen Teller Suppe essen, zischt die Tante nur drohend: »Du bleibst hier! Dass du mir nicht aus dem Stand gehst! Iss deine Frühstücksstullen auf, wenn du essen kannst – ich würde mich ja lieber schämen!«

Damit geht die Tante und kommt erst einmal nicht wieder zurück. Hanne Lark will schon angst werden. Vielleicht ist die Tante voll Verdacht in die Wohnung gelaufen? Zwar sagt sich Hanne immer wieder, die Tante kann unmöglich auf einen solchen Verdacht kommen, denn Hanne war bisher noch nie »so«!

Aber dann merkt sie bald von der einen, bald von der andern Seite, bald von vorn, bald von hinten scharfe Blicke und Getuschel: Tante Gustchen läuft in der Halle herum und schüttet bei allen befreundeten Ständen ihr Herz aus. Nichts freut eine Prüde mehr, als wenn sie die Schande einer Schamlosen auf den Markt bringen kann!

Allein thront Hanne auf ihrem Stand, isst mit gesundem Appetit ihr Butterbrot und muss nur manchmal lächeln, wenn sie all die Blicke spürt, das Wispern, Tuscheln zu hören meint, die übergeschäftige Heimlichtuerei durchschaut.

Ein kleiner Lichtblick ist es aber doch, als Hannes Freundin Marie Jäckel vorüberkommt und ihr lächelnd »guten Tag« sagt.

»Ganz alleine heute, Hanne? Was macht denn Tante Gustchen?«

»Heute ist sie wild, ganz aus dem Häuschen!«

»Was ist denn los? Ist ihr eine Kiste Blumenkohl verdorben, oder hat Onkel Oskar gemeutert?«

»Nein, aber ich!«

»Du, Hanne?«

»Ja, ich – ich will dir schnell erzählen, hast du einen Augenblick Zeit?«

»Es muss aber schnell gehen!«

»Also, ich habe einen jungen Mann, ich meine, einen Herrn … Nein, damit kann ich nicht anfangen. Also, hör zu, Marie! Du kennst doch den Emil, der hier immer die Kisten für uns schleppt?«

»Ist das der junge Mann?«

»Ach, red doch nicht, der ist im Gefängnis!«

»Der junge Mann?«

»Nein, Emil!«

»Emil, das habe ich längst erwartet! Und der junge Mann?«

»Aber ich habe dir doch gar nichts von einem jungen Mann erzählt!«

»Doch, deine Augen genug! Hanne, Hanne ...«

Sie sehen sich an.

Dann nickt Hanne, langsam, mit strahlenden Augen: »Ja, ja. Du hast ganz recht. Was ist da viel zu erzählen? Es kam ein junger Mann und da ...«

»Und da?«

»Da war plötzlich die frühere Hanne Lark weg, und jetzt bin *ich* da! O Gott, Marie, ist das Leben schön!«

»Ja, ach, erzähl doch, Hanne! Wie heißt er denn? Wie sieht er aus – ist er dunkel oder hell, du müsstest eigentlich einen Dunklen haben!«

»Ich weiß es nicht. Doch ja, ich glaube, er ist dunkel – es ist ja so egal, Marie!«

»Was ist er denn?«

»Ich weiß doch nicht! Doch, ja, natürlich, er ist so elend, Marie! Er hat grade die Grippe gehabt, und nun hat er kein Zimmer ... Marie, ist bei dir nicht das große Eckzimmer seit dem Ersten frei?«

»Ja, aber ...«

»Ich schicke ihn dir – heute Abend noch! Du sollst sehen ...! Pass auf! Die Tante!«

»Nun, Fräulein Jäckel! Guten Tag! Halten Sie aber bitte meine Nichte nicht von der Arbeit ab! Hast du endlich genug Tüten gemacht, Hanne? Das sind noch lange nicht genug Tüten, Hanne!«

»Das sind sämtliche Zeitungen, die hier waren, Tante Gustchen. Und das sind Tüten genug für eine Woche. Auf Wiedersehen, Marie! Also, du weißt, heute Abend ...«

»Schon recht, Hanne, auf Wiedersehen!«

»Was hast du denn mit der Jäckel heute Abend vor?«, fragt Frau Mahling argwöhnisch.

»Ach, nichts, Tante, ach nichts.«

»Du gehst heute Abend nicht aus, das sage ich dir, Hanne!«

»Es ist gut, Tante Gustchen!«

»Und morgen gehst du auch nicht aus! Keinen Abend vorläufig.«

»Schön, Tante Gustchen!«

Solcher Gleichmut muss einen zornigen Menschen doch zum Toben bringen! »Ich würde mich ja schämen«, bricht die Tante wieder aus. Und besinnt sich. »Ich hab so 'ne Ahnung«, sagt sie. »Du hast dir von Oppermann faule Apfelsinen anschmieren lassen. Mach mal alle Kisten, die da hinten stehen, der Reihe nach auf und sieh jede Apfelsine nach. Die faulen bringst du mir – ich werde dem Oppermann zeigen, ob Frau Mahling sich von ihm reinlegen lässt.«

»Ja, Tante Gustchen«, sagt Hanne Lark und geht sehr zufrieden zu ihren Kisten, ist sie doch nicht in unmittelbarer Nähe der ewigen scheltenden Rederei, die immer in ihre schönsten Träume hineinfährt.

Geschickt öffnet sie die Kisten, nimmt Apfelsine für Apfelsine heraus, wickelt sie aus ihrem Seidenpapier, sieht sie nach, befindet sie für gut, wickelt sie wieder ein, legt sie in einen Korb beiseite und fährt träumerisch und gedankenvoll in dieser geruhigen Tätigkeit fort, bis der Kistenboden erreicht ist. Dann packt sie die Apfelsinen wieder ein, heftet den Deckel auf und macht sich an die nächste Kiste.

Es stört Hanne Lark kaum, dass Tante Gustchen von Zeit zu Zeit erscheint und ihre Befunde kontrolliert. Bei der

Tante lässt der Zorn nämlich nicht nach, sondern er steigt eher.

Für einen zornigen Menschen gibt es nichts Verhassteres, als dass der, dem man zürnt, nur schweigt und gar noch manchmal verloren lächelt.

Die Tante kann ihren Zorn nicht loswerden, also zieht er in ihr herum wie eine Gewitterwolke, die sich nicht entladen kann, und alles wird fahl und düster, was in den Schatten der Wolke gerät.

So ist Frau Mahling jetzt fest davon überzeugt, dass ihre Nichte Hanne Lark ein völlig verdorbenes, hinterhältiges Mädel ist. Fest davon überzeugt, dass dieselbe Hanne Lark mit dem Oppermann unter einer Decke steckt, um ihr schlechtes Obst anzudrehen. Die Tante hat ja an den andern Ständen gehört, dass der Oppermann der Hanne geholfen hat, den jungen Kerl aus den Händen der Polizei freizukriegen, und schließlich ist die Tante fest davon überzeugt, dass die Hanne doch eine Verabredung für den heutigen Abend hat, vielleicht mit der Marie Jäckel, wahrscheinlich aber mit dem jungen Mann!

Dies aber zu verhindern, ist die Tante fest entschlossen, denn wo kämen Sitte und Moral hin, wenn eine Nichte von ihr sich einfach mit einem jungen Mann trifft, den sie gar nicht kennt, dem sie sich aber vor allen Leuten gewissermaßen schamlos an den Hals geschmissen hat?! Sie, Frau Auguste Mahling, wird es verhindern und käme sie auch um ihr warmes Abendessen!

Als darum ihre Nichte um viertel sechs zu ihr kommt und sagt: »Es ist wohl Zeit, Tante Gustchen. Ich geh jetzt Abendessen machen«, sagt die Tante: »Bist du mit deinen Apfelsinen fertig?«

»Nein, zwei Kisten stehen noch da!«

»Also mach die Apfelsinen fertig!«

»Aber das Abendessen!«

»Wirst du tun, was ich dir sage?!«

Mit jetzt wirklich fliegender Hast macht sich Hanne Lark an die vorletzte der beiden Kisten. Sie hat ihm gesagt, sie wird um halb sechs bei ihm sein – und jetzt wird es mindestens sechs. Hoffentlich schläft er – es ist noch nichts verloren, wenn er nur schläft.

Als Hanne Lark ihre Apfelsinen hinter sich gebracht hat, ist es schon nach sechs – unter der Tante wachsamen Blicken hat sie nicht pfuschen können –, und nun stehen die Käufer der letzten Stunde so dicht am Stand, dass sie es gar nicht anders erwartet, als dass die Tante sagt: »Hilf mit.«

Die Tante sagt es, sie hilft mit.

Sie verkauft, wiegt ab, wickelt ein, zählt Geld ab, viertel sieben, halb sieben, dreiviertel sieben – und er sitzt da in der fremden Wohnung und lauert auf sie! Er weiß doch nicht, was er tun soll, sie haben doch nichts verabredet für den Fall, dass sie nicht kommt. Wenn er nun weggeht, er ist doch halb krank, hat Fieber – vielleicht finden sie ihn irgendwo, stecken ihn in ein Krankenhaus, und er vergisst alles, vergisst sie, hält sie später für einen Fiebertraum!

Sieben!

Sieben, schlägt die Hallenuhr, sieben, sagt es in ihr. An manchen Ständen schließen sie schon, sie aber hat noch drei Kunden abzufertigen.

Endlich!

»Ich geh dann jetzt, Tante Gustchen! Ich heize schnell und mach uns ein paar Bratkartoffeln!«

»Du bleibst hier! Räumst mit auf! Du hast es ja mächtig eilig heute – dich ein bisschen mit ihm auf der Straße treffen, wie? Wo wartet er denn, Fräulein?«

Sie schweigt und räumt mit auf. Langsam beginnt auch sie, warm zu werden, ein gelinder Zorn gegen die Tante rührt sich.

Sie hat die Tante bisher nie als besonders bösartig empfunden, aber das lag vielleicht nur daran, dass sie nie etwas, das ihr am Herzen lag, gegen sie verteidigen musste. Die Tante war eine Respektsperson, darum hatte sie sich ihr in allen Dingen gefügt.

Aber heute findet sie die Tante bösartig, sie findet sie gehässig, schlecht, muckerisch … Wären da nicht die Eltern daheim, sie würde einfach gehen und sagen: »Danke schön, Tante Gustchen, Feierabend!« Denn Angst hat sie nicht für sich. Sie weiß, sie kommt immer durch. Aber da sind die Eltern. Für die ist es eine Schande, wenn die Tochter der Vaterschwester fortläuft.

Sie räumen zusammen auf. Sie gehen gemeinsam.

Hanne Lark sieht tausend Schreckgespenster. Entweder ist er fort, oder er kommt beim Schließen der Tür aus ihrem Zimmer und steht direkt vor der Tante. Oder er ist sehr krank geworden und phantasiert. Er redet laut im Fieber, und die Tante steht auf dem Flur …

Immer wieder fängt sie zu laufen an neben dem kleinen festen Schritt der Tante, der ihr unerträglich langsam dünkt, und immer wieder holt die Tante sie mit einem bösen Wort an ihre Seite zurück.

Und nun gehen sie noch nicht einmal nach Hause! Sie gehen zum Laden, sie holen den Onkel ab, da es doch einmal so spät geworden ist!

In dem großen Gemüse- und Obstladen, den der Onkel in der Landsberger Allee führt, während die Tante den Einkauf und den Hallenstand verwaltet, sitzt der Onkel im Schein einer funzligen Birne und rechnet noch in seinem Hauptbuch.

Onkel Oskar ist ein langer, dürrer, knochiger Mann, gelblich und schwärzlich, mit einem lächerlich kleinen, birnenförmigen Kopf, auch mit Brille und mit einer hellen, hohen Stirn. Im Allgemeinen ist er ganz nett zu Hanne Lark – soweit es die Tante zulässt, denn Onkel Oskar ist der Mann von Tante Auguste, nicht etwa sie seine Frau …

»Nanu, wo kommt ihr denn her?«, fragt er, erstaunt hochfahrend. »Was ist denn nu kaputt?«

»Das wirst du gleich hören, Oskar«, sagt Tante Auguste.

Aber gottlob will sie den Onkel lieber erst unter vier Augen unterrichten, ein Familienpalaver im Laden wäre auch für die auf Kohlen stehende Hanne Lark zu viel gewesen.

Nach einigem Hin und Her brechen sie auf. Der Onkel hat bereits erfahren, dass es heute kein warmes Abendessen geben wird und dass auch der Ofen daheim nicht geheizt ist. Und da der Onkel den ganzen Tag in seinem kalten Gemüseladen friert und überhaupt frösteliger Natur ist, stimmt ihn die Aussicht auf die grabeskalte Wohnung, die Hanne verschuldet haben soll, recht düster.

»Du gehst voran, Hanne!«, befiehlt die Tante auf der Straße. »Aber nur zwei Schritte Abstand. Und dass du mir nicht lauschst!«

Warum Hanne nicht der Mitteilung ihrer offenbaren Schande lauschen soll, bleibt unklar, aber Hanne interessiert es auch nicht sehr, denn jetzt nähern sie sich endlich – dreiviertel acht zeigt die Uhr auf dem Bahnhof Alexanderplatz! – der Wohnung. Sie ist fest entschlossen, die Treppe trotz aller Verbote im Sturm zu nehmen. Sie hat den Türschlüssel schon fest in der Hand.

Und das tut sie auch.

Sie stürmt die Treppe hinauf, schließt auf, geht in die Wohnung. Der Vorplatz ist stockdunkel. Leise, ohne Licht zu machen, tritt sie in ihr Zimmer, zieht die Tür hinter sich zu. Vom Hof her fällt ein matter Lichtschein durch die Scheiben.

Aber sie braucht den nicht, sie hat – trotz ihres laut pochenden Herzens – schon den ruhigen, tiefen Schlafatem gehört. Gott sei Dank, er schläft! Er schläft noch immer! Er schläft sich gesund.

Sie dreht den Schlüssel von innen um, geht leise zum Bett, lässt sich davor auf die Knie nieder.

Und mit einem erleichterten Aufseufzen küsst sie die Hand des Schläfers.

Die Austreibung

Auf dem Flur ruft die Tante schrill nach der Nichte. Hanne Lark fährt hoch, zieht sich ihren Jumper aus und ist draußen, grade als die Hand der Tante nach der Türklinke fasst.

Die nächste halbe Stunde ist ein Durcheinander sich widersprechender Befehle von Onkel und Tante: der Onkel möchte es warm haben, die Tante will das Heizen sparen, denn sie werden doch gleich ins Bett gehen, von vorbereitenden Drohungen und Scheltreden, von gehetztem Arbeiten. Hanne Lark erträgt alles mit heiterer Fassung, denn er schläft tief und traumlos – noch immer.

Schließlich sitzen sie alle drei um den Abendbrottisch herum: die Auffassung der Tante hat hier gesiegt, es wird nur kalt gegessen, Schrippen mit Aufschnitt. Aber der Onkel ist auch nicht völlig geschlagen: er darf sich Rum in seinen Tee tun, was sonst nur ein Sonntagsprivileg ist. Hanne Lark ist die Heiterste: direkt, ehe sie sich hinsetzten, hat sie sich davon überzeugt, dass Johannes Wiebe weiterschläft – zum Forttragen fest!

Als Tante Gustchen den gierig fortessenden Onkel mit den Worten anfährt: »Dein Onkel sagt auch ...« und damit die eigentlichen Feindseligkeiten eröffnet, seufzt Hanne, rückt sich zurecht auf ihrem Stuhl und ist fest entschlossen, kein Wort zu antworten, keine Miene zu verziehen, sich nicht zu ärgern. Denn er schläft – und mit seinem Schlaf ist auch ihr kleiner Zorn auf die Tante wieder schlafen gegangen.

Die Tante fängt mit Kleinigkeiten, aber mit dem Anfang an, dass Hanne nie rechtzeitig aus dem Bett findet, dass sie an Sonntagen heimlich seidene Strümpfe trägt, die sie, wenn sie zu ihrer Freundin Marie geht, auf dem Treppenabsatz gegen die erlaubten wollenen austauscht. Dass Hanne noch nie zur Kirche war, dass Hanne nichts spart von ihrem guten Lohn (25 Mark im Monat, aber die Abzüge gehen noch davon ab), dass Hanne zu viel ins Kino läuft, dass Hanne an einem Sonntag zur Kirchenzeit laut in der Küche ein Lied gesungen hat von Mariechen, die weinend im Garten saß und über ihr verlassenes Kind trauert ...

Und die Tante ging zwanglos (der Onkel aß gierig immer weiter und benutzte gewisse Augenblicke, in denen die Rednerin in eine hohe Ekstase geriet, dazu, Rum nachzugießen) – die Tante ging also zwanglos auf den heutigen Morgen über, wo die Hanne ihr einen jungen Kerl angeschleppt habe, der ihr angeblich ganz unbekannt gewesen sei, mit dem sie sich bestimmt aber verabredet habe, um den armen Emil Schaken aus Lohn und Brot zu treiben.

»Aber mir war er gleich so widerlich, er hatte einen so wilden Blick, und dann konnte er sich nicht genugtun mit Laufen und Schleppen, weißt du, Oskar, so einer, der sich von vorne anschmiert ...«

»Er hat sich nicht angeschmiert!«, sagte Hanne entrüstet.

Es ist etwas Gutes um eine wohlüberlegte, mit Leidenschaft vorgetragene weibliche Scheltrede: sie bringt jedes Gewitter zur Entladung. Auch ein Engel Gottes könnte nicht stumm dabeisitzen. Hanne Lark fühlte: ihre Backen brannten.

»Gerade hat er sich angeschmiert und nicht nur bei mir! Bei allen! Glaubst du, ich bin so dumm wie du, ich kenne doch die Männer. Allen hat er Augen gemacht, sogar dem schmierigen Käsefräulein mit den aufgedrehten Löckchen. Aber du bist natürlich so eine dumme Gans, du denkst, dich sieht er alleine an!«

»Tut er auch!«

»Hörst du es, Oskar! Sie rühmt sich noch damit, so eine Schamlosigkeit! (Nimm nicht so viel Rum, Oskar, das ganze Zimmer riecht schon danach.) Freilich, wer sich vor allen Leuten an einen Mann ranschmiert, der schämt sich nicht. Aber natürlich, dein Geld kostet es nicht, dein Onkel aber und deine Tante dürfen deine Liebeleien mit hundert Mark bezahlen, die dein feiner Freund uns aus der Kasse klaut ...«

»Er hat sie ja gar nicht gestohlen!«

»Denkst du denn, ich bin so dumm wie der Wachtmeister, der sich von ein paar falschen Papieren imponieren lässt! Er allein hat sie gestohlen – wer denn sonst?«

»Der Emil, der Emil Schaken!«

Einen Augenblick saß die Tante, als habe sie ein Schlaganfall an allen Gliedern, besonders aber an der Zunge gelähmt. Dann aber legte sie los, und wie sie loslegte!

»Hörst du es, Oskar, hörst du das?! Lieber macht sie ihn und meine ganze Verwandtschaft schlecht, als dass sie was auf ihren Kerl kommen lässt! Das ist die Höhe! Aber nun ist es auch Schluss – ich bin gut und geduldig mit dir gewesen, Hanne, aber nun ist es aus mit uns! Nun sollst du mich von einer andern Seite kennenlernen! Du sollst einmal sehen …«

Dunkel fühlt die Tante, dass ihre vagen Drohungen dieser Nichte gegenüber nur ein unfruchtbares Kapital seien. Aber sie war nicht in Mangel um Angriffsmöglichkeiten. »So ein hergelaufener Kerl, dem man die schlimmen Krankheiten und die Verkommenheit auf dem Gesicht abliest.«

»Er hat eben die Grippe gehabt, Tante.«

»Der nur darauf ausgeht, Mädchen zu verführen und zu stehlen, dem schmeißt du dich an den Hals! Aber so bist du, Hanne, mich machst du nicht dumm. Ich habe dich vom ersten Tage an durchschaut. Liederlich freit Lumpig, und ob du dich von dem Oppermann nicht schmieren lässt, das weiß ich auch noch nicht …«

»Jetzt ist es genug, Tante!«, sagte Hanne Lark und stand weiß und empört auf. »Der Emil Schaken sitzt längst auf der Wache, und du kannst dir da dein geliebtes Wechselgeld abholen … denn Geld ist dir doch das Allerliebste auf der Welt!«

Sie sah die Tante, die ob dieser Eröffnung nach Atem rang, mit funkelnden Augen an. Sie hätte gern jetzt Schluss gemacht, aber auch sie war eine Frau, und wenn sie erst einmal ihrer Zunge Lauf gelassen hatte, wurde es ihr genauso schwer wie ihren Schwestern, wieder aufzuhören.

Sie war gekränkt worden, das tat nur im Augenblick weh, aber er war mit Schmutz beworfen, und das heischte Sühne!

»Und wenn du denkst, du kannst mich noch länger bloß darum, weil ich deine Nichte bin, schlechter bezahlen als jeden kleinen Hallengehilfen und noch dazu gemein behandeln, so irrst du dich! Heute Abend noch gehe ich von dir fort, und es soll dir schwerfallen, einen Ersatz zu kriegen, denn dich und deine Zunge und deinen Geiz kennen sie in der ganzen Zentralmarkthalle, vom Alexanderplatz bis in die Frankfurter Allee hinein.«

»Du übertreibst maßlos, Hanne«, sprach der Onkel Oskar mit schwerer Zunge.

»Das kannst du heute nicht mehr machen mit den Menschen, wir sind genauso viel wie du! Ich finde überall Arbeit! Und mein Freund ist tausendmal besser als du, und wenn du glaubst, er hat sich den ganzen Morgen für dich geplackt und geschunden und du kannst ihn um sein Geld betrügen, so irrst du dich. Ich gehe nicht eher, ehe ich nicht seine fünf Mark habe!«

»Da hörst du es, Oskar!«, schrie die Tante schrill. »Zu ihm will sie laufen! Das ist der Sinn vom Ganzen! Das steckt ihr im Kopf! Darum hat sie mich den ganzen Tag geschunden und tribuliert und bei der Arbeit sitzenlassen, bloß weil sie zu ihm will!«

»Ich brauche ja gar nicht zu ihm, Tante Gustchen«, sagte Hanne Lark mit gefährlicher Ruhe. »Du kannst ihm die fünf Mark gleich selbst geben, er ist nämlich in meinem Zimmer!«

Und diese letzten Worte sprach sie mit ganz fester Stimme, Wort für Wort, mit gehörigen Abständen, dass sie auch richtig wirkten.

»Was?«, rief die Tante und war so schnell auf den Beinen, sie wusste selbst nicht wie.

Aber der Schreck war zu stark gewesen.

»In meiner Wohnung!«, rief sie klagend. »Es ist unmöglich!«

Die Beine sackten unter ihr fort, und sie saß wieder.

»Hörst du das, Oskar?«, fragte sie jämmerlich.

»Ja, natürlich«, sagte der Onkel, dem Rum und hastiges Reden das Verständnis stark verschlagen hatten. »Ich höre alles.«

»Ja, er schläft auf meinem Zimmer«, sagte Hanne Lark. »Und ich schäme mich deswegen gar nicht. Denn er ist krank und elend, und keiner kümmert sich um ihn, und da soll ich ihm nicht helfen dürfen, bloß weil ich ihn heute Morgen noch nicht gekannt habe oder weil er ein Mann ist. Ich ...«

Aber die Tante hörte nichts mehr, die Tante hatte überhaupt nicht mehr zugehört, seit die Kunde ihr geworden war, dass ein fremder Mann in *ihrer* Wohnung, in *ihrer* Nichte Kammer ... Es war unglaublich – es war so unglaublich, dass sie es erst mit eignen Augen sehen musste.

Und so lief sie denn nach dem kurzen Ruf: »Komm, Oskar!«, mit ihren schnellen, kurzen Schritten aus dem Zimmer auf den Flur, um sich mit eignen Augen zu überzeugen.

Der Onkel aber folgte dem Ruf noch nicht gleich, sondern benutzte den unbewachten Augenblick, sich den Rest der Rumflasche einzuverleiben.

Dafür lief Hanne hinter der Tante drein.

»Bitte nicht, Tante Gustchen!«, bat sie. »Er schläft so schön – er ist doch krank!«

Aber für die Tante gab es kein Aufhalten mehr, sondern sie riss die Tür mit einem Ruck auf, schaltete sofort das Licht ein – und da saß Johannes Wiebe also wirklich auf dem Bettrand, in Hemd und Hose, mit zerrauften Haaren, noch recht verschlafen aussehend, sagte aber sehr gut gelaunt, in das plötzliche helle Licht blinzelnd: »Ist es schon halb sechs? Meine Uhr ist stehengeblieben. Ach, ich habe so herrlich geschlafen, und ich habe auch von dir geträumt, Hanne.«

Da sah er, dass jemand anders in der Tür stand, und verstummte erschrocken.

Aber schon war Hanne bei ihm, und nun war es, als wenn seine gute Laune sich sofort auf sie übertrüge.

Sie sagte mit fröhlicher Stimme: »Das ist wunderbar, Hannes, es ist schon gleich neun. Du hast fast zwölf Stunden geschlafen. – Das ist Frau Mahling, Hannes, meine Tante Gustchen. Sie ist sehr böse auf mich, dass ich dich hier in die Wohnung gebracht habe.«

»Darum müssen Sie ihr nicht böse sein, Frau Mahling«, sagte Hannes und ging mit ausgestreckter Hand auf die Tante zu. »Das war ein gutes Werk …«

Die Tante stand wie ein Bild des Jammers, sie nahm die Hand nicht.

»Raus!«, sagte sie mit schwacher Stimme. »Heraus!«

»Ja, Hannes«, sagte Hanne wieder ganz fröhlich und nahm ihren Koffer vom Schrank. »Mach dich fertig, wir müssen alle beide ziehen. Wir haben uns gegen Sitte und Anstand vergangen.«

»O Hanne!«, sagte er, und sein Gesicht veränderte sich zu Trauer. »Habe ich dich mit deinen Verwandten auseinandergebracht? Siehst du, ich bring dir Unglück. Ich schwöre Ihnen, Frau Mahling, es ist nichts passiert …«

»Schwöre nicht, Hannes! Tante Gustchen glaubt nicht an die Schwüre von jungen Männern, die in den Zimmern fremder junger Mädchen stehen. Du hast mir Unglück gebracht? Ist es denn ein Unglück, wenn man von harten, engen Menschen fortgeht?«

»Aber ich habe kein Geld, Hanne, und du …«

»Ich habe auch kein Geld! Aber was macht das? Wir können überall arbeiten. Heute gibt es hier für jeden Arbeit, so viel Arbeit, viel zu viel Arbeit! Und ein Zimmer weiß ich auch schon für dich, und für mich werde ich auch eins finden.«

Stumm hatte die Tante bisher zugehört, aber mit scharfen Augen dem Einpacken der Nichte zugeschaut. Jetzt aber erwachte sie aus ihrer Erstarrung, mit scharfer, böser Stimme sagte sie: »Das sind meine Handtücher, die du da einpackst, hörst du!«

Hanne sah die Tante an. »Du weißt gut, Tante Gustchen«, sagte sie und hielt das halbe Dutzend ungebrauchter Gerstenkornhandtücher zwischen den Händen, »dass du mir die zum Geburtstag geschenkt hast.«

»Die habe ich meiner Nichte geschenkt, aber nicht einem liederlichen Frauenmensch, das sich dem nächsten Kerl an den Hals schmeißt!«

»Also nimm sie, Tante«, sagte Hanne gleichmütig. »Ich glaub ja immer, es ist besser, sich aus Liebe wegzugeben, als dreißig Jahre mit einem Manne zu leben, für den man kein Fünkchen Zuneigung hat.«

»Da haste recht, Hanne!«, rief der Onkel heiter lärmend. Und beim Anblick des fremden jungen Mannes sehr erstaunt: »Wer ist denn das? Den kenn ich doch gar nicht! Gestatten Sie, mein Name ist Mahling …«

Und er wollte durchaus Johannes Wiebe die Hand schütteln, die Tante musste ihn erst in den Flur, dann in die Schlafstube abdrängen.

»Sei doch nicht so, Gustchen!«, hörte man ihn noch in der Ferne. »Das ist ein netter junger Mann – so was verstehe ich …«

Unterdes waren die Koffer gepackt.

»Und du kommst wirklich mit, Hanne?«, fragte Johannes Wiebe mit leuchtenden Augen.

»Aber natürlich, Hannes! Ich bin froh!«

»Und ich – oh, ich bin ja so glücklich!«

Die Tante stand wieder stumm in der Tür. Ferne hörte man den Onkel eine fröhliche, aber unkirchliche Weise singen.

»So, Tante«, sagte Hanne energisch, »und ehe wir nun gehen, bekommt Hannes fünf Mark von dir und ich noch siebzehn.«

»Keinen Pfennig!«, sagte die Tante.

»Bitte, Hanne …«, bat auch Johannes Wiebe.

»Natürlich bekomme ich das Geld. Du weißt sehr gut, wohin ich sonst morgen gehe, Tantchen. Überleg es dir gut.«

Und zu Johannes Wiebe: »Wir haben nichts zu verschenken, wir müssen auf unser Geld sehen. – Also mach zu, Tantchen!«

»Das hätte ich nie von meines Bruders Tochter gedacht!«, fing die Tante weinerlich an.

»Nein, das hättest du nicht! Aber jetzt möchte ich mein Geld haben. Nein, Tantchen, nicht den falsch zusammengeklebten Zwanzigerschein, den kenne ich zu gut. Und überhaupt musst du Hannes und mich getrennt löhnen, noch haben wir keine gemeinsame Kasse. – Hier, Hannes, steck es ruhig ein, du hast es dir schwer genug verdient. – Auf Wiedersehen, Tante, und Dank für alles Gute. Das Schlechte habe ich schon vergessen, und ich hoffe, auch du …«

»Nie!«, versicherte Frau Mahling mit Hartnäckigkeit. »Nie und nimmer! Nie!«

Damit gingen sie.

Zimmer gesucht

Sie gingen langsam nebeneinander durch die nächtlichen, noch belebten und hellen Straßen. Diesmal trug er ihren Koffer, der groß war, und sie schlenkerte vergnügt mit einem kleinen, wobei sie ein Lied vor sich hin summte.

»Wohin gehen wir?«, fragte er schließlich.

»Zu meiner Freundin, der Marie Jäckel. Das ist eine Schneiderin. Ich habe dir doch gesagt, dass ich dir bei ihr ein Zimmer gemietet habe.«

»Ja«, sagte er. Und nach einer Weile vorsichtig: »Und du?«

»Oh!«, antwortete sie und lachte ein wenig. »Ich ... ich werde auch schon ein Zimmer finden. Wir müssen jetzt nur gut ausschauen nach den roten Vermieterzetteln.«

Aber sie hielten keine Ausschau nach den roten Zetteln, sie gingen still nebeneinander. Ihr Summen fing wieder an, aber erstarb nach kurzer Zeit, als sie merkte, dass er angestrengt vor sich hin schaute, eine senkrechte Grübelfalte zwischen den Brauen.

Sie stieß ihn sachte an mit ihrem Arm. »Woran denkst du, Hannes?«

»Ich denke darüber nach, wovon wir unsere Miete bezahlen und leben werden. Du hast achtzehn Mark und ich fünf ...«

»Darum machst du dir Sorgen, wirklich?«

»Natürlich mache ich mir Sorgen. Ich habe dich aus deinem gesicherten Leben herausgerissen ...«

Sofort flammte sie auf. »Es gibt gar kein gesichertes Leben!«, rief sie. »Und es soll auch gar keins geben! Ein gesichertes Leben ist etwas für Herdenvieh, nie möchte ich so leben.«

»Aber du lebtest ohne Sorgen!«

»Sind das keine Sorgen, wenn man mit engen, lieblosen, geizigen Menschen zusammenleben muss? Du hast mich nicht herausgerissen. Eines Tages, bei der oder jener Gelegenheit, wären mir doch die Augen aufgegangen – du warst nur die Gelegenheit!«

»Aber du bist nun so plötzlich fortgegangen, ohne vorzusorgen.«

»Wie kann man vorsorgen? Wäre es denn etwas anderes, wenn ich statt achtzehn Mark fünfzig Mark in der Tasche hätte oder fünfhundert? Schützt Geld vor irgendetwas? Sag doch!«

»Aber du könntest dir doch in Ruhe etwas suchen.«

»Ich will gar keine Ruhe! Ruhe ist etwas für das Alter. Ich bin jung, ich liebe die Unruhe. Du nicht?«

»Es wäre ganz schön, eine Weile mal in aller Ruhe ohne Sorgen leben zu können.«

»Meinst du das wirklich? Das glaube ich nie! Ja, jetzt bist du müde von der Reise, von der Krankheit, von dem allen, was dich draußen enttäuscht hat. Aber das wird wieder anders.«

»Glaubst du wirklich?«

»Aber natürlich! Leben ist doch Bewegung, Leben ist doch Unruhe. – O Hannes, wenn ich sie so beisammenstehen und tuscheln sehe, wenn ich sie so dick und feierlich sich bewegen sehe, dann möchte ich sie bei den Köpfen nehmen und zusammenstoßen, dass ein bisschen Leben und Bewegung in sie kommt! Wahrhaftig, es juckt mich dann in allen Gliedern, Hannes!«

»Ja«, sagte er mit einem bittern Klang in der Stimme: »Du bist noch jung, aber ich … Und grade ich muss es sein, der dich da herausreißt!«

Sie war stehengeblieben und stampfte zornig mit dem Fuß auf. »Du bist noch jung! Verstanden! Ich werde es dich lehren, wieder jung zu sein. Ich will nicht neben einem Alten, Enttäuschten leben! Du bist jung, verstanden?«

»Ich hoffe, ich werde es wieder …«

Sie lachte: »O Gott, Hannes, bist du aber vorsichtig!

Warst du einmal Kaufmann? Kaufleute sind so vorsichtig, mögen nicht nein oder ja sagen.«

»Ja, einmal war ich auch Kaufmann, aber es ist ziemlich lange her.«

»Und du sollst es nie wieder werden. Du sollst was schaffen, fertigbringen, das dich freut! – Und dann, Hannes, denkst du, du trägst die Verantwortung für mich? Bedrückt dich das?«

»Das tu ich doch auch, nicht wahr?«

»Rede nur nicht so was! Die Verantwortung für das, was mit mir geschieht, trage ich immer nur allein. Alles, was ich tue, tue ich von mir aus. Versuch es nur, mich zu etwas zu zwingen oder zu überreden, du sollst sehen, wie du schei terst!«

»Wie stark du bist!«

»Natürlich! Und eines Tages wirst du auch wieder stark sein – dann ist es erst richtig. Ein Schwaches und ein Starkes zusammengespannt, das ist nichts. Für eines ist immer falsch geladen. Zwei Starke, das ist richtig! Ich rackere mich gerne ab!«

»Wie jung du bist!«

Sie stehen vor der großen Mietskaserne, die mit vielen Fenstern in die Nacht hinein leuchtet. Hanne Lark sieht empor und sucht das Fenster der Freundin.

»Dort!«, zeigt sie. »Und die beiden dunklen links daneben, die werden dein Zimmer!«

»Die Haustür wird schon verschlossen sein.«

»Dies ist kein Haus mit verschlossener Haustür. Tag und Nacht kommen und gehen die Leute darin zur Arbeit. Das ist wie in Vaters Bienenhaus daheim eine volle Wabe, es summt nur so von Leben!«

»Du bist vom Lande?«

»Ganz hinten, ganz weit fort – ja, vom Lande. Zuerst, als ich hierher in die Stadt kam, meinte ich, nicht leben zu können: kein Licht, keine frische Luft, kein Wind, nichts Grünes … Aber jetzt liebe ich es, weil es so lebendig ist! Denke doch, die Summe von Arbeit, die solch Haus verrichtet!«

»Du sprichst so viel von Arbeit!«

»Weil sie das Beste auf der Welt ist! Schon, als ich noch klein war, mochte ich es in der Bibel nicht leiden, dass die Arbeit ein Fluch sein soll! Ich hätte mich im Paradies zu Tode gelangweilt! Was für ein dummer Gott! Arbeit ein Fluch – nicht einen Tag möchte ich ohne Arbeit leben!«

»Wie verschieden wir doch sind!«

»Denke nicht daran!«, rief sie und schüttelte ihn bei den Schultern. »Denke daran, dass wir einander ähnlich werden müssen. Ich krieg dich schon! Warte nur …«

Nein, das Haus war nicht verschlossen gewesen. Sie stiegen die dunkle, abgetretene Treppe mit ihren hundert verschiedenen Gerüchen empor. Mit Streichhölzern leuchtete sie ihm. Hinter jeder Tür – und es gab so viele Wohnungstüren, auf jedem Treppenabsatz vier oder fünf –, hinter jeder Tür sprach, lachte, pfiff, sang es, Kinder plärrten, einer hämmerte …

Auf einem Treppenabsatz standen zwei Wohnungstüren offen. Eine Frau reichte einer anderen ein Brot: »Da, ick komme jut hin!«

»Morjen kriegen Se's wieda, bestimmt!«

»Hat keene Eile. Mein Oller is uff Montage, bei uns wird jetzt wenig Brot jejessen.«

Es war genau die Art Haus, die Johannes Wiebe hasste, ein Haus, in dem man nicht zu sich selbst kommen konnte, wo alles mit Lärm, Gerüchen, Anliegen auf einen eindrang.

Er bewunderte Hanne Lark, mit welcher Selbstverständlichkeit sie über die ausgetretenen Stufen hochstieg, den Frauen einen »guten Abend« zurief, einen Augenblick lauschend vor einer Tür stehenblieb, hinter der zwei sich zankten, und leise lachend weiterging.

Sie war doch vom Lande, wo es still und weit war, wo jeder er selbst sein konnte, zu sich kommen konnte – so dachte er noch immer, der Arme, der wie nur je glaubte, die andern hinderten ihn, er selbst zu werden. Ihr aber schmeckte es! Sie war verliebt in das Leben selbst, mit allen seinen Äußerungen, lauten wie leisen. Sie scheute sich vor nichts. Wie stark sie war! Wie jung sie war! Er kam sich uralt und weise vor, sie würde ja nicht immer jung und stark bleiben. Eines Tages würde sie auch ihre Enttäuschungen erleben, das Leben ließ keinen aus.

Wie weise er sich vorkam! Aber er war nicht weise, er war bloß müde und abgekämpft, und deshalb war er dumm. Denn wenn die Jugend nicht in das Leben verliebt ist – mit Glück und Schmerz, Hunger und Tränen, Freude und Arbeit –, wer sollte es dann sein? Wenn die Jugend nicht glaubte, wer sollte es dann tun? Er war der behütete Sohn aus »feinem« Hause gewesen, so war er etwas zu fein geraten, und darum hatten ihn all seine Lebenserfahrungen nicht stärker, sondern schwächer gemacht. Aber jetzt geriet er in eine andere Schule!

Sie drückte zweimal kräftig auf den Klingelknopf.

»Sei nett zu der Marie«, flüsterte sie noch rasch. »Ich will, dass ihr beide euch gernhabt – gleich von Anfang an.«

Und laut: »Da sind wir schon, Marie! Ich hätte selbst nicht gedacht, dass es so schnell ginge. Das Zimmmer ist doch noch frei? Ja, sieh ihn dir an, dies ist Johannes Wiebe – Hanne und Hannes, verstehst du? Er ist nun also wirklich dunkel, du hast es richtig erraten! – Sie hat mich heute Nachmittag gefragt, ob du dunkel oder blond seist, und denke dir, ich wusste es im ersten Augenblick nicht!«

»Kommen Sie doch herein, Herr Wiebe! Ja, das Zimmer ist noch frei, aber es ist nichts zurechtgemacht, nichts geheizt …«

»Das besorge ich gleich. Halte dich nicht auf. Ich weiß, du hast wie immer die halbe Nacht zu nähen. – Gefällt dir das Zimmer, Hannes?«

»Ja«, sagte er. »Natürlich.«

Aber natürlich gefiel es ihm gar nicht, mit seinen Muschelknäufen und Samtsesseln und der einst weiß lackiert gewesenen Bettstelle, bei der jetzt überall das blanke Eisen durchschimmerte. Und natürlich verstanden die Mädchen, dass ihm das Zimmer nicht gefiel.

»Ein Komfortzimmer aus dem Westen ist es natürlich nicht«, sagte Marie Jäckel ein wenig gekränkt, denn immerhin standen gerade die besten Stücke aus der Einrichtung ihrer Mutter selig in diesem Raum.

»Hör nicht auf ihn«, lachte Hanne Lark und fasste die Freundin zärtlich um die Schulter. »Er kommt grade aus Amerika, da ist er anderes gewöhnt! Wie sind die Zimmer in Amerika, Hannes? Herrlich, wie?«

»Höhlen«, sagte Hannes. »Wenigstens die, die ich bezahlen konnte. Nackte Löcher. Dies ist ein Feenplatz dagegen, Fräulein Jäckel. Ich bin wirklich sehr zufrieden.«

Die beiden Freundinnen betrachteten ihn mit einem schweigenden Lächeln. Marie Jäckel noch ein wenig zurückhaltend, Hanne Lark aber, wie eine Mutter lächelt, wenn das Kind sein Butterbrot nicht will, sondern durchaus ein Schmalzbrot möchte. Das unverständige Kind! Es weiß ja noch nicht, dass es im Leben nicht darauf ankommt, ob man von Butter- oder von Schmalzbrot satt wird, sondern dass man überhaupt satt wird!

›Er wird das Zimmer schon noch hübsch genug finden‹, dachte Hanne Lark.

Dann aber rief sie lachend: »So, und nun wollen wir hier nicht länger stehen! Jetzt machen wir dein Zimmer zurecht. Und etwas zu essen muss er auch haben, Marie, er hat heute den ganzen Tag noch nichts bekommen!«

»Vielleicht packen Sie unterdes schon aus, Herr Wiebe«, sagte Marie Jäckel.

»Auspacken …«, sagt er. Sein Blick suchte das Köfferchen, das so klein und verloren auf dem Stubenboden stand. Er gab sich einen Ruck. »Ja, natürlich werde ich auspacken …«

Hanne Lark aber lacht wieder. »Er hat ja nichts auszupacken, Marie! Das Köfferchen dort, das ist sein ganzes Hab und Gut, nicht wahr, Hannes?«

Er nickte, ein wenig sauertöpfisch und doch erleichtert, wie sie wieder mit rascher Hand den Knoten zerschlug.

»Der große Koffer, das ist meiner, Marie! Ich ziehe nämlich auch! Die Tante hat mich herausgesetzt, wegen sittenlosen Lebenswandels …«

Marie Jäckel sah vom Köfferchen zum Koffer, von Hannes zu Hanne. Ein wenig verwirrt sagt sie: »Dann ist das Zimmer also …«

Und verstummte, wurde rot und verstummte.

»Nein«, sagt Hanne Lark nach einer Weile mutig. »Nein, das Zimmer ist nur für ihn. Wie dumm du doch bist, Marie! Sobald er hier eingerichtet ist, suche ich mir ein Zimmer. Selbstverständlich.«

»Heute Nacht noch?«

»Aber natürlich heute Nacht noch! Was ist da weiter bei?! Weißt du vielleicht eins in der Nähe?«

»Nein. Ich glaube nicht. Ich weiß keines in der Nähe.«

»Dann werde ich eben suchen! Hab nur keine Angst, ich werde schon was finden. Nicht wahr, Hannes?«

Aber Johannes Wiebe schwieg.

Und Zimmer gefunden

»Also dann gute Nacht«, sagte Marie Jäckel und stand zögernd mit dem Abendbrotgeschirr in der Tür. »Du gehst noch nicht, Hanne?«

»Doch, ich gehe gleich, Marie, nur einen Augenblick noch.«

»Also dann gute Nacht!«

Die Tür schloss sich hinter ihr, die beiden saßen allein einander gegenüber.

»Wie gefällt sie dir?«, fragte Hanne und deutete mit dem Kopf nach der Tür.

»O gut«, sagte er leichthin. »Nur, es kam mir so vor … Vielleicht ist es ihr nicht ganz recht …«

»Was soll ihr nicht ganz recht sein?«

»Ach nichts. Ich meine nur, sie weiß doch nun, dass wir gar kein Geld haben, und das Zimmer kostet fünfundzwanzig Mark. Und dann unser Essen eben und mein Frühstück alle Tage …«

»Denkst du immer an Geld, du Armer? Als ich dich kennenlernte, musstest du durchaus Geld fortschicken, um dich frei zu fühlen. Und jetzt denkst du immerzu an Geld, das du haben möchtest.«

»Aber wir müssen sie doch bezahlen! Ich muss es!«

»Natürlich wirst du sie bezahlen. Schulden sind mir auch grässlich!«

»Und womit?«

»Aber du wirst arbeiten, mein Lieber! Du wirst tun, was alle Menschen tun, du wirst arbeiten und davon leben. Darum braucht man sich doch nicht zu sorgen! Hast du denn je anders gelebt? Ich nie! Schon als zehnjähriges Mädchen bin ich mit zum Kartoffelbuddeln gegangen.«

»Doch! Ich habe auch einmal anders gelebt. Doch daran wollen wir nicht mehr denken, das ist vorbei und vergessen. Und ich will auch gern arbeiten. Aber werde ich Arbeit finden!«

»Natürlich wirst du Arbeit finden. Für jeden, der nur will, gibt es heute Arbeit. Darum muss man sich nicht ängstigen und sorgen. Hast du denn ganz vergessen, dass dir Herr Oppermann heute früh schon eine Stellung angeboten hat?«

»Doch, ja, jetzt erinnere ich mich.«

»Siehst du, ich weiß ja noch gar nicht, ob es die richtige Arbeit für dich ist, aber vielleicht für den Anfang … Was für Arbeit möchtest du denn gern tun?«

»Ich weiß nicht, irgendwas, es wird schon recht sein. Oppermann ist so gut wie alles andere.«

»So musst du nicht reden. Du musst doch einmal etwas gelernt haben. Jeder Mensch kann irgendetwas besonders gut. Was hast du gelernt?«

»Oh, ich weiß nicht, nichts Rechtes, alles nur halb …«

»Ach!«, rief sie ungeduldig. »Ich möchte dich packen und schütteln! Wie kann man nur so mutlos sein, in diesem Lande, wo jetzt alles mutig ist. Das ist deine Heimat, Hannes, du musst sein, wie deine Heimat ist!«

»Du bist jetzt meine Heimat, Hanne!«

»Aber ich gehöre zu den andern, zu denen, die Mut haben, die sich nicht fürchten. Was kannst du also? Du sprichst Sprachen, nicht wahr? Man spricht drüben Englisch?«

»Ja, das spreche ich …«

»Kannst du noch mehr Sprachen?«

»Ja doch, Französisch und ein bisschen Italienisch und Spanisch.«

»Also wird Oppermann nur ein Anfang sein. Du musst weiterkommen, so etwas kannst du nicht alles nutzlos vergraben. Was kannst du noch? Kannst du Maschine schreiben?«

»Doch, ja«, sagte er, halb spöttisch, halb verzweifelt, »das kann ich auch. Ich kann auch Buchführung und Handelskorrespondenz und alte Sprachen …«

»Ich beneide dich«, sagte sie. »Was weißt du alles! Ich wollte, ich könnte was! Allen würde ich zeigen, wie ich vorankäme! Aber ich habe nur wenig gelernt, Rechnen nie, das weißt du schon, ich habe solchen harten Kopf fürs Lernen!«

»Aber du kannst etwas«, rief er, von ihr bezwungen, »was viel besser ist als all der tote Wissenskram! Etwas viel Schöneres kannst du!«

»Und was ist das, Hannes? Sag doch!«

»Du kannst einem Mann Mut machen, Hanne!«, sagte er. Er stand aufrecht vor ihr, er hielt sie an beiden Schultern und sah ihr auf einen halben Meter Abstand in die Augen.

»Kann ich das, kann ich das wirklich, Hannes? Hast du wieder Mut? Wirst du morgen zu arbeiten anfangen und nicht nur blöde vor dich hin arbeiten, sondern gerne arbeiten und vorwärtskommen wollen, damit du für viele etwas bist, nicht nur für dich allein?«

»Doch, das will ich – aber du musst mir helfen, Hanne! Ich werde manchmal mutlos sein.«

»Warum willst du denn mutlos sein? Daran musst du gar nicht erst denken!«

»Ja, ich komme aus einem so andern Leben. – Ich hab so

viel erwartet, Hanne, vom Leben, verstehst du. Ich dachte immer, ich würde etwas ganz Besonderes werden, Hanne, etwas leisten …«

»Aber das denken wir doch alle, Lieber, solange wir Kinder sind, träumen wir davon.«

»Eben, als Kinder. Aber ich hab den Kindertraum immer weiter festgehalten, ich hab mich nicht trennen können von ihm. Und dann hab ich draußen in der Welt gesehen, dass ich nicht mehr, sondern weniger leiste als jeder andere.«

»Aber draußen in der Welt, Hannes, da bist du allein gewesen, du hast es mir selbst gesagt. Und allein für sich kann man nie etwas leisten. Das ist genauso dumm wie Tante Gustchen und Onkel Oskar, die immer sparen und hamstern und knapsen, und wenn sie tot sind, ist alles vorbei, als sei nichts gewesen. Wenn man etwas leisten will, muss man nicht an sich, da muss man an die andern denken!«

»Ich denke ja an dich – von nun an!«

Sie rief ungeduldig: »Aber ich bin auch nur eine von vielen! Denkst du, ich bin etwas Besonderes? Ich bin ein Mädchen vom Lande – wie Zehntausende, ich weiß wenig, ich …«

»Du«, sagt er und zog sie näher an sich. »Du bist meine Heimat. Du bist mein Stolz. Du bist meine Liebe und mein Glück. Du bist das Herz, das mir gehört…«

Er lauscht seinen eignen Worten nach.

»Das hat meine Mutter einmal zu mir gesagt«, erinnert er sich selbstvergessen.

»Du hast eine Mutter, Hannes?«

»Ich habe keine Mutter und keinen Bruder. Ich habe kein Elternhaus. Ich habe keine Vergangenheit mehr. Ich habe nur noch dich. Mit dir fängt mein Leben an, und ich bete, dass wir nie wieder auseinandergehen mögen.«

»Nein«, sagt sie und lehnte an seiner Brust. »Wir werden nicht mehr auseinandergehen, keinen Tag mehr. Aber wenn du mich so liebst, wie ich dich liebe, so wirst du durch mich Mutter und alles, was du jetzt aufgeben willst, wiederfinden. Denn der Mensch kann seine Wurzeln, aus denen er wuchs, nicht abreißen, sonst verkümmert er und geht ein.«

Er hatte nur eines gehört. »Werden wir nicht wieder auseinandergehen?«, fragt er.

»Nein, wenn du es nicht willst.«

»Von dieser Stunde an?«

»Von nun an!«

»Hanne!«

»Hannes!«

»Und wir haben uns heute Morgen noch nicht gekannt!«

»Was macht das, Lieber? Wir haben ein langes Leben vor uns, einander kennenzulernen. Es hat Zeit, denn wir lieben uns ja!«

Der Einschreibebrief

Der fett gewordene Herr der Fabrik saß, still an seiner Zigarre saugend, hinter dem Schreibtisch und dachte nach. Draußen vor seinen Fenstern lief mit Schnurren und Klappern, mit Hämmern und Zischen, mit Sausen und Poltern das Werk, wie es jeden Arbeitstag pausenlos in zwei Schichten sechzehn Stunden lang lief – und bald würde es dreischichtig von Wochenanfang bis Wochenende durchlaufen.

Ja, das Werk lief gut, die schlechten Zeiten waren ausgestanden, und zwar ohne Einbuße für die Besitzer überstanden, dank seiner Klugheit, die alle Lasten auf andere Schultern hatte abwälzen können. Um das Werk musste man sich keine Sorgen machen. Das Geld floss auf ihn zu, jeden Monat wurde die einströmende Welle größer.

Einen Augenblick hellt sich das Gesicht des Thomas Wiebe auf, als er dieses ständig wachsenden Geldbesitzes gedenkt. Eigentlich bedeutet ihm das Werk wenig oder nichts, es ist nur ein Mittel zum Zweck, Geld aber bedeutet ihm alles! Eine Fabrik ist nur ein Unternehmen zum Erwerb von Geld, mit tausend widrigen Pflichten verknüpft, wie etwa dem Umgang mit Arbeitern, Menschen, die zur Zeit immer unverständiger, fordernder, aufsässiger wurden.

Geld aber ist etwas Sauberes und Schönes, ist Selbstzweck, etwas Abstraktes fast, das man durch einen Weg zur Bank vervielfältigen kann. Und man braucht nicht einmal zur Bank zu gehen und mit einem Menschen zu sprechen, man kann seine Orders auch überschreiben. Das ist es, was er liebt: den Anblick eines Kontoauszuges, einer Bankabrechnung, diese Schlusssumme, deren Zahlen immer größer werden – das macht ihn so glücklich!

Es ist, als hätten sich in dieser Generation die bisher weise gemischten Eigenschaften der Wiebes aufgeteilt: bei den älteren ein kalter Erwerbssinn, eine sich selbst verzehrende Lust am Vermehren von Besitz; bei den jüngeren nur Gefühl, Lebensuntüchtigkeit und Schwäche.

Da sitzt er und sinnt. Er überlegt – ein ganz klein wenig sorgenvoll. Die kleine, eben aufgestiegene Freude am vermehrten Besitz ist schon wieder vorüber, denn dieser Besitz gehört ja nicht ihm allein. Da ist noch die Mutter und …

Das ist es! Vor einer Weile hat ihn die Mutter aus Hamburg angerufen, so erregt, so ratlos, wie er seine Mutter, die meist so kühle, sichere Dame, gar nicht kennt. Was sie tun solle? Auf keinem Dampfer sei Johannes! Ob dort Nachricht von ihm eingelaufen sei? Habe er sich doch irgendwie gemeldet? Sie habe so ein Gefühl, als müsse er schon im Lande sein, als ginge es ihm schlecht! Ob sie nach Berlin zurückkommen solle?

Ja, natürlich, es sei wohl das Beste.

Oder ob sie nicht doch vielleicht noch einen oder zwei Dampfer abwarten solle? Es sei ihr schrecklich, zu denken, dass er vielleicht ankäme und sie sei zwei Stunden vorher abgefahren!

Ja, das könne wohl kaum etwas schaden, ein oder zwei Tage könne sie ruhig zulegen, hier gehe weiter alles glatt.

Sie hörte gar nicht auf ihn.

»Du, Thomas, ich habe eben daran gedacht, direkt nach den Staaten hinüberzufahren. Wir wissen doch den Ort, wo der Scheck eingelöst ist. Es gibt dort so tüchtige Leute, die bringen sicher heraus, wo er gewohnt und wo er gearbeitet hat. Vielleicht ist er wirklich noch dort – du hast einmal so etwas angedeutet. Nicht, dass ich ihm etwas Schlechtes zutraue …«

»Das tue ich natürlich auch nicht, Mutter.«

»Aber nachdem er sich das Geld geholt hat, kann ihn irgendetwas an der Abreise verhindert haben, Krankheit. Ich habe immer so ein Gefühl, als sei er krank.«

»Du denkst also daran, Mutter, selber hinüberzufahren? Das müsste man sich überlegen. Vielleicht wäre es nicht so schlecht.«

»Ich weiß wirklich nicht, was ich tun soll! Rate du mir doch, Thomas, du hast so viel Erfahrung! Und du kennst Hannes doch auch. Ich denke immer, er ist schon in Berlin. Ich habe das fast sichere Gefühl. Aber es muss mich täuschen, denn dann wäre er doch zu uns gekommen, zu dir also … Vielleicht irre ich mich, vielleicht ist er doch noch drüben.«

Hin und her, Ratlosigkeit, es kommt zu keinem Entschluss. Vielleicht wird die Mutter noch ein paar Dampfer abwarten, vielleicht wird sie heute noch nach Berlin zurückkehren, vielleicht wird sie die Überfahrt nach New York antreten – der Sohn Thomas rät nicht zu und rät nicht ab. Er lässt alles in der Schwebe, er legt sich nicht fest.

Aber er hat sich schon festgelegt, als er der Mutter nichts von dem nächtlichen Auftauchen des Bruders gesagt hat! Darüber sinnt er jetzt nach. Er glaubt seinen Bruder zu kennen, der, elend oder nicht, nach den erlauschten Worten zu stolz ist, je wieder das Elternhaus zu betreten, in dem dieser Bruder herrscht. Und er glaubt die Mutter zu kennen, die allen Schmerz noch stets in sich verschlossen hat, die nicht klagt, nicht horcht, nicht spioniert.

Es scheint keine Lücke da zu sein, nichts, das ihn in Gefahr bringt. Aber er grübelt immer wieder darüber, er kennt doch seine Mutter. Erfährt sie, was er gesagt und getan, so hilft alle Klugheit nichts, dann ist er verloren. Und wenn er für die Mutter verloren ist, so ist für ihn Werk und Geld verloren – sein Lebensinhalt!

Wie aufgewühlt die Mutter heute war! Fast möchte man neidisch werden, wie sehr sie diesen unreifen, nutzlosen Bengel liebt – während sie seiner Tüchtigkeit nur eine kühle Anerkennung zollt. Er hatte gedacht, die Mutter sei in der Zeit, da der Junge fort war, darüber weggekommen. Kaum je hatte sie von ihm gesprochen. Zeigte er ihr einmal einen Bericht jenes Büros, durch das er den Bruder überwachen ließ, so sah sie ihn kaum an, legte ihn anscheinend gleichgültig, ohne ein weiteres Wort, aus der Hand.

Freilich, dann, als der Scheck, den sie dem Jungen gesandt, bei der Bank vorkam, erwies es sich, dass sie ständig an ihn gedacht, in gewissen Abständen an ihn geschrieben, heimlich die so gleichgültig fortgelegten Berichte immer wieder studiert hatte. Es war also nichts geändert. Genau, wie es Thomas vorausgesagt hatte, war aus dem Bengel nichts Rechtes geworden. Wie er nicht anders erwartet hatte, nahm er doch wieder Geld von denen, denen er sein »Nie« nicht laut genug hatte ins Gesicht rufen können – aber die Mutter zog daraus keine Konsequenzen. Er blieb ihr lieber Sohn, an dem sie Wohlgefallen hatte. Nach dem Zustand zu urteilen, in dem sie sich heute befunden hatte, war er ihr nun, gescheitert und elend, noch hundertmal so lieb!

Unbegreifliche Inkonsequenz! Aber eine, mit der zu rechnen war, die gefährlich werden konnte! Er sitzt und grübelt. Ihm ist, als müsste da noch irgendein Haken sein, an dem er etwas anknüpfen könnte, die eigene Position noch sicherer machen. Soll er die Mutter nach den Staaten schicken? Es kostet ihn nur ein Wort, und ein viertel oder ein halbes Jahr wäre sie ihm hier aus dem Wege.

Aber das wäre nur ein Aufschub – ein halbes Jahr ist nichts. Besser eigentlich, die Mutter bleibt hier – ihm unter den Augen. Er kann dann immer sofort eingreifen, wenn etwas geschieht – er kennt keine Situation, der er sich nicht gewachsen fühlte.

So sitzt er und sinnt. Und wartet. Er hat das manchmal. Wenn jetzt alle diese neuen arbeiterfreundlichen Gesetze herauskommen, die nichts weiter sind als unnötige, alberne Belastung des Betriebes, so liest er sie durch, legt sie vor sich hin, wartet und sinnt. Sie scheinen klar und deutlich, dies und jenes hat er einzuführen, zu bauen, zu bewilligen.

Aber, wenn er dann eine Weile so gesessen hat, eigentlich einfach gewartet hat, so ist plötzlich der Haken da, an dem er sein Seil knüpfen kann. Alles kann man auslegen, umgehen, umdeuten. Er folgt immer dem Gesetz, dem er nie folgt. Denn es gibt nur ein Gesetz in ihm, das ihn zu ewiger Gefolgschaft verpflichtet, das ist sein ureigener, persönlicher Nutzen.

Er sinnt und wartet.

Und nun klopft es. Er sagt »Herein«, und seine Sekretärin, ein noch schönes, aber traurig-böse aussehendes Mädchen, kommt herein.

»Was wollen Sie denn?«, fragt er unfreundlich. »Ich habe Ihnen doch gesagt, ich will nicht gestört werden!«

»Hier ist ein Einschreibebrief«, antwortet sie, auf die seine Unfreundlichkeit keinen Eindruck zu machen scheint. »An Ihre Frau Mutter. Ich glaube«, sagt sie langsam, »er ist vom jungen Herrn.«

Sie hält ihm den Brief hin.

Aber er nimmt den Brief noch nicht, sondern er sieht sie aufmerksam an. Sie kennen einander gut, diese beiden. Sie weiß so viel von ihm, was keiner sonst weiß – sie war auch einmal mehr für ihn, als eine Sekretärin ist. Aber das ist lange her. Sie denken kaum noch daran. Davon ist nur geblieben, dass sie sich nicht voreinander schämen.

»Wer hat quittiert?«, fragt er leise.

»Blaschke«, sagt sie und setzt hinzu: »Blaschke kennt den Johannes nicht. Der Brief lag zwischen der andern Post der gnädigen Frau.«

»Hat ihn sonst einer gesehen?«

»Nein, ich habe die Mappe direkt aus seinem Büro geholt.«

»Gut«, sagt er. »Gut. Du bist immer tüchtig, Lola!«

Sie lächelt, ein halb verächtliches, halb ungeduldiges Lächeln. Sie weiß ja gut, was seine Lobsprüche wert sind: ein billiger Ersatz für Geldentschädigungen.

Er sitzt an seinem Schreibtisch, sieht von unten zu ihr auf. Er hat den Brief noch immer nicht genommen, den sie ihm hinhält. Aber er hat so im Sitzen die Adresse gelesen und mit dem Kopf genickt: sieh da, wirklich der Johannes!

Nun fragt er sich, was der Brief enthält. Er hätte nicht gedacht, dass der Bursche noch schriebe. Vielleicht ist dieser Brief eine Falle für den Bruder Thomas: Forderungen, ein Bericht über das nächtlich Gehörte, Dinge, die Antwort verlangen.

Aber vielleicht bringt der Brief auch das, worauf er so sehnlich gewartet hat: die vollkommene Sicherheit!

»Mach den Brief auf, Lola«, sagt er leise.

Sie zögert nur einen Augenblick. Dann nimmt sie das Papiermesser vom Schreibtisch und schneidet den Brief auf. Scheine kommen aus dem Brief. Und Schecks. Und ein Blatt Papier.

Sie legt die Scheine in einem Haufen vor ihn, die Schecks daneben. Aber als sie auch das Briefblatt hinlegen will, sagt er rasch: »Nein, lies ihn mir vor.«

Wieder zögert sie, und wieder gehorcht sie. Aber sie gehorcht nur halb. Sie entfaltet den Briefbogen und liest den Brief, liest leise für sich.

»Nun?«, fragt er.

Sie legt den Brief vor ihn hin. »Diesen Brief lese ich nicht vor«, sagt sie.

»Nein?«, fragt er mit ein ganz klein wenig Verwunderung. »Nun gut!«

Und er liest den vor ihm liegenden Brief selbst.

»Liebste Mutter«, liest er.« Verzeih mir, aber ich kann nicht zu Euch. Es wäre keine Heimkehr. Ich muss mir allein meine Heimat suchen, fern von Dir. Ich glaube, ich habe sie gefunden. Dein Hannes.«

»Wie rührend«, sagt er. Und mit einem Aufblick: »So etwas wirkt auf dich?«

»Ja«, sagt sie mit zornigem Trotz. »So etwas wirkt auf mich.«

Aber er beachtet sie gar nicht, er ist aufgeräumt, zufrieden. Der gute Junge, er schafft sich selbst aus dem Weg. Nun ist die Mutter vor ihm sicher. Sie kann kommen, reisen, in Hamburg bleiben – ganz gleich. Zeit wird vergehen, viel Zeit, schließlich wird sie ihn fast vergessen haben.

Er sieht wieder hoch. Die Augen seiner Sekretärin liegen mit einem seltsamen Ausdruck auf ihm.

»Was hast du?«, fragt er unwillkürlich.

»Was werden Sie mit dem Brief tun?«, fragt sie eindringlich dagegen.

»Ihn nicht meiner Mutter geben«, sagt er lächelnd. »Meine Mutter hat längst mit dem verbummelten Jungen abgeschlossen, das würde sie unnütz aufregen.«

»Da«, sagt er unwillkürlich und deutet mit ungewohnter Großmut auf das Häufchen Scheine. »Das ist für dich, Lola. Du bist ja doch die Tüchtigste!«

»Nein«, sagt sie sofort und wirft den Kopf in den Nacken. »Danke. Nein, dies Geld nicht!«

»Nein?«, fragt er. »Bist du denn abergläubisch, Lola? Es ist Geld wie alles andere. Es tut dir nichts.«

Und er rafft die Scheine zusammen und hält sie ihr hin.

»Nein«, sagt sie noch einmal. »Und übrigens möchte ich Ihnen sagen, dass ich zum Ersten gehe.«

»Du, Lola? Mach keinen Unsinn! Wie soll ich denn hier ohne dich zurechtkommen? Warum denn? Deswegen etwa?«

Und er deutet auf den Brief.

»Nein. Herr Wiebe. So empfindlich bin ich doch nicht

mehr. Das habe ich mir hier bei Ihnen abgewöhnt. – Aber ich will heiraten.«

»Du willst heiraten?! Lola, mach doch keine Sachen! Wen willst du denn heiraten?«

»Doch«, sagt sie. »Sie ahnen nicht, wie ich mich hier ekle – vor alldem hier!« Sie sieht auf den Schreibtisch, auf die Hand, die fette Hand, die immer noch die Scheine hält. »Vor Ihnen, vor mir. Ich will retten, was noch zu retten ist!«

»Nun gut, Lola«, sagt er. »Jeder nach seinem Geschmack. Von dir hätte ich es nie gedacht, dass du noch einmal unter die büßenden Magdalenen gingest. Aber wie du denkst. Jedenfalls wirst du mir doch erlauben, dir zu deiner Hochzeit ein schönes Geschenk zu machen«, mit Ironie, »es braucht ja, wenn es dich stört, nicht von diesem Geld gekauft zu sein.«

»Ich will kein Geschenk von Ihnen!«, ruft sie. »Nichts will ich von Ihnen! Ich wäre nicht glücklich in meinem Leben, wenn da ein Ding wäre, das von Ihnen stammte!«

»Na, Lola!«, sagt er verblüfft. »Das ist doch allerhand. Ich dachte, wir wären ganz gute Freunde.«

»Sie sind mein schlimmster Feind gewesen, vom ersten Tage an!«, ruft sie weinend. »Sie sind aller Menschen Feind! Ich hasse Sie!«

Sie läuft aus dem Zimmer.

Er starrt ihr, eher belustigt, nach.

Dann rückt er den Aschenbecher vor sich hin, fasst den Brief des Bruders mit zwei Fingerspitzen, entzündet ein Streichholz und lässt den Brief in der Schale verbrennen.

Er lächelt dabei.

Zweiter Teil
Zwei Menschen lernen Vertrauen

Eine Mahnerin

Marie Jäckel sitzt an ihrer Nähmaschine und näht an einem Sommerkleid.

Durch die Tür kommt Johannes Wiebe, die Hände in den Taschen, das Gesicht höchst unglückselig aussehend.

»Jetzt ist es schon zehn Minuten nach sechs Uhr, Marie«, sagt er fast vorwurfsvoll. »Verstehst du das?«

Marie Jäckel lächelt. »Doch, das verstehe ich, Hannes.«

Er fährt aufgeregt zu ihr herum.

»Wieso? Hast du was gehört? Ist etwas passiert? Sag bloß schnell, Marie!«

»Aber was ist denn los«, tut sie erstaunt. »Ich habe doch nur gesagt, ich verstehe, dass es jetzt zehn Minuten nach sechs ist. Vor einem Augenblick hast du mir mitgeteilt, es sei sechs. Und nun ist es eben zehn Minuten nach sechs, das ist doch nicht schwer zu verstehen!«

Johannes Wiebe stößt mit einem Ruck die Hände in seine Taschen zurück, zieht die Schultern hoch und wendet sich angeekelt von diesem albernen Frauenzimmer ab.

»Du bist eine Gans, Marie«, sagt er verdrossen. »Ich verstehe nicht, wie du so albern sein kannst. Du siehst, ich stehe hier …«

»Du stehst nicht, du rennst, Hannes!«

»… und mache mir die fürchterlichsten Sorgen. Sonst ist Hanne um halb sechs hier.«

»Und jetzt ist es zehn Minuten, nein, zwölf Minuten nach sechs.«

»Ja, da muss man sich doch Sorgen machen! Es kann doch etwas passiert sein!«

»Diese Automobile, nicht wahr, Hannes? Und Hanne ist ja ein Kind, das noch nicht über den Fahrdamm gehen kann!«

»Es werden nicht bloß Kinder überfahren«, sagt Johannes Wiebe düster.

»Jetzt bist du albern, Hannes! – Was meinst du zu der Idee, dass Hanne wieder einmal eine halbe oder sogar eine ganze Stunde überzuarbeiten hat?«

Er überlegt, sein Gesicht hellt sich auf.

»Das ist natürlich eine Möglichkeit«, gibt er zu. »Dass ich daran nicht gleich gedacht habe! Findest du das nicht komisch, Marie, immer, wenn irgendwas mit Hanne nicht ganz genau klappt, bilde ich mir sofort die schrecklichsten Dinge ein! Gleich sehe ich sie im Krankenhaus, sehe ich sie womöglich schon …« Er fährt sich über die Stirn, als wollte er etwas Böses wegwischen. »Ich gebe ja zu, dass ich ein Idiot bin. Immerhin müsste Hanne, wenn sie eine halbe Stunde überarbeitet, schon hier sein.«

Er bohrt wieder die Hände in die Taschen und beginnt wieder mit seinem rastlosen Hinundhergehen, wobei er es, trotz aller schweren Gedanken, nicht vergisst, jedes Mal, wenn er das Zimmer durchquert hat, einen ungeduldigen Blick auf die kleine Kuckucksuhr an der Wand zu werfen.

Marie Jäckel hat ihn, weiternähend, stumm beobachtet. Sie seufzt leise, als sie diesen Mann betrachtet, der sich vor Ungeduld zermartert. Nun hört sie mit Nähen auf, sieht ihn noch einmal prüfend an und sagt dann: »Du, Hannes!«

Er fährt aus seinen Gedanken auf, bleibt stehen. »Ja? Was ist denn los, Marie?«

»Ich möchte dir was sagen, Hannes. Du weißt doch, dass ich eure beste Freundin bin und dass ich es gut mit dir meine.«

»Leg schon los, Marie!«, sagt er mürrisch. »Spar dir die Einleitung. Immer, wenn du so anfängst, willst du mir was Unangenehmes beibringen. Was habe ich wieder verbockt?«

»Hör mich mal in Ruhe an, Hannes.«

»Ich bin die Ruhe selbst!« Rascher Blick zur Kuckucksuhr. »Ich schlaf schon gleich ein vor lauter Ruhe.«

»Es ist ja sehr schön und rührend, Hannes«, sagt Marie Jäckel entschlossen, »dass du so sehr an der Hanne hängst und dass du gleich todunglücklich bist, wenn ihr mal ein Weilchen getrennt seid. Aber meinst du nicht, du übertreibst es ein bisschen? Hanne hat ja nicht eine Minute mehr für sich selbst, immer hängst du an ihr, genau wie 'n Kind an Mutters Schürzenzipfel. Mit keinem Menschen darf sie reden.«

»Mit wem soll sie denn auch reden?«, protestiert er heftig. »Wir haben doch Gott sei Dank gar keinen Verkehr!«

»Zum Beispiel mit mir, Hannes!«

»Mit dir, Marie, kann sie doch so viel reden, wie sie will!«

»Aber nur in deiner Gegenwart, Hannes, und das ist nicht sehr erbaulich. Wenn du mal drei Minuten nicht zu Worte kommst ...«

»Ich höre immer drei Minuten!«

»Weil wir von Kleidern oder Küchendingen reden ...«

»Ach, diese elenden Kleider, diese langweiligen Kochfragen! Ich esse doch alles, und ich seh nie, was Hanne anhat.«

»Da sagst du es selbst! Aber Hanne machen diese Dinge

doch nun einmal Spaß. Soll sie darauf nun ganz deinetwegen verzichten?«

»Ach, keine Bohne. Redet davon, soviel ihr wollt, ich hindere euch doch nicht!«

»Nein, aber du sitzt dabei und schneidest wütende Gesichter, und wenn alles nichts hilft, wirfst du einen Stuhl um oder stellst sonst was Albernes an.«

»Ich bin nie albern, bitte, Marie!«

»Nein, natürlich nicht. Und Hanne möchte wirklich ganz gern mal ins Kino gehen, und Hanne tanzt auch sehr gerne. Hanne möchte auch einmal sonntags raus ins Grüne.«

Sein Gesicht hat sich vollkommen verändert. Der ungeduldige, mürrische Ausdruck ist daraus verschwunden, jetzt drückt es Kummer und Bestürzung aus.

»Hör mal, Marie«, sagt er leise, »ganz ehrlich: hat Hanne sich bei dir beklagt?«

»Da solltest du Hanne besser kennen. Hanne wird sich nie beklagen – über dich bei andern, so etwas ist doch bei ihr ausgeschlossen!«

Er fängt schon wieder an, sich zu beruhigen.

»Also hast du dir allein alles ausgedacht, das mit dem Kino und dem Tanzen und den Ausflügen?«

»Das habe ich mir nicht ausgedacht, das ist so! Ist denn Hanne ein anderer Mensch geworden, seit sie dich gernhat? Sie hat doch Gewohnheiten, Vorlieben …«

»Na schön«, sagt er. »Du bist ein gutes Mädchen, Marie! Ich werde der Hanne für Sonntag einen Ausflug vorschlagen. Ist's nun in Ordnung, Marie?«

»Aber nein!«, ruft sie verzweifelt. »Gar nicht! Was bist du doch für ein Mensch, Hannes! Ich sage dir, du sollst dich nicht so an sie klemmen, du sollst sie nicht so mit Beschlag belegen. Du musst lernen, auf eignen Beinen zu stehen. Du bist kein Kind mehr, du bist ein Mann. Denk doch, einmal könnte Hanne doch dessen müde werden, immerzu dein Kindermädchen zu sein! – Und du schlägst ihr einen Ausflug vor!«

»Du hast selber von Ausflügen angefangen!«

»Das war ein Beispiel, Hannes. Die kleine Nebensache neben der großen Hauptsache; ein wenig mehr Selbständigkeit, ein wenig mehr Freiheit. Das musst du doch verstehen, Hannes!«

Er ist ernst geworden. »Doch«, sagt er nach einer Weile. »Ich versteh das schon. Entschuldige, wenn ich Quatsch geredet habe, Marie. Ich habe dich natürlich von Anfang an verstanden. Es ist nur, ich kann so schwer davon reden.«

Er versinkt in ein überlegendes Schweigen. Sie wartet stumm.

»Ich weiß gut«, fängt er nach einer Weile leise an und spielt, ohne sie anzusehen, mit den Garnröllchen auf der Maschine.

»Ich weiß gut, dass ich alles falsch mache. Ich sehe, wie verkehrt ich es anfange. Ich muss ihr ja einmal lästig fallen. Das ist keine Liebe von Gleich zu Gleich, das ist fast so, wie eine Mutter ihr Kind betreuen muss, und ich bin kein Kind mehr, Marie, da hast du recht.«

Sie sieht ihn gespannt an. Unwillkürlich nickt sie zu seinen Worten.

»Ich sehe das alles«, fährt er langsam fort. »Hundertmal, tausendmal nehme ich mir vor, mich zu ändern, und kann es nicht. Sieh, Marie, die Hanne ist doch mein ein und alles, ich habe doch nie einen Menschen in meinem Leben so geliebt wie sie, ich habe vor ihr wahrscheinlich überhaupt nie jemanden richtig liebgehabt. Und da befällt mich eine schreckliche Angst, immer wieder, es könnte vorübergehen, plötzlich vorbei sein – ich könnte wieder lieblos dastehen in dieser Welt, und in dieser Angst klammere ich mich an sie, diese Angst macht mich so schwach.«

Jetzt sieht er sie, fast um Hilfe flehend, an, und wieder nickt sie. Sie tut mehr, sie fasst nach der Hand, die ihr das Garn auf der Rolle völlig verwirrt hat, und streichelt sie.

»Ich bin nirgends zu Haus gewesen«, fährt er fort. »Heute weiß ich es. Schon als Kind bin ich daheim nicht zu Haus gewesen. Ich war so anders. Dann bin ich in ein anderes Land gezogen, immer heimatlos. Nun ist sie meine Heimat geworden, aber meine Angst quält mich, dass ich auch in ihr nicht wurzeln kann, dass ich immer wurzellos sein werde, dass auch sie vorübergehen wird, müde, enttäuscht ... und dann bin ich ganz allein!«

Sie sieht rasch zu ihm auf.

»Wirst du es mir nicht übelnehmen, Hannes, wenn ich dich jetzt etwas frage?«

Er macht eine ungeduldige Gebärde des Verneinens.

»Hannes, ihr steht doch so gut miteinander, wie zwei Menschen sich nur stehen können – warum heiratest du Hanne nicht? Es wäre doch ein wenig mehr Sicherheit, für dich und auch für sie.«

Er beugt sich vor: »Hat sie dir davon gesprochen?«

»Nie ein Wort! – Aber manchmal wird sie doch darüber nachdenken – das ist wohl verständlich, nicht wahr, Hannes?«

»Ich habe viele Male darüber nachgedacht. Ich würde es so gerne tun. Ich möchte auch mit ihr darüber sprechen, ich wage es nicht. Es ist ein ganz kleiner, dummer Umstand, Marie, der mich hindert. Ich müsste in ein bestimmtes Haus zu gewissen Menschen gehen, um die notwendigen Papiere zu bekommen. Du verstehst, Marie, es ist das Haus, aus dem ich stamme.«

Sie denkt nach. »Hast du eine Schuld gegen diese Menschen auf dir, dass du dich so scheust, zu ihnen zu gehen?«

»Nein«, sagt er, »ich glaube nicht. Ich bin kein sehr erfolgreicher Sohn gewesen und auch kein sehr liebevoller – aber schuldig fühle ich mich nicht. Es ist etwas anderes, Marie. – Das Haus, von dem ich spreche, ist ein sehr großes Haus. Man würde dort nicht dulden, dass ich so lebe, wie ich es hier tue. Sie würden es als eine Schande empfinden, dass ich bloß der Buchhalter von Herrn Oppermann bin. Sie würden alle Mittel anwenden, mich zurückzuholen. Sie haben viele Mittel, Marie, und ich bin kein sehr starker Mensch. Noch immer nicht. Sie würden schließlich, wenn ich darauf bestünde, Hanne in den Kauf nehmen. Aber sie würden vorher alles versuchen, uns auseinanderzubringen, und sie würden sie dann gerade dulden. Und du verstehst doch, dass das für mich wie für Hanne unerträglich wäre. Sie ist doch ein so stolzer Mensch.«

»Auch du bist stolz, Hannes«, sagt sie leise. »So schwach du scheinst. Ich verstehe dich gut ...«

»Darum kann ich nicht in dies Haus gehen. Darum kann ich nicht mit Hanne darüber sprechen. Denn Hanne würde es doch wie einen Vorwurf empfinden, dass sie mich von meiner Mutter trennt. Es würde sie unglücklich machen.«

»Und doch würde ich mit Hanne einmal darüber reden.«

»Nie!«

»Meinst du denn nicht, dass sie sich nicht längst Gedanken macht? Sie hat es doch so gut gesehen wie ich und jeder, dass du nicht so erzogen bist wie wir. Sie muss es doch gefühlt haben, dass du nie von deiner Vergangenheit, deinen Eltern, deinen Geschwistern sprichst – wenn du welche hast.«

Er schweigt.

»Doch, ich würde mit Hanne darüber sprechen. Hanne versteht dich sicher, ich verstehe dich doch auch.«

»Für dich ist es kein Vorwurf, Marie, für sie aber wohl.«

»Viele machen ihr aber einen Vorwurf daraus, dass sie hier so mit dir lebt. Denke bloß an ihre Eltern, die alles durch Mahlings erfahren haben – und in welcher Form! Das Zürnen der Eltern wäre leichter für sie zu ertragen, wenn sie versteht, warum es so sein muss, wie es jetzt ist.«

»Ja«, sagt er. »Du hast recht. Ich will es also versuchen. Nur, es wird vielleicht einige Zeit dauern, bis ich mich dazu aufraffe …«

»Wenn du dich nur aufraffst«, sagt sie und lächelt ihn an.

Junges Glück

In das Zimmer hinein stürmte Hanne Lark.

»Es geschehen Zeichen und Wunder!«, rief sie. »Ich komme eine Stunde zu spät, und mein Hannes steht nicht auf der Straße und beschimpft nicht Gott und die Welt, Autobus und Arbeitgeber – Hannes, du liebst mich nicht mehr!«

»Nein!«, rief er, und plötzlich war seine Stimme fröhlich geworden. Schon war das Gespräch eben, schon war die Freundin völlig vergessen. »Nein, ich liebe dich nicht mehr, du mein alles, mein Glück!«

Und er nahm sie in seine Arme.

»Nicht so stürmisch, Hannes! Dies ist mein gutes Sommerkleid – es gibt so bald kein neues, nicht wahr, Marie?«

»Völlig ausgeschlossen, Hanne. Er kann sich gern ein bisschen in Acht nehmen!«

»Dein neues Sommerkleid?«, sagte er verächtlich. »Ich wette, ich habe dies Ding schon mindestens ein dutzendmal an dir gesehen!«

Beide Mädchen brachen in ein schallendes Gelächter aus.

»Mein kluger Herr und Gebieter«, rief Hanne übermütig. »Erinnern sich Euer Gnaden vielleicht, wie ungnädig Ihr gestern Abend wart, als ich gar nicht Schlafengehen wollte, sondern immer noch bei der Marie steckte?«

»Dieses abendliche Gekakel wie die Hühner, ehe sie sich auf ihre Stange setzen, ist mir völlig verhasst. Immer wird noch einmal gluck-gluck gemacht.«

»Siehst du, nicht einmal von Hühnern verstehst du was! Gluck-gluck machen die Säufer aus ihrer Flasche!« Sie ahmte eine andächtige Trinkbewegung nach. »Hühner machen putt-putt. – Und wir haben nicht einmal putt-putt gemacht, sondern dies Sommerkleid ist fertig geworden, das hübscheste Kleid, das ich je besessen habe! Sag auf der Stelle: ist es nicht süß?«

»Ja, du bist süß!«

»Sieh mich nicht an, du sollst das Kleid ansehen!«

»Ach, geh mir! Wozu solch ein Aufstand um diesen Fetzen? Du würdest noch in Sack und Asche hinreißend aussehen!«

»Danke, mein Liebling, das war ein recht mäßiges Kompliment. Für dieses Kleid müsstest du dich etwas mehr anstrengen – es hat uns Glück gebracht, Glück, du!«, rief sie mit vor Lebenslust funkelnden Augen und schüttelte ihn bei der Schulter.

»Dieses Kleid?«, fragte er und sah es abschätzig an. »Wieso Glück?«

»Und du hast noch gar nicht gefragt, warum ich eine Stunde zu spät gekommen bin?«

»Was ist da viel zu fragen? Du wirst übergearbeitet haben!«

»Hast du das wirklich gleich gedacht? – Marie, gestehe die Wahrheit! Hat er gleich von Überarbeit gesprochen?«

»I wo! Er sah dich schon unter zehn Autobussen!«

»Feile Verräterin«, murrte mit scheelem Blick Johannes Wiebe.

»Na also«, sagte Hanne. »Dann ist ja alles in bester Ordnung! Ich hätte mich auch furchtbar erschrocken, wenn du dich derart in einen vernünftigen Menschen verwandelt hättest, Hannes! – Aber das Glück, wir vergessen immerzu das Glück! Denk dir, Hannes ...«

»Was kommt nun? Hast du seidene Strümpfe für fünfzig Pfennige bekommen?«

»Schaf! Pottschmidt hat mich engagiert!«

»Wer?«

»Pottschmidt! Denk doch bloß nach, der große Pottschmidt. Pottschmidt der Große aus dem Westen! Pottschmidt der Ruhmreiche vom Kurfürstendamm!«

»Was, du sollst am Kurfürstendamm arbeiten? Daraus wird nichts! Erst einmal der weite Weg und dann das Publikum dort, diese – na also, diese ...«

»Diese jungen Schnösel!«, half Marie Jäckel.

»Richtig, das ist nichts für uns! Kommt gar nicht in Frage! Pottschmidt kann sich sauer kochen!«

»Na, du bist aber ein Tyrann! Ich muss schon sagen! Da ist's nur ein Glück, dass Pottschmidt mich gar nicht für den Kurfürstendamm haben will, sondern für die Halle! Denke dir bloß, Hannes, des großen Pottschmidt'schen Stand bekomme ich allein.«

»Viel zu viel Arbeit für dich!«

»Meckerhannes! – wo er mir doch eine Hilfe stellt! Und

hundertachtzig Mark krieg ich im Monat und ein halb Prozent vom Umsatz – Hannes, in zwei Monaten hast du einen neuen Anzug, und wir beide sind feine Leute!«

»Sind wir auch so!«

»Zieh nicht ein Gesicht! Was passt dir denn nicht? Dann sind wir beide in der Halle, du nur fünfzig Meter von mir ab, und wenn dir so ist, schlenderst du mal den Mittelgang hoch, und schon siehst du zur Rechten mich.«

»Mit jungen Herrn äugelnd!«

»Richtig, mit jungen Herren äugelnd! Und zur Linken, mir genau gerade gegenüber, siehst du Tante Gustchen. O Gott, ich bin ja sonst nicht so, aber diesmal freue ich mich doch geradezu wie ein Kind, dass die Tante mich in Amt und Würden zu sehen kriegt! Sie wird sich ja manchmal ärgern, wenn ich ihr einen Kunden wegschnappe.«

»Einen? Alle!«

»Aber Ärger schadet ihr gar nichts. Früher hat sie mich geärgert, jetzt bin ich dran.«

»Richtig.«

»Und du, sagst du nicht mehr? Stehst da wie ein Stock? Freust du dich, gestehst du auf der Stelle, dass du dich freust?!«

»Natürlich freu ich mich. Ich freu mich über alles. Ich freu mich, dass du wieder da bist! Ich freu mich über dein hübsches Kleid ...«

»Wir danken!«

»Ich freu mich über deine neue Stellung. Ich freu mich, dass du Erfolg hast. Und nur darüber freu ich mich nicht ...«

»Was kommt nun?«

»... dass es noch immer nichts zu essen gibt. Draußen ist sicher längst alles verschmort.«

»O Gott, ja, daran habe ich gar nicht gedacht! Mir ist so

leicht, als brauchte ich gar nichts zu essen. Aber jetzt, wo du es sagst, spüre ich doch, dass ich gewaltigen Hunger habe!«

»Also los!«

»Weißt du was? Nimm's nicht übel, Marie, der Tag ist heute so herrlich, lass uns beide im Garten essen. Wir schwören dir auch zu, dass wir keinen Teller auf die Straße werfen!«

»Mit dem ganzen Essen – in den Garten?«

»Ach, das macht doch nichts! Das schaffen wir schon, was Hannes?«

»Natürlich!«

»Aber alles wird kalt!«

»Bei der Glut draußen? Zieh kein Gesicht, Marie! Bleibst du hier eben mal eine Stunde allein.«

»Als wenn ich nicht immer allein bliebe, wenn ihr beisammen seid!«

»Lügnerin! Mach zu, Hannes!«

»Halt!«, rief Marie, »wenn ihr doch im Garten seid, könnt ihr auch gleich den Rasen schneiden! Der hat's wieder nötig. – Doch nicht meine gute Zuschneideschere, Hannes!«, sagte sie unwillig. »Da, nimm dies Dings, das wird es auch tun. Viel Vergnügen übrigens!«

»Danke, danke! Komme auch noch hin, wenn du Zeit hast!«

»Und weißt so gut, dass ich keine Zeit habe! Und es ist euch ja so recht …«

Aus der Tiefe des laut lärmenden Hauses tauchen sie mit ihren hoch gefüllten Tellern durch die Dachluke auf, und nun sind sie über Berlin, über der Lautheit, über dem Trubel, über der schwülen Hitze.

Der dunstige Sommerhimmel sieht von hier ein wenig klarer aus, direkt fallen die Sonnenstrahlen auf sie, ein leichter Wind erfrischt ihre glühenden Gesichter. Die Glaskuppel auf dem Warenhaus am Alexanderplatz schimmert herüber, nahe ist der hohe Turm vom roten Schloss. Sie stehen nebeneinander, ihre Teller in den Händen, und schauen, schauen hinaus.

»O Gott, wie groß das ist!«, sagt sie mit einem tiefen Aufatmen. »Wie es immer weitergeht, nicht aufzuhören scheint. Ich kriege immer wieder einen Schreck, wenn ich es so sehe ...«

»Ja«, sagt er, »wie riesig das ist, und wie wenig sind wir. Wie das wimmelt! In all diesen Häusern Hunderte von Menschen, in jedem einzelnen. In dem kleinen grauen Streifen dort hinten Tausende – und dann wir zwei allein ... es ist zum Angstwerden!«

»Ja«, sagt sie, »es ist schön, denn wir gehören auch dazu. Wir alle. Denke dir doch, Hannes, vielleicht stehen sie auf andern Dächern auch so wie wir hier, und für die andern gehören wir zu dem Gewimmel. Es ist ja nur durch uns! Wir alle sind einzeln und allein, aber dann sind wir alle zusammen doch eine Vaterstadt und« – sie deutet mit einer weiten Bewegung um sich – »dieses Reich.«

»Dir wird nicht angst?«

»Mich macht es froh und stolz. Weil wir so viel sind, und weil wir so stark sind, und weil wir wieder weiterkommen ...«

»Ja«, sagt er, »weil du dazugehörst.«

»Du doch auch! Du auch, Hannes!«

»Ich? Ja, vielleicht – durch dich.«

Sie setzen sich auf eine kleine Bank unter dem Schornstein, eine kleine bläuliche Rauchfahne steigt aus diesem Schornstein auf und weht wie eine fröhliche Fahne, von Sonne durchflutet, unablässig nach Osten.

Sie essen, die Teller auf den Knien, manchmal heben sie die Gesichter und sehen einander an.

»Schmeckt es?«

»Großartig! Ich hatte auch solchen Hunger!«

»Wird es auch genug sein?«

»Natürlich! Für den Augenblick! Zum Abendessen holen wir uns etwas besonders Schönes! Zur Feier des heutigen Tages!«

»Hundertundachtzig Mark und ein halb Prozent Tantieme! Du wirst mehr verdienen als ich, Hanne!«

»Ja, und das nächste Mal verdienst du wieder mehr! Wir werden noch reiche Leute!«

»Bloß das nicht!«

»Denkst du es dir so schlimm, reich zu sein?«

»Ich finde es so schön, wie es jetzt ist. Ich freu mich auf meinen neuen Anzug, über jedes Stück, das wir uns anschaffen können. Das habe ich nie gekannt.«

»Hast du das nie gekannt? Du warst also einmal reich.«

»Ich nicht, aber … Komm, wir wollen nicht daran denken. Der Tag ist heute so schön. Wir wollen nach unserm Garten sehen.«

Willig, ohne eine weitere Frage steht Hanne Lark auf. Sie sehen nach »ihrem Garten«. Es sind nur ein paar Holzkisten und alte Kisten mit Wein und süßen Wicken, mit Vergissmeinnicht und Stiefmütterchen, die aussortierten Pflanzen der Händler in der Markthalle, mit denen sie Laubenkolonisten Berlins versorgen. Es ist ein bisschen, oft wieder vom Wind zerstörte Gartenschönheit zwischen den rußgeschwärzten Schornsteinen. In einer großen alten Blechschüssel wächst der Rasen.

»Wahrhaftig, er ist schon wieder gewachsen. Nun mähen wir jetzt im Juli schon zum dritten Mal in diesem Jahr! Wir sind ein Muster für die Landwirtschaft!«

»Halt doch!«, sagt sie, als er schon arbeitsam die Schere zückt. »Willst du so darauflosmähen? Siehst du nicht die paar grünen Blättchen? Da herum musst du sorgfaltig mähen – das wird ein Gänseblümchen!«

»Was?«, ruft er unwillig. »Ich soll das stehenlassen? Das ist Unkraut, das muss weg!«

Und er lässt die Schere schnappen.

»Willst du wohl? Gänseblümchen sind kein Unkraut, sie sind Blumen, und Blumen werden nicht gemäht.«

»Es ist gegen unsere Abmachung! Wir haben ausgemacht, wir wollen einen glatten, sauberen Parkrasen erzielen.«

»Da haben wir noch nicht gewusst, dass hier so seltene Pflanzen wie ein Gänseblümchen aufgehen würden!«

»Seltene Pflanze«, sagte er und betrachtete sie mit unmutigen Augen. »Als wenn irgendetwas selten wäre, das mit Gänsen zu tun hat!«

»Nun ist es genug!«, rief sie zornig und riss den ganzen Rasen in seiner Schüssel an sich. »Es ist mein Rasen! Ich habe ihn gesät! Gib die Sense!«

»Ich denke nicht daran!«, rief er erbittert und hielt die Schere hoch. »Die Sense ist mir von Marie anvertraut. Sie hat gleich vorausgesehen, dass du schon wieder mit deiner weiblichen Schludrigkeit alberne Ausnahmen machen willst! Gib den Rasen her!«

»Ich denk nicht dran! Mähe, was du willst! Aber mein Gänseblümchen nicht. Übrigens sagt man auch Tausendschönchen dazu.«

»Ach so! Die Dame will Komplimente hören? Tausendschönchen – ich finde so etwas einfach lachhaft! Und wenn du tausendmal Tausendschönchen sagst, ich höre doch immer nur Gänseblümchen!«

Er schnippte verächtlich mit der Schere, und so schnippend entfernte er sich von ihr, mit der Miene eines Siegers.

Sie sah ihm nach, die Rasenfläche zwischen den Knien. Kaum war er hinter dem nächsten Schornstein, so entfernte sie rasch mit zwei spitzen Fingern das Streitobjekt, sei es nun ein Gänseblümchen, Stiefmütterchen oder, was wahrscheinlicher war, irgendein Unkraut.

Er nahte wieder.

Sie nahm keine Notiz von ihm. Sie breitete eine Decke auf das Dach, legte sich darauf, lag einen Augenblick behaglich ausgestreckt auf dem Rücken und legte sich dann auf die Seite.

Der Parkrasen stand nur einen Meter entfernt von ihr.

Er betrachtete sie mit düsteren Blicken.

»Hören Sie mal«, sagte er.

»Lass mich zufrieden, ich bin böse mit dir!«

»Ich auch, darum sage ich ja auch Sie zu dir!«

»Na also, dann kannst du mich ja auch schlafen lassen!«

»Aber gern! Bitte schön, von mir aus!«

»Danke, schlaf auch schön.«

Er betrachtete abwechselnd sie, dann mit lüsternen Blicken den Rasen. Einen Augenblick wartete er, dann versuchte er einen Schritt auf den Rasen zu. Die bekieste Dachpappe knirschte.

»Ich bitte doch sehr um Ruhe.«

»Ich auch! Dass Sie immerzu reden müssen.«

»Du redest ja auch!«

»Aber du hast angefangen!«

»Nein! Du hast zuerst mit dem Fuß gebumst!«

»I wo, das Dach hat geknirscht!«

»Wenn du jetzt nicht gleich ruhig bist, knirsche ich!«

»Von mir aus!«

Er ließ sich lautlos in die Hocke nieder. Immer ihren Rücken im Auge, fing er an, in Hockstellung seine Schuhe auszuziehen. Es war schwierig, mehrmals geriet er ins Wanken, aber schließlich gelang es.

Leise setzte er die Schuhe hinter sich und begann sich an den Rasen anzupirschen.

Es gelang. Er holte die Schere aus der Tasche, während er mit dem Auge die Rasenfläche musterte. Sein Gesicht verlängerte sich. Er fing an, den Rasen mit den Fingern durchzukämmen, als sei die seltene Pflanze verlorengegangen oder habe sich versteckt.

»So eine Gemeinheit!«, sagte er schließlich laut.

Sie reagierte nicht.

»Ich sage, so eine Gemeinheit!«, wiederholte er entrüstet.

Nichts.

Er stieß leicht mit dem Fuß gegen die schlafende Schulter. »Du da!«

Die Schulter wich aus, die Schläferin schlief weiter.

Er schlich neben sie. Er suchte sich einen Platz auf der Decke, ließ sich nieder, schob sich sachte an sie.

»Wo ist das Gänseblümchen, du?«, fragte er und küsste sie.

»Es war gar kein Gänseblümchen, du«, gestand sie. »Es war eine Kuhblume. Und da du mich schon mit Gans beschimpftest …«

»Nie tat ich solches …«

»Musste ich doch die Kuhblume fortnehmen, sonst hättest du mich noch …«

»Nie …«

Sie liegen nebeneinander in der Sonne. Behaglich, schläfrig, Arm in Arm.

»Wer mäht denn nun den Rasen?«, fragt schließlich er.

»Wer will. Marie wahrscheinlich, ich steh keinesfalls wieder auf.«

»Ich auch nicht!«

»Du, heute war ein schöner Tag.«

»Alle Tage bei dir sind schön.«

»Ja – ich bin jetzt immer froh.«

»Ich auch! Ich auch!«

Pause.

»Du!«

»Ja?«

»Schläfst du schon?«

»Fast …«

»Du!«

»Ja?«

»Ich habe gedacht, wenn wir mal sonntags richtig ins Grüne gingen?«

»Wirklich?«

»Ja!«

»Du willst mit mir einen Ausflug machen? Einen ganzen Tag draußen sein?«

»Wenn du willst?«

»Aber natürlich! Großartig! Wie bist du nur darauf gekommen? Du wirst noch ein richtiger Mensch, Hannes.«

»Und was bin ich jetzt?«

»Ein bisschen noch – ein Höhlentier. Das sich vor der Sonne und den Menschen scheut.«

»Aber ich bessere mich?«

»Ja, eben mit dem Rasen warst du schon ganz menschlich. Und Ausflug ist auch sehr menschlich.«

»Du, Hanne – der Gedanke stammt aber von der Marie!«

»Wirklich? – Na, macht auch nichts. Du machst jedenfalls den Ausflug, kriechst aus der Höhle, das ist auch schon was!«

In Amt und Würden

An einem schönen Sonnabend Nachmittag thront Hanne Lark dann im Pottschmidt'schen Stand der Zentralmarkthalle Berlin. Sie thront wirklich, denn der Pottschmidt'sche Stand ist fast ein Prunkzelt, nicht vergleichbar mit den andern gewöhnlichen Marktständen. Und er quillt über von Gemüse und Obst. Wer das Zelt übersieht, kann doch nicht diese Fülle schönster Früchte übersehen, dieses frische Gemüse – und von allem immer nur das Beste und so appetitlich aufgebaut.

Dies ganze Zelt legt Zeugnis ab von dem Satz Pottschmidts, der ihn groß gemacht hat vor allen Obsthändlern Berlins, jenem Satz, der da lautet: »In unserer Branche isst man zuerst mit dem Auge, viel später erst mit der Zunge! Dem Auge muss man was bieten!«

Vielleicht ist es auch dieser Satz Pottschmidts, dem Hanne Lark ihre neue Stellung verdankt, denn ihre Vorgängerin war zwar höchst vertrauenswürdig, aber schon ein wenig ältlich und nicht frei von Schärfe im Umgang mit der Kundschaft. Vor allem glaubte sie blindlings an den absoluten Vorrang aller von Pottschmidt verkauften Erzeugnisse, ein Zweifel an dem Geschmack eines von ihr verkauften Apfels schien ihr Frevel. Und das sagte sie den Kunden auch! Und zwar deutlich!

Hanne Lark thront in ihrem Stand und verkauft mit ruhig lächelnder Sicherheit ihr Gemüse und Obst. Sie kann wahrhaft in Sicherheit lächeln, denn bei Pottschmidt ist es so organisiert, dass es schlechtes Rechnen nicht gibt. Vor ihr liegen unter einer Glasscheibe Tabellen, und wenn sie nun drei Pfund Sommeräpfel zu 37 Pfennigen verkauft hat, fährt sie nur mit dem Zeigefinger eine Zahlenreihe entlang, mit dem Auge eine andere hinunter, und mit Bestimmtheit sagt sie schon: »Macht eine Mark elf, bitte schön!«

Hanne Lark hat oft Gelegenheit, dieses und Ähnliches zu sagen, denn, obwohl es jetzt eigentlich die stillere Zeit zwischen drei und vier Uhr nachmittags ist, wird ihr Stand ziemlich belagert. Sie hat alle Hände mit dem Verkauf voll, das kleine Mädchen, ihre Adjutantin, muss sich sputen, die immer wieder lückig werdenden Bestände aus Kisten und Körben zu ergänzen.

So entgeht es Hanne Lark vielleicht, dass sie das Ziel vieler Blicke in der Halle ist. Aber nein, sie müsste kein so hübsches Mädchen sein, um nicht zu wissen, dass viele auf sie schauen, mit mancherlei Gefühlen. Natürlich weiß sie es! Darum hält sie doch den Kopf so stolz, darum leuchten ihre Augen so!

Sie sieht nicht hoch bei ihrer Arbeit, aber man muss nicht hochsehen, man weiß es auch so, zum Beispiel vom Tanzsaal her, wenn man das Ziel vieler Blicke ist. Das ist ein Gefühl im ganzen Leib wie ein ständiges, angenehmes Prickeln! Davon greifen die Hände schneller und sicherer zu als je, der Fuß tippt einen fröhlichen Takt. Es atmet sich so leicht, als atme sie Weinduft!

Viele sehen auf sie.

Da ist zum Beispiel auf der Eisengalerie, die in halber Höhe um die Halle läuft, Pottschmidt der Große. Pottschmidt hat seinen dicken Arm auf das Geländer gestützt und sieht beobachtend hinab in die Halle und auf sein Prunkzelt und auf seine neue Verkäuferin. Dabei unterhält sich Pottschmidt mit Oppermann.

»Das flutscht!«, sagt Oppermann anerkennend, denn seine Augen haben dasselbe Ziel wie die von Pottschmidt. »Da haben Sie einen guten Griff getan, Pottschmidt!«

»Neue Besen kehren gut«, antwortet Pottschmidt warnend, den er ist ein wenig abergläubisch und möchte »die Neue« nicht »berufen« haben.

»Eine Weile hat sie in einem Blumengeschäft gearbeitet«, berichtet Oppermann, was Pottschmidt schon weiß. »Aber das war nicht das Rechte für sie – ein bisschen zu fein für sie, zu langstielig, verstehen Sie!«

»Langstielig ist sehr gut«, sagt Pottschmidt gnädig und lacht.

Oppermann, der jetzt erst kapiert, dass er einen Witz gemacht hat, lacht mit.

»Ich kenne sie«, sagt er schließlich, als das Lachen nicht mehr geht, »seit sie in die Halle kommt. Vorher war sie grade gegenüber – eine Tante von ihr. Sie können den Stand von hier nicht sehen.«

»Kenn ich!«, sagt Pottschmidt kurz. »Knietschige Krauter – nischt für so 'n Mädel. So 'n Mädel muss Luft haben, Arme rühren können, hab ich recht?«

»Na, bei Ihnen hat sie Raum genug, die Arme zu rühren!«, antwortet Oppermann beifällig. »Vielleicht sind ihr heute Abend die Arme sogar ein bisschen lahm.«

»Sollte mich freuen!«

»Die auch. Die ist nicht so. Die freut das auch. – Sagen Sie mal, Pottschmidt, haben Sie ihr das eigentlich erlaubt, dass sie zu dem schwarzen Kleid mit der weißen Schürze noch immer ein Kopftuch trägt? Ein bisschen ungewöhnlich, was?«

»Reine Seide!«, erklärt Pottschmidt. »Hab ich ihr selber ausgesucht. Weiß mit schwarzen Tupfen. Siebeneinhalb Mark, auf Geschäftsunkosten übernommen.«

»So, das haben Sie sich also selbst ausgedacht, Pottschmidt?«, fragt Oppermann ein wenig zweifelnd.

»Nee, sie bestand auf ihrem Kopftuch. Vom Lande, verstehen Sie? Da steckt so was drin. Und warum nicht? Recht hat sie. Obst ist vom Lande, Gemüse ist vom Lande, Kopftuch ist vom Lande – so was gefällt der Kundschaft. Werd ich am Kurfürstendamm auch einführen, habe ich recht?«

»Dann werden Sie Ihren Mädels am Kurfürstendamm erst andere Gesichter anschaffen müssen! So 'n Kopftuch passt nicht zu gedrehten Locken und geschminkten Lippen. So 'n Gesicht, wie's die Hanne Lark hat, gibt's nur ein Mal!«

»Sie haben wohl Feuer gefangen, alter Genießer?«, lacht Pottschmidt und klopft Oppermann zärtlich auf den Bauch. »Sie schwärmen ja richtig!«

»Nee, nee, Pottschmidt, ich bin ein oller Mann. Nur was ich so höre. Der ihr« – er zeigt mit dem Daumen auf das Prunkzelt – »Freund arbeitet nämlich bei mir.« Er weist mit dem Zeigefinger auf seinen Bauch. »Das ist 'ne Liebe, wie se bloß in den Romanen steht, sage ich Ihnen, Pottschmidt!«

»Da!«, ruft Pottschmidt und stampft wütend auf. »Da!! Haben Sie mir nun glücklich den ganzen Tag verdorben, Oppermann! Da hat man mal was Nettes«, fährt er klagend fort, »gleich hat's 'n Freund, und in einem Vierteljahr heiraten sie, und ich bin meine Verkäuferin wieder los!«

»Na, na!«, sagt Oppermann ernstlich bestürzt über diese unerwartete Wirkung seiner Worte. »So schnell wird's ja doch nicht gleich gehen. Fast ein Jahr kennen sich die schon, und von Heirat ist noch nie die Rede gewesen.«

»Trägt sie 'n Ring?«, fragt Pottschmidt sehr interessiert.

»Weiß ich nicht. Hab ich nicht drauf geachtet. Kann ich nicht sagen. Glaub ich nicht«, ergeht sich Oppermann.

»Da muss ich doch gleich mal sehen«, sagt Pottschmidt.

Er geht, in Befürchtung und Zweifel versunken. Er geht, ohne überhaupt noch an Oppermann zu denken, der doch so gerne einen größeren Abschluss mit Pottschmidt getätigt hätte!

Ein junger Mann sitzt in dem kleinen Oppermann'schen Büro, er tippt eifrig Rechnungen. Es ist sehr heiß in dem Büro, wo tags und nachts Licht brennen muss. Der junge Mann sitzt in Hemd und Hose da und tippt.

Er ist ganz versunken in seine Arbeit – und doch, jedes Mal, wenn die Hallenuhr eine neue Viertelstunde schlägt, springt er mit einem Ruck von der Maschine auf. Er lässt sich nicht die Zeit, das Wort zu Ende zu tippen. Er greift ein säuberliches, blütenweißes Taschentuch, das neben der Maschine liegt, und läuft, das Taschentuch offen in der Hand, aus dem Kontor in die Halle.

Er stürzt sich nicht in das Gewühl mit den Ständen, nein, er bleibt hier hinten, wo sich leere Kisten und Fässer türmen, Barrikaden aus Körben erbaut sind. Auf einen solchen Kistenturm klettert er. Der Kistenturm sieht etwas wacklig aus, aber er ist stabil genug, Johannes Wiebe weiß es, denn er hat ihn selbst gebaut!

Er klettert rasch, ohne sich um die Blicke etwaiger Zuschauer zu kümmern, auf die Spitze dieses Turms, und nun sucht er von hier oben, wo er freie Sicht hat, zwischen Gewirr und Lichtern, jenen Stand, wo *sie* sitzt! Er hat schon Übung, er findet ihn gleich, er sieht einen kleinen weißen Fleck, das ist *ihr* Gesicht. Und nun nimmt er das Taschentuch und winkt ihr zu. Er winkt langsam, andächtig, mit tiefernstem Gesicht, dreimal, viermal, fünfmal. Denn so haben sie es miteinander verabredet. Sie wollen sich nicht gegenseitig in der Arbeit stören, aber sie wollen sich doch ein Zeichen geben, dass sie aneinander denken. Und so winkt er ihr alle Viertelstunde zu, und er bildet sich ein, sie nickt ihm zurück. Übrigens nickt sie natürlich zurück, ganz wie es im Augenblick passt, verstohlen oder offen, er bildet sich ein, er könne das auf diese Entfernung erkennen. Und klettert hochzufrieden wieder von seinem Kistenberg.

Diesmal empfängt ihn unten sein Chef.

»Was machen Sie denn da oben? Ich denke, Sie schreiben Rechnungen aus?«, fragt er grämlich, denn seine ihm angeborene heitere Laune ist noch etwas getrübt von dem Misserfolg bei Pottschmidt.

»Ich? Was ich da oben …?«, fragt Johannes Wiebe ziemlich verlegen. Denn er weiß beim besten Willen nicht, wie er dies seinem Chef erklären soll. Es sei denn, er sagt einfach die Wahrheit.

»Richtig! Was Sie da oben gemacht haben!«

»Ach, ich, mir war so heiß …«

»Da oben ist's kühler?«

»Und die Beine waren mir vom Sitzen so steif geworden.«

»Und da klettern Sie – ist doch klar!«

»Ja …«

»Und das Taschentuch? Damit haben Sie sich frische Luft gefächelt? Natürlich!«

»Ja – ach, Herr Oppermann, es ist sicher kindisch. Ich hab einfach der Hanne mal zugewinkt.«

»Und meine Rechnungen?«

»Werden trotzdem fertig! Bestimmt! Trotzdem ich alle Viertelstunden winke, so haben wir es nämlich ausgemacht!«

»Junger Mann!«, sagt Oppermann düster. »Junger Mann! Ich bin ein Weltmann, ich verstehe alles! Aber lassen Sie das bloß Pottschmidt nicht merken! Pottschmidt ist in so was ein Aas – Hanne bekäme Dunst!«

»I wo! Wie soll das Pottschmidt merken? Pottschmidt ist doch auf dem Kurfürstendamm!«

»Pottschmidt ist hier!«, sagt Oppermann mit Nachdruck. »Und eben ist Pottschmidt zu Ihrer Hanne gegangen sie in Verhör nehmen. Ihm hat irgend so ein Dussel verquatscht, dass Sie Hannes Freund sind – und da bildet sich Pottschmidt ein, ihr wollt bald heiraten – und dann ist die Hanne für ihn futsch.«

»Und?« Johannes Wiebe ist ganz Spannung.

»Und? Was denn noch? Ist das nicht genug?! Jetzt verhört er sie wohl und ...«

»Und was?«

»Ja, wie soll ich wissen, was Pottschmidt dann tut? Fragen Sie ihn doch selbst!«

»Werde ich machen! Entschuldigen Sie, Herr Oppermann, nur einen Augenblick, die Rechnungen werden trotzdem fertig!«

Und Johannes Wiebe stürzt sich in das Gewühl, wie er ist, in Hemd und Hose, ein Taschentuch in der Hand.

Viele Gesichter sehen auf Hanne Lark.

Da sind die Nachbarstände, ein Dreivierteljahr hat Hanne Lark sich in der Halle nicht sehen lassen, und nun ist sie wieder da! Damals wurde sie wegen einer Männergeschichte mit Schimpf und Schande von der Tante weggejagt, es war eine dunkle Geschichte, viel Wechselgeld war gestohlen worden. Es hatte dann geheißen, Frau Mahling habe ihr Wechselgeld durch die Polizei zurückbekommen, aber das Mädchen war verschwunden geblieben. Der junge Mann aber, der es gestohlen hatte, konnte es doch nicht gewesen sein, denn ihn sah man von diesem Tage an ständig in der Halle. Und nun ist auch Hanne Lark wieder da, wie sie dort drüben thront!

Sie stecken die Köpfe zusammen, sie tuscheln.

»Det hat se der Tante extra zum Tort jetan, det se zu Pottschmidten is! Jrade visavis jejenüber! So was muss 'ne Tante doch ärjern! Und nu noch dieselbe Branche!«

»Na, der Mahling jönn ick es! Die jönnt ooch keenem nischt Jutet!«

»Saren Se mal …!«

»Wat denn?«

»Is er denn schon in die Erscheinung jetreten?«

»Als wie wer?«

»Na, der Bewusste!«

»Ach, den Jüngling von Oppermann meenen Se! Der damals …«

»Jenau den meene ick!«

»Nee, der is mir bisher noch nicht bewusst jeworden. Sie meenen, det die beeden …?«

»Na, klar doch, Mensch! Eene Rose macht doch keenen Sommer – mit so eener ging ick ooch länger Rosen pflücken!«

»Na, wat nich is, kann ja noch werden. Ich werde Sie's saren, wenn ick wat sehe.«

»Ick halte ooch Ausschau! Jenau wie die Mahling! Kieken

Se bloß, wat die die Oojen rollte! Det Jlas von der ihre Brille muss bald zu drippen anfangen, so sehr kocht die!«

»Na, in so nem Falle würde ick ooch kochen, bloß det ick keene Brille habe!«

Ältere Herren bleiben stehen und sehen sich nach Hanne Lark um. Sie machen kehrt, sie treten an den Obststand, sie erkundigen sich nach den einzelnen Sorten – am liebsten würden sie, von Hannes Stimme vorgetragen, einen längeren Vortrag über Obst hören.

Die Gesichter schieben sich hin und her, einen Augenblick heben sich die meisten einzeln und weiß zu ihr auf. Aber sie sieht kein einzelnes – sie hat zu arbeiten. Sie arbeitet.

Ein wenig ab, bei den Ständen der Fleischer, wo es auch warme Würstchen zu kaufen gibt, herrscht ein ziemliches Gedränge. Von hier ist es wohl zu weit, bis nach Hanne Lark zu sehen. Sie stehen da ziemlich eng gedrängt, kauen entweder an ihren Würsten oder haben noch ihre Groschen in der Hand, ungeduldig, sie gegen Waren einzutauschen.

Immerzu wechseln die Gesichter, niemand achtet auf sie, niemand merkt sie sich. Es ist möglich, dass ein bekanntes Gesicht sich zwischen diesem Gedränge befindet, aber wer hat die Zeit, es sich herauszusuchen?

Es ist sehr gut möglich, dass dort ein Mann mit einem Zigarrenstummel im Mundwinkel mit kleinen, bösen Augen zwischen den Leuten steht und mit diesen Augen doch auf den weit entfernten Stand von Hanne Lark starrt, aber wer soll ihn sehen?

Er ist ein eher kleiner Mann, immerzu schieben sich die größten Leute dazwischen, verdecken das Gesicht …

Da war es eben noch einmal, böse – und nun ist es ganz fort!

Vielleicht war es überhaupt nicht da, vielleicht haben wir uns geirrt. Sicher haben wir uns geirrt. Emil Schaken müsste doch im Gefängnis sein, nicht wahr?

»Pottschmidt!«, sagt Pottschmidt.

»Ich werd Sie doch kennen!«, sagt Frau Auguste Mahling lebhaft. Obwohl sie eine Wut auf diesen Mann hat, kann sie doch seinem Erfolg ihre Anerkennung nicht versagen. Außerdem, wer weiß, wozu es gut ist! Ein bisschen Schmeicheln ist immer angebracht.

»Ich weiß nicht, wie Sie es anfangen, Herr Pottschmidt. In ganz Berlin gibt es seit einer Woche keine Zitronen. Und Sie haben Zitronen!«

»Ja«, sagt Herr Pottschmidt. Er steht aber nicht hier an diesem Stand, um Auskünfte zu erteilen, sondern, um sich Auskünfte zu holen. »Das ist Ihre Nichte, habe ich recht?«

»Die? Die kennen wir nicht!«, sagt Tante Gustchen mit Nachdruck, und ihr Ton verrät, dass sie dieses Mädchen nur zu gut kennt.

»Aber Ihre Nichte ist sie doch?«, fragt Herr Pottschmidt beharrlich.

»Wenn Sie so was Nichte nennen wollen, Herr Pottschmidt!«, ruft Frau Mahling verächtlich. »Bitte schön, Sie haben das Mädchen ja auch engagiert, ich nicht! Ich habe sie rausgeworfen!«

Und sie sieht ihn triumphierend an.

Herr Pottschmidt rührt ihr Triumph nicht. »Da soll ja was gewesen sein mit einem jungen Mann?«, erkundigt er sich.

»Soll was gewesen sein? Ich bitte Sie, Herr Pottschmidt, wie Sie nur reden können! Da *ist* was gewesen! Wo ich es mit meinen eignen Augen gesehen habe! Auf ihrem Bett hat er gesessen!«

»Nein, so was!«, sagt Herr Pottschmidt kühl. »Ja, die Jugend. Die schöne Jugend! – Da werden die jungen Leute wohl bald heiraten?«

»Heiraten?« Tante Gustchen verschlägt es den Atem. »Heiraten! Der und heiraten! Der führt sie doch bloß an der Nase rum. Das ist so ein Herumtreiber, wissen Sie, Herr Pottschmidt, ein Hochstapler! Ich begreife ja Oppermann nicht, ich kauf auch nicht mehr bei ihm, seitdem …«

»Danke schön, Frau Mahling«, sagt Pottschmidt, der alle Auskünfte hat, die er von Tante Gustchen erwartete. »Ich wünsche auch ein gutes Geschäft …«

Und damit geht er zu seinem Stand hinüber, dem man nicht erst ein gutes Geschäft wünschen muss, denn er hat es schon. Trotzdem Hanne Lark im Augenblick nicht sehr verkaufstüchtig ist, denn sie redet halblaut und eilig mit einem jungen Mann in Hemd und Hose, der ein weißes Taschentuch in der Hand trägt.

»Guten Abend, Fräulein Lark«, sagt Pottschmidt tönend.

Die beiden fahren auseinander. Herr Pottschmidt ist sehr zufrieden damit, wie stark er wirkt.

»Zeigen Sie doch mal Ihre Hände, Fräulein Lark«, sagt er laut, und errötend zeigt Hanne ihrem Arbeitgeber die Hände. Es ist ein wenig peinlich, denn eine Menge Leute sehen diesem unverständlichen Vorgang zu. Aber Hanne lächelt dabei – und wenn man so lächelt, kann der Vorgang ruhig unverständlich sein, es sieht doch hübsch aus.

»Danke, Fräulein Lark«, nickt Pottschmidt zufrieden. »Sie können weitermachen. – Kommen Sie, junger Mann!«

Und damit fängt er sich den recht verlegenen Johannes Wiebe und geht mit ihm aus dem dichtesten Gedränge.

»Sie arbeiten bei Oppermann, junger Mann?«, fragt Pottschmidt väterlich. »Wie heißen Sie eigentlich?«

»Wiebe. Johannes Wiebe. Ja, ich arbeite bei Oppermann.«

»Was zahlt Ihnen denn der Oppermann so?«

»Ach – zweihundertzwanzig.«

»Brutto oder netto?«

»Brutto.«

»Bleiben etwa hundertachtzig – habe ich recht? Die kleine Lark wird bei mir auf etwa zweihundertachtzig netto kommen – hundertachtzig und zweihundertachtzig macht vierhundertachtzig – warum heiraten Sie eigentlich nicht?«

»Ich finde, dass Sie das nichts angeht, Herr Pottschmidt«, sagt Johannes Wiebe mit viel Entschiedenheit.

»Nun, ich finde, dass das mich sehr viel angeht. Denn wenn Sie heiraten, verliere ich meine Verkäuferin.«

»Und wir zweihundertachtzig Mark Einnahmen, bleiben nur hundertachtzig, also zu wenig, Herr Pottschmidt!«

»Helle!«, sagt Herr Pottschmidt. »Helle das Köpfchen, der Junge – habe ich recht? Na, dann auf Wiedersehen!«

Und Herr Pottschmidt entfernt sich, formlos, er hat Johannes Wiebe schon wieder vergessen.

Der starrt ihm nach.

Der Ausflug

»Aufstehen! Hannes!«

»Och!«

»Aufstehen, Hannes! Es ist Zeit!«

»Was ist denn die Uhr?«

»Ganz egal, was die Uhr ist, du sollst aufstehen!«

»Ich bin noch soooo müde!«

»Wir haben ausgemacht, dass wir mit dem Autobus um sechs fahren, Hannes!«

»Den ganzen Tag gehen Autobusse …«

»Und die Sonne scheint, sieh doch, Hannes!«

»Den ganzen Tag scheint die Sonne …«

»Du musst jetzt raus, Hannes! Es ist unser erster freier Tag draußen … Du musst … Ich will nicht erst draußen sein, wenn alle draußen sind.«

»Aber gewiss doch, Hanne, ich komm ja schon! Och! Lege mir den nassen Waschlappen auf die Augen. Verdammt sei diese Müdigkeit!«

»Los jetzt, Hannes!«

»Den ganzen Tag gehen Autobusse, den ganzen Tag wird die Sonne scheinen. Einen ganzen Tag lang werden wir draußen sein. Los, Hanne!«

»Hanne, es ist zwanzig Minuten vor sechs!«

»Ja doch!«

»Und unser Autobus fährt um sechs!«

»Ja doch!«

»Und wir gehen siebzehn Minuten bis zur Haltestelle.«

»Ja doch!«

»Und die Sonne scheint so schön!«

»Oh, Hannes, kannst du mich denn nicht in Ruhe lassen? Ich muss und muss diese Falte noch einnähen!«

»Wie lange dauert das denn noch?«

»Einen Augenblick!«

»Und wie lange dauert dieser Augenblick?«

»Ich weiß doch nicht! Fünf Minuten …«

»Dann verpassen wir unsern Autobus!«

»Den ganzen Tag gehen Autobusse … Oh, hättest du mich schlafen lassen, Hanne!«

»Oh, wärest du eher aufgestanden, Hannes, dann wäre das Kleid schon fertig!«

»O-O-O!«

»Ja, o-o-o! Siehst du, nun bin ich schon fertig! Sechzehn Minuten vor sechs. Lauf, Hannes!«

»Ja, laufen wir, Hanne! Es wäre herrlich, wenn wir den Autobus noch erwischten!«

»Ja, fünfundzwanzig Minuten wären wir dann eher draußen! Ich freu mich so auf das Land, Hannes!«

»Und ich mich auf dich, wie du draußen sein wirst!«

»Uff! Das hätten wir geschafft! Zwei Minuten nach sechs. Der Autobus kann noch nicht fort sein, wir hätten ihn hören müssen!«

»Vielleicht ist er doch schon fort, Hanne?«

»Red nicht, er ist noch nicht fort!«

»Möglich ist es aber doch, zwei Minuten nach sechs. Das musst du zugeben!«

»I wo! Ich gebe gar nichts zu. Ständen sonst Leute hier? Der dicke Mann mit den Gamskrickeln auf dem Bauch und die dürre Frau mit der Emaille-Brosche warten doch sicher auch!«

»Glaubst du? Möglich ist es! Weißt du was, ich werd sie einfach fragen!«

»Was soll denn das für einen Zweck haben?«

»Natürlich hat es einen Zweck! – Entschuldigen Sie, können Sie mir wohl sagen, ob der Sechs-Uhr-Omnibus schon weg ist?«

»Ich Ihnen? Sie sind gut! Wenn er schon weg wär, könnten Sie mir nich frajen, denn säß ich nämlich drinnen mit meiner Juten!«

»Siehst du, Hanne«, sagte Hannes, »er ist also doch noch nicht fort.«

»Hätt ich also noch in aller Ruhe die paar Stiche an meiner Bluse machen können!«

»Det kann man nich saren«, mischt sich der Dicke ein, »weil et nämlich nich nur Vaspätung, sondern auch Vafrühung jibt. Doch, det jibt et. Er kann schon weg sind!«

»Siehst du, Hanne, er ist also doch schon fort. Jetzt ist es sechs Uhr sieben …«

»Jestatten, mein Name is Schönholz«, sagt der Dicke. »Sie wollen wohl ooch int Jrüne?«

»Wiebe. Ja, das wollen wir.«

»Fahren Se ooch bis zur Endstation?«

»Ja, wir dachten …«

»Ick weeß, wat Se jedacht haben. Denn tippeln wir jemütlich durch 'en Wald bis an'nen See, und da kehren wa bei Rasmussen in. Rasmussen kocht am besten, und eine abjelagerte Weiße hat der Mann …«

»Und einen Kaffee kocht se!«, mischt sich die dürre Frau nun auch ein. »Ick jeh immer bei ihr in de Küche. Mutta Rasmussen, sar ick, wir sind mal wieder da, stürzen Se sich in de Unkosten und nehmen Se mal drei Bohnen mehr … Und Sie werden's nich glooben, aba die Frau tut's! Die tut's! Da können Se sich druff valassen.«

»Jetzt müsste der Omnibus aber wirklich kommen!«

»Der kommt! Nur nich drängeln, junger Mann! Der kommt. Wir haben ja keene Eile nich. Wo wa jrade so jemütlich Bekanntschaft schließen. Imma mit de Ruhe! Durch'en Wald bis an'nen See zu Rasmussen tippeln wa jrade drei Stunden, det is noch immer ville zu zeitig fürs Mittagessen. Da könn Se noch schön baden, wir kieken zu, wir baden nich …«

»Aber nein«, protestierte Johannes Wiebe entsetzt. »Wir hatten einen ganz andern Plan, Herr …«

»Schönholz is mein Name. Sehr anjenehm! Hähä! Nee,

junger Mann, det is nu ausjemacht: wir tippeln zusammen! Sie haben ja selbst jesacht, Se wollen zu Rasmussen.«

»Kein Wort habe ich davon gesagt!«

»Sie kleiner Schäker, Sie! Bisschen allein sein mit de Anjebetete, was? Immerzu, wir sind nich so, wir kieken weg! Wir sind ja ooch mal jung jewesen, wat, Tilde? Bei uns brauchen Se sich nich zu genieren! – Da kommt ja auch der Omnibus! Sechs Uhr siebzehn. Wer hat denn nun von Sie beide recht jehabt?«

»Nach oben, Hanne, ich flehe dich an, nach oben! Wir müssen die loswerden. Der ganze Tag ist uns verkorkst.«

»Hättest du sie nur nicht angesprochen, Hannes!«

»Dann hätten sie uns angesprochen! Das ist jetzt alles ganz egal. Vereint müssen wir den Feind schlagen!«

»O Gott, sie kommen auch nach oben. Und grade bei uns sind noch zwei Plätze frei! Red nur nicht mit ihnen …«

»Det is aber nett von Sie, det Se uns die zwei Plätze freijehalten haben! Na, nu ziehen Se man keen Jesichte! Det passt Ihnen wohl nich, det wa von de Tour sind?«

»Offen gestanden, nein!«

»Det is recht, det jefällt mir! Immer frei weg von der Leber! Aber ick will Ihnen det auseinanderverposamentieren, warum ick det tue! Det machen wa nämlich alle Sonntag, det wa uns so Anschluss suchen. Sehn Se, junger Mann, Sie sind noch nich mal verheiratet – haben wa längst jesehen, det Se keene Ringe tragen, det macht nischt, da sind wir großzügig, da sehen wa glatt drüber weg, desderwejen könnt Ihr euch ruhig mal verkrümeln, det macht uns sogar Laune …«

»Freut mich!«

»Na, sehn Se, det freut Se schon! Nun machen Se aber noch een freudijet Jesichte! – Also, dass ick meine Rede nich vajesse. Meine Tilde und ick, sie ruft mir Manne – wir sind schon dreiundzwanzig Jahre vaheiratet, und da hat man doch warraftig nischt mehr miteinander zu bemurmeln! Ick sach schon imma, wenn Se den Mund auftun will: Halt de Klappe, Tilde, wat de saren willst, wusste ick schon jestern beim Uffstehn …«

Flüsternd: »Ich glaube, wir steigen schon früher aus.«

Zurückgeflüstert: »So lässt er sich nicht abschütteln. Lass mich nur machen, Hannes!«

»Und da suchen wir uns eben Anschluss. Manchmal machen die Leute ja zu Anfang 'ne Schippe wie Sie beede, aber hinterher is et noch meistens sehr schön jeworden. Onkel Schönholz lässt sich ja ooch nich lumpen, bei nette Leute lass ick ooch nett was springen – manchmal waren wa so fidel am Abend …«

Der Autobus fährt und hält. Fährt und hält. Die langen Straßenzüge der Vorstädte lichten sich auf, Villen kommen und gehen, Bäume, das erste geschlossene Stückchen Wald, eine Wiese, eine richtige Wiese, ganz ohne Zaun darum …

Herr Schönholz aber redet weiter und immer weiter, unermüdlich. Seine Tilde begnügt sich damit, dann und wann mit dem Kopf zu nicken, bis ihr zwischendurch einfällt, dass sie auch ihr Teil dazutun muss, die jungen Leute zu gewinnen. Dann lächelt sie plötzlich ebenso liebreich wie falsch mit ihren Augenzähnen. Worauf der Mund wieder zuklappt.

Die beiden jungen Leute aber schauen krampfhaft zum Fenster hinaus und tun so, als hörten sie nicht zu – während doch der ganze Autobus höchst amüsiert zuhört und sich an der kläglichen Lage der beiden ergötzt.

»Sieh doch, Hannes, ein Kornfeld! Und schon beinahe reif zum Mähen!«, flüstert Hanne und drückt seine Hand krampfhaft, um ihm Mut und Geduld einzuflößen. (Er hat beides hoch nötig.)

»Det sehn Se also ooch, Frollein«, sagt Herr Schönholz, der trotz eigenen Redens alles hört. »Ja, det is nu balde reif. Nu fängt de Arbeit uff dem Lande an. Sie sind wohl vom Lande, Frollein? Det habe ick mir nämlich jleich jedacht, Sie haben so was Kernijet! Von dem Lande kommt die Kraft, det is mein Jrundsatz imma jewesen. Ick hab nämlich ein Jeschäft beim Halleschen Tor, Landwurst, vastehen Se, und Landspeck und Landschinken – det jeht, sare ick Ihnen! Det is ooch kernig, jenau so wie Sie, so wat lieben die Leute. Wat, junger Mann?«

»Bitte, hören Sie jetzt auf …«

»I wo. Weisen Se det nich von der Hand! Ick kann Sie noch sehr nützlich werden. Wat denken Sie, wie ville Freunde ick schon mit meiner schönen ungarischen Salami aus Hinterpommern unter de Arme jejriffen habe.«

»Antworte ihm doch gar nicht! Du regst dich nur ganz unnötig auf. Wir werden ihn schon los!«

»Nie! Oder ich muss mich mit ihm hauen. Und ich tu's – ich hau mich mit ihm!«

»Gar nicht nötig, Hannes, ich schaff es auch so!«

»Da wären wir also! Ein bisscken durchgeschuckelt und jestuckelt, aber det is bloß jut für die Verdauung. Wie isset, junger Mann, trinken wir nu erst eenen Bittern uff unsre junge Freundschaft?«

»Danke! Ich geh hier rauf!«

»Da rauf? Da jeht's doch nicht zu Rasmussen! Sie wollten doch zu Rasmussen?«

»Ich geh hier rauf. Komm, Hanne! – Also viel Vergnügen, Herr Schönholz!«

»I wo, wir jehen ooch da ruff. Kommen wa mal eben nich zu Rasmussen! Sehn wa mal wat Neuet, wat Tilde? Det letzte Mal war der Aal in Gelee ooch nich so jut wie sonst. Ick habe schon imma jesacht, Rasmus lässt nach. Er denkt, er kann's machen, weil er nu die Kundschaft hat. Aber mein Jrundsatz is: immer feste von det Beste …«

»Da raus, Frollein? Aus dem schönen, schattjen Walde in die Prallsonne? Wozu denn?«

»Ich möchte mir gerne die Felder ansehen, ich bin nun mal vom Lande.«

»Ick jloobe beinah, Sie möchten uns loswerden! Aber det is doch Unsinn! Wo wa so schön beisammen sind! Und wa haben uns doch schon sehr nett unterhalten. Und übelnehmsch sind wa ooch nich …«

»Komm, Hannes, wir gehen raus auf die Felder.«

»Wir ooch, komm, Tilde. Det hilft nu nischt. Und et is ja ooch belehrend. Det Frollein wird uns alles erklären. Wat is denn nu det zum Bleistift, Frollein?«

»Mais!«

»Da haben Se aber 'n Witz jemacht! Nee, so dumm is Schönholz doch nicht! Mais, den kenn ick. Wo ick doch mal 'n Pferd jehabt habe, zu's Ausfahren an de Kundschaft, det haben wa imma mit Mais jefüttert. Nu haben wir 'n Dreiradkarren, der kriegt keenen Mais, nee, det nu jrade nich … Aba, Frolein, wo geht denn det nu hin, ohne Weg, jlattwech uff de Wiese …«

»Blumen pflücken!«

»Det is schön! So wat lieb ick! Det is Poesie! Een junget Mächen und bricht Blumen! Det kannste doch noch machen, Tilde, det kleid dir ooch noch, jib mir den Paraplü und det Paket …«

»Bück dich, Hannes, hilf!«

»Ja …«

»Wir sind gerettet …«

»Ja …«

»Siehst du den Graben?«

»Natürlich!«

»Kannst du so weit springen?«

»Das sind fast zwei Meter, ich glaube, ja.«

»Siehst du irgendwo ’ne Brücke?«

»Nein. Wir wollen …?«

»Natürlich wollen wir!«

»Ohne weiteres?«

»Ohne alle Entschuldigung! So stehen wir gerade richtig. Gut Anlauf nehmen, Hannes, es wär schad um deine Buxen. Los!«

Lachend liefen sie nebeneinander, lachend sprangen sie.

Herr Schönholz begriff zuerst noch nicht, was geschehen war. »Kiek mal, Tilde«, rief er lachend. »Wat die springen können! Großartig! Ihr müsst bei die nächste Olympiade mit. Nu, Frollein, und nu Mut! Zurück! Ick fang Ihnen uff!«

Drüben am andern Ufer standen die beiden und sahen befreit lachend in die Gesichter drüben.

Ehe noch ein Wort gesagt war, veränderten sich diese beiden Gesichter, fielen zusammen, wurden alt und verdrossen.

»Auf Nimmerwiedersehen, Herr Schönholz!«, rief Hanne lachend. »Es war uns aber gar nicht angenehm!«

»So een Aas!«, sagte Schönholz verdrossen. »Hat se uns doch rinjelegt! Und nu in de Prallsonne zurück, und keen Rasmus in de Nähe …«

Er starrte sie immer röter und wütender werdend an.

»Det sare ick Ihnen aber, treff ick Sie noch, ick stell Sie vor alle Leute bloß! Und wenn’s mitten im Lokal is! So wat

– nich mal verheiratet, und anständige Leute sind Ihnen nich jut jenug!«

Sie lachen ihm hell ins Gesicht.

»Weiter, Herr Schönholz«, rief Hanne. »Jetzt tut es uns nichts mehr, jetzt macht es uns nur Spaß!«

Aber sein Zorn hatte sich schon auf ein dankbareres Objekt konzentriert. »Ick habe dir jleich jesacht an de Haltestelle«, wandte er sich an seine Frau, »die sind nischt. Aba du willst imma bloß det Feine! Weeßte noch, wie wa damals mit'em Kanzleirat rinjefallen sind, der sogar 'n Schutzmann jejen mir holen wollte? Aba du wirst im Leben nicht klug! Schmeiß doch bloß die dusslijen Blumen weg! Hier haste deinen Rejenschirm und det Stullenpaket, und mein Jackett trägste ooch! Und Ihr da«, schrie er, den Kopf erhebend. »Na, wo sind se denn? Wegjejangen! Na, und wir stehen da wie Nulpe! Det iss'en Sonntag, ick spinne, mit solche unsittliche Menschen soll man sich jar nich abjeben. Die haben keenen Anstand und keene Scham ...«

Am kleinen verlorenen Waldsee war Stille und Frieden.

Sie lehnte sitzend an einem Kieferstamm, er lag auf dem Rücken, den Kopf in ihrem Schoß, und sah in den Himmel. Langsam segelte über ihnen eine große weiße Wolke dahin, wattig und leicht, der Sonne entgegen, vor der sie zergehen würde.

»So gut ...«, sagte er.

»Ja, hier ist Friede.«

»Da, wo du bist.«

Sie lachte. »Nicht im Autobus, nicht bei Schönholzens!«

»Red nicht davon, Friede. Sommer. Glück.«

Sie beugte sich über ihn. »Bist du glücklich?«

»Glücklich!«

»Ganz und gar?«

»Ganz und gar.«

»Ohne eine Sorge?«

»Sorgenlos!«

»Und hast keinen Kummer mehr?«

»Keinen Kummer mehr!«

»Sieh mich an, Hannes, sieh mir in die Augen! – Keinen einzigen Kummer mehr?«

»Nur glücklich …«

»Hannes … auch von früher nichts?«

»Was früher war, ist vorbei und vergessen.«

»Ist es wirklich vergessen?«

»Wirklich!«

»Und kommt nicht wieder?«

»Nicht wieder! – Oh, frag nicht mehr! Ich weiß, du möchtest wissen. Aber ich bin so glücklich. Nur du und ich und dann die weiße Wolke – ach, sie ist schon fort. Eben, als ich dich ansah, ist sie zergangen!«

Ein Wiedersehen

Sie hatten einen weiten Fußmarsch gemacht, der sie ein Dutzend Kilometer von allen Schönholzens entfernte. Dann hatten sie in einer kleinen Wirtschaft gegessen – aber immer, wenn irgendein behäbiger Berliner hereingekommen war und ein bisschen laut geredet, »angegeben« hatte, wie es nun einmal die Art der Berliner ist, waren sie erschreckt zusammengefahren.

»O Gott …«

»Nein, er ist es nicht.«

»Ich dachte schon …«

»Denke bloß, wenn er uns ›bloßstellen‹ würde!«

»Vor allen Leuten!«

»Ins Lokal!«

Und sie lachten, übermütig, befreit. Der Tag war doppelt so schön, seit Schönholzens ausgestanden waren. Doppelt schön waren jetzt Ruhe, Frieden, Beieinandersein.

Dann waren sie weitergegangen.

Allmählich waren sie aus den weniger besuchten Teilen des Forsts in belebtere Gebiete gekommen: auf den breiten Asphaltstraßen rollten in ununterbrochener Kette die Personenwagen, aus Gartenlokalen schmetterte Blasmusik, unter den Bäumen wuchs am häufigsten Stullenpapier. Überall gingen, saßen, schwatzten Leute. Frauen musterten sie mit prüfenden Blicken, ein leicht angeheiterter Kegelklub wollte sie durchaus mitnehmen: »Mächen, wa brauchen doch 'ne Könijin! Det siehste doch in! Det is doch klar, Mächen!«

»Hier ist es aber gar nicht nett«, klagte sie.

»Warte, wir sind gleich am Wasser.«

Und nun standen sie am Wasser, das belebt war von Booten. Kleine Dampfer zogen schnaufend ihre Bahn. In der Ferne, wo der Flusslauf sich weitete, glänzten weiße Segel.

Unwillkürlich suchte sein Blick das Lokal, in dem er früher manchmal gewesen. Da lag es, mit breiten Terrassen stieg es hinab zum Fluss, bunt leuchteten die bunten Pilze der Sonnenschirme herüber. Der Parkplatz stand voller Autos.

»Wohin siehst du?«, fragte sie – er schwieg so still.

»Ach, nichts! – Dorthin, da bin ich früher manchmal gewesen.«

Einen Augenblick schwiegen sie. Verloren wehten Töne der Streichmusik herüber.

Dann fragte sie vorsichtig: »Das ist ein sehr feines Lokal, nicht wahr, Hannes? Nur etwas für reiche Leute?«

»Oh!«, antwortete er und versuchte zu lachen. »Eine Tasse Kaffee oder ein Stück Torte könnten wir dort auch erschwingen. – Aber wir wollen das gar nicht, nicht wahr? Ich denke, wir nehmen uns ein Boot und rudern ein bisschen!«

»Das ist schön, Hannes«, sagte sie.

Also stiegen sie in ein Boot, aber erst, als sie ein Stück vom Land entfernt waren und er fragte, nach welcher Seite sie wolle, sagte sie rasch: »Wenn es dir nichts ausmacht, Hannes, rudern wir einmal an dem Lokal vorüber. Es sieht so bunt und festlich aus, ich hätte es gern einmal von nahem gesehen.«

»Gerne«, sagte er, obwohl es ihm nicht ganz recht war.

Er sah das Lokal nicht, da er ruderte, saß er mit dem Rücken zum Ziel. Sie aber sah ihm entgegen, sie hielt mit dem Steuer direkt darauf zu. Sie wollte nahe an der letzten Terrasse vorüber, so steuerte sie das Boot dicht am Ufer entlang, an dem Schilfstreifen hin, der sich alle Augenblicke öffnete, für einen Bootssteg, einen Badeplatz.

Er ruderte, er sah dabei in ihr belebtes Gesicht. Er wollte, er hätte nichts gesagt.

»Hätte ich doch nichts gesagt!«, wiederholte er es unwillkürlich laut.

»Aber warum denn?«, fragte sie verwundert. »Soll ich denn nie und nichts von dem wissen, was du früher warst? Es ist doch nur ein Lokal! Wie bunt und hübsch das aussieht! Wie viele Menschen! Und sie sitzen so schön bequem, es sind richtige Sessel, nicht solche eisernen Gartenstühle wie in unserer Wirtschaft vorhin! Warum siehst du nicht hoch, Hannes? Sieh doch einmal hin! Es tut dir doch nichts! Du hast doch nicht Angst? Du musst doch nicht Angst haben vor dem, das war!«

»Aber ich habe keine Angst, Hanne«, sagte er lächelnd und sah hoch.

Zuerst sah er nur das Durcheinander von vielen Gesichtern, Münder, die sprachen, Augen, die lächelten, Lippen, die einen Strohhalm zwischen sich hielten, eine Hand, die in die Frisur griff, den Arm eines Kellners, der über eine Schulter fort Tassen auf einen Tisch verteilte …

Dann war es, als werde sein Blick von einem Punkt angezogen … Die Hände ruhend auf den beiden Ruderenden, saß er da und starrte.

»Was hast du?«, fragte sie.

Er hörte sie nicht.

Er sah einen Tisch, ganz nahe. Und an diesem Tisch saß sein Bruder, gelblich und gedunsen, saß da und sah mit kalten, fremden Augen ihm gerade ins Gesicht!

Aber das war es nicht – sondern seitlich zum Bruder saß so, dass er ihr Profil sah, die Mutter und sagte etwas zum Bruder. Er sah das Gesicht der Mutter, so alt geworden! Und das Haar unter dem Hut, so weiß geworden! Und die Hände, so dünn, und das Kleid schwarz …

»Warum trägt sie denn ein schwarzes Kleid? Hat sie denn Trauer?«, fragte er halblaut vor sich hin.

»Hannes«, rief Hanne. »Was ist dir? Wen siehst du?«

Und sie beugte sich weit zu ihm hinüber.

Er hörte sie gar nicht.

Denn plötzlich hatte er begriffen, warum die Mutter so weiß und alt geworden war, warum sie Schwarz trug! Und alles war wieder da – nichts war vergessen und überwunden, es war alles wie eh und je! Noch immer war er nichts – heimatlos trieb er in einem Kahn an den Verwurzelten vorüber!

Der Blick des Bruders traf ihn kalt und fremd, als kenne ihn der Bruder nicht – und wurde von ihm fortgenommen. Der Bruder wandte sich wieder der sprechenden Mutter zu.

Aufseufzend ließ Johannes Wiebe den Kopf sinken, seine Hände ließen die Ruder los, er verbarg das Gesicht in ihnen.

Der Kahn schwankte stark. Hanne Lark war neben ihm, fasste ihn bei der Schulter.

»Hannes, was ist?«, fragte sie drängend, angstvoll.

»Fort! Nur fort!«, bat er. »Dort sitzt meine Mutter …«

Unwillkürlich sah sie zurück. Sie sah das Gesicht einer weißhaarigen Dame mit einem seltsamen Ausdruck von Zweifel und Angst auf sich gerichtet. Dann ging der Blick von ihr fort, richtete sich auf die zusammengekauerte Gestalt im Boot.

Die Dame stand auf, ging mit einem ungestümen Schritt zwischen den Tischen hindurch – wie blind – ans Wasser. Sie lehnte sich an das Geländer der Terrasse, sie rief: »Johannes! Hannes!«

Hanne Lark fühlte, wie er bei ihrem Ruf zusammenzuckte. Aber er flüsterte noch einmal: »Fort, bitte fort!«

Sie trieb im Stehen mit einem Ruder das Boot mit starken Schlägen fort. Die Strömung half ihr. Noch einmal klang von ferne der Ruf: »Hannes!«, dann kam eine Schilfecke, sie sah das Lokal nicht mehr.

»Setze dich jetzt ans Steuer, Hannes« sagte sie mit fester Stimme. »Wir sind fort. Ich rudere uns an eine Stelle, wo wir anlegen können.«

Er tat wortlos, was sie sagte.

Sie ruderte rasch, mit festen, kurzen Schlägen.

Er sah manchmal hinter sich, als habe er Angst, verfolgt zu werden.

Einmal sagte er verloren: »Du musst mir helfen, Hanne!«

»Natürlich!«

»Ich werde dir alles erzählen.«

»Rede jetzt nicht – dort drüben legen wir an. Die werden ihr Boot schon wiederfinden.«

»Was wäre ich ohne dich?«

Vernunft

»Also, Mutter, ich verstehe dich wirklich nicht! Du bildest dir einfach etwas ein. Du hast Gespenster gesehen.«

»Ja, Gespenster … Und doch war er es! Ich habe sein Gesicht nicht sehen können, aber genau so saß er, wenn er verzweifelt war. Genau so! Natürlich war es Hannes!«

»Ich habe sein Gesicht gesehen, Mutter, und ich kann dir versichern, er war es nicht! Ein ganz gewöhnlicher Arbeiter, irgend so ein Monteur, mit seinem Sonntagsliebchen. Übrigens ein ganz hübscher Bursche – aber nicht eine Spur von Ähnlichkeit mit Johannes.«

»Aber warum saß er denn so da? – Ich will ja nicht sagen, dass du mich täuschst, Thomas, aber ich fühle doch, drinnen fühle ich es: es war Johannes!«

»Mutter, lass doch einmal die Vernunft in dir sprechen! Überlege du doch einmal ganz ruhig, wie oft du Vorahnungen gehabt hast, dass du Johannes sehen würdest! Denke doch an die schreckliche Woche damals in Hamburg – bei jedem Dampfer hast du gedacht, er käme, und er ist nie gekommen!«

»Aber warum saß er so seltsam da, Thomas? Sicher hat er mich erkannt!«

»Aber Mutter. Ich kann dir auch erklären, warum er so dasaß. Zufällig habe ich, als du zu mir sprachst, grade dies

Boot im Auge gehabt. Es war ja ein auffallend hübsches Mädchen ...«

»Ja, sie sah gut aus. Ich sah sie einen Augenblick an, als sie neben Hannes stand.«

»Es war nicht Johannes! Der junge Arbeiter hatte beim Starren auf unsere Terrasse ganz das Rudern vergessen, und als er sich zu seinem Mädchen vorbeugte, ihr etwas zu sagen, stieß er sich am Ruder ... Er hat sich wohl sehr heftig gestoßen, vermutlich am Auge, denn er fuhr gleich mit den Händen zum Gesicht.«

»Es klingt alles so vernünftig, was du sagst, Thomas. Und doch habe ich ein Gefühl ...«

»Mutter, du, die besonnene, verständige, kühle Geschäftsfrau! Jede Überlegung muss dir sagen, er war es nicht! Er kann es gar nicht gewesen sein, er wäre doch nie so an uns vorübergefahren.«

»Vielleicht doch, Thomas, ich fürchte, ich bin ein wenig zu viel die besonnene und kühle Geschäftsfrau gewesen. Er hat die Mutter zu wenig zu fühlen bekommen – sonst könnte er nicht immer noch fern von mir sein.«

»Du bist immer gut zu ihm gewesen. Du hast ihm viel mehr Wärme entgegengebracht als mir!«

»Beklagst du dich, Thomas? Du hast nie etwas anders von mir verlangt, als was ich dir zu geben hatte: Sympathie und Anerkennung deiner Tüchtigkeit.«

»Ich beklage mich doch nicht, Mutter. Wir sind zwei ausgezeichnete Freunde, die Vaters Werk fortführen. Ich sagte nur, dass *er* sich nicht zu beklagen hat!«

»Ich weiß nicht ...«

»Er war immer schwach und weich. Verzärtelung hätte ihn nur noch weicher gemacht.«

»Liebe ist nicht Verzärtelung, Thomas! – Ach, wenn ich

denke, dass ihm dieses schöne Mädchen vielleicht jene Liebe gibt, die ich ihn nie habe merken lassen.«

»Aber er war es nicht, Mutter!«, sagte er fast ungeduldig über ihre ungewohnte Hartnäckigkeit.

»Gut, er war es nicht. Aber in meiner Nähe ist er gewesen, das habe ich deutlich gespürt.«

»Mutter!«

Aber er besann sich. Die Selbstbeherrschung, die er sich im Umgang mit der Mutter stets zur Pflicht gemacht hatte, half ihm noch einmal.

»Gut, Mutter. Ich sehe, wir müssen etwas tun, dich gründlicher zu beruhigen. Ich bin der Ansicht, er ist noch immer drüben, in den Staaten. Du meinst, er ist hier, in deiner Nähe …«

»Ich habe es doch gefühlt, Thomas! Sei nicht so kalt zu mir.«

»Ich bin nicht kalt, ich lasse nur die Vernunft sprechen.«

»Ja, die Vernunft! Wir haben die Vernunft so lange sprechen lassen, bis er uns aus dem Hause gelaufen war.«

»Mutter, jetzt bist du aber ungerecht. Du warst damals selbst der Ansicht, dass ihm ein paar Lehr- und Wanderjahre ganz guttun würden. – Aber davon reden wir jetzt nicht. Du denkst, er ist hier irgendwo, also in Berlin oder in seiner näheren Umgebung. Ich werde morgen alles sofort in Gang setzen, dass überall nach ihm recherchiert wird, auf allen Meldeämtern, in den einzelnen Gemeinden. Du sollst bald Gewissheit haben!«

»Ich danke dir, Thomas. Ja, du hast recht, man soll nicht den Kopf verlieren. Und du wirst alles beschleunigen?«

»Natürlich, Mutter, so schnell wie möglich.«

»Und wenn ich dann erfahren werde, dass er nicht hier ist?«

»Ja, Mutter …«

»Und mein Gefühl sagt doch, er war mir eben nah …«

»So wird dich dein Verstand davon überzeugen, dass das Gefühl dich getäuscht hat, Mutter!«

Eine lange Pause entstand.

Thomas Wiebe lehnte sich zurück, glücklich, endlich diese Beruhigung gefunden zu haben.

Plötzlich sagte die Stimme seiner Mutter neben ihm: »Manchmal frage ich mich, ob du überhaupt ein Herz hast, Thomas.«

Angst

Ein Uferweg an der Havel. Zwischen dem Schilfstreifen und dem nahe herantretenden Wald gehen die beiden, dicht nebeneinander. Sie halten sich an den Händen.

Er fährt in seinem Bericht fort: »… und das verstehst du doch, die beiden waren immer ihrer Sache so sicher und so erfolgreich, und ich wusste nie etwas bestimmt und war ganz von ihnen abhängig – da konnte ich ihnen nicht widerstehen! Sie waren so stark, und von ihrer Stärke wurde ich immer schwächer – das verstehst du doch?«

»Und du hast nie versucht, deinen eignen Weg zu gehen? Man muss ja nicht immer nur in einer Fabrik erfolgreich sein!«

»Doch! Da waren meine Bilder und meine Bücher. Wie ich die geliebt habe! Ich hätte nie gedacht, dass ich lange, lange Zeit ohne sie leben könnte. – Aber auch das war nichts. Sie lächelten nur dazu. Für sie war es wie ein Kinderspielzeug. Für sie galt immer nur, was Geld brachte – auch Mutter dachte nicht anders.«

»Aber so sieht sie nicht aus, Hannes!«

»Nein, jetzt nicht. Sie hat sich sehr verändert. Vielleicht habe ich sie auch immer falsch beurteilt: sie war immer so kühl und hatte nie Zeit. Hundertmal hat sie mir gesagt: Werde erst einmal etwas Tüchtiges, wie dein Bruder! Aber so wie mein Bruder konnte ich nicht werden, und was ich werden wollte, darüber lächelten sie.«

»Und was wolltest du werden, Hannes?«

»Ich weiß doch nicht, Hanne! Ich dachte und fühlte in allem so anders wie sie. Wenn ich daran zurückdenke – grade an jenem letzten Tag. Sieh mal, für meinen Bruder sind Arbeiter so etwas wie Maschinen. Er lässt sie laufen oder stille stehen, ganz wie es ihm vorteilhaft erscheint. Er denkt nie daran, dass sie auch Menschen sind.«

»Heute wird er sich geändert haben.«

»Er ändert sich nie. An jenem letzten Tage hatte er grade all seine Arbeiter entlassen, weil der Betrieb ihm nicht mehr genug Verdienst brachte. Ich traf ein paar auf der Straße, sie sahen so elend aus und waren so unglücklich, weil sie stempeln gehen sollten. Das empörte mich. Ich setzte mich für sie ein. Aber ich war schwach, und sie waren stark. Sie bewiesen mir, dass ich nichts wäre und nichts verstünde. Und da …«

Unwillkürlich sind die beiden stehengeblieben, an einer kleinen sandigen Havelbucht. Beide sehen hinaus auf die in der schräg stehenden Sonne glitzernde Havelfläche, die noch von vielen fröhlichen Booten belebt ist.

Aber in ihrer Nähe ist es ganz still. Nur leise rauscht das Schilf, mit einem sanften Plätschern laufen ein paar von Dampferschrauben aufgerührte Havelwellen auf den Sand.

»Und da?«, fragte Hanne Lark. »Fügtest du dich auch da?«

»Das war an jenem Tage, Hanne, da ich hinüberging, du weißt, in die Staaten. Aber denke nicht, dass ich der Arbeiter wegen fortging. Was hätte ihnen das auch genützt? Ich bin aus Angst vor meinen Verwandten fortgegangen. Aus Angst, dass ich eines Tages doch so werden könnte wie sie. Aus Angst, dass ich nie zu meinem eigenen Ich kommen könnte. Ich habe Angst vor dem Bleiben gehabt, und ich hatte auch Angst vor dem Fortgehen gehabt.«

»Aber du bist gegangen, Hannes!«

»Aus Angst. Mit Angst. O Hanne, was bin ich für ein jämmerlicher Mensch!«

»Du bist es nicht, vielleicht warst du es. Denke bei allem, was du mir erzählst: es war einmal. Es war einmal …«

Eine bewaldete Anhöhe an der Havel. Zwischen den Bäumen sitzen die beiden, eng nebeneinander, sehen auf die nun schon grau werdende Wasserfläche hinaus. Die Sonne ist schon unter dem Horizont.

»Das sah ich ja schnell, dass das nur ein Traum war: Drüben kann man schon gar nicht ein eigener Mensch werden. Dort denken sie alle gleich und sprechen alle gleich und fühlen gleich – und wer nicht genauso ist wie sie, den stoßen sie aus, den hassen sie richtig …«

»Und unter ihnen hast du gelebt!«

»Eine lange Zeit. O Hanne, manchmal jetzt noch wache ich auf und habe geträumt, dass ich wieder am fließenden Band stünde und setzte acht Muttern auf und schaffte es nicht. Wieder packt mich die Angst von damals, dass ich nur eine Maschine werden könnte – zum Mutternaufsetzen!«

»Und diese Angst hat dich wieder zurückgetrieben?«

»Diese Angst, ja. Nur diese Angst … Denn sie wollten mich anders ängstigen. Einer zeigte mir, wie sich die Arbeitslosen vor den Toren der Fabrik um meinen Arbeitsplatz prügelten, sie dachten, das würde mich besser arbeiten machen …«

»Aber du?«

»Ja, da begriff ich, dass ich eines Tages vielleicht so verängstigt sein würde, dass ich sogar um diesen jämmerlichen, menschentötenden Arbeitsplatz zittern würde. Das wäre das Ende für mich gewesen – und so nahm ich Mutters Scheck und fuhr heim …«

»Aus Angst …«

»Mit Angst!«

»Es war einmal, Hannes! Es war einmal …«

Es ist nun schon fast ganz dunkel geworden. Auf dem Wege zum Bahnhof eilen viele schattenhafte Gestalten dahin, laut und leise, unter ihnen auch Hanne Lark und Johannes Wiebe.

Sie gehen, ineinander eingehängt, ohne Hast dahin. Er spricht sehr leise.

»Aber als ich meinen Bruder so reden hörte, da warf ich ihm den Schlüssel hin und mit dem Schlüssel alles, auf das ich noch gehofft hatte in meiner Zerbrochenheit: Mutter und Heimat, Auskommen und Friede. Es ging nicht! So ging es nicht, so zu leben war sogar mir unmöglich.«

»Unmöglich …«

»Ich weiß heute, es ist wiederum die Angst gewesen, die Angst davor, bei der Mutter gegen den Bruder kämpfen zu müssen, der wirklich schlecht ist, Hanne, du kannst es mir glauben.«

»Ich habe sein Gesicht gesehen, Hannes, wie er mich angesehen hat – pfui!«

»Und es ist auch die Angst gewesen, dass ich doch, nach allem, was ich nun gehört hatte, wieder nachgeben könnte –

unterkriechen in Schimpf und Schmach, bloß um des guten Lebens willen. Und so bin ich wieder fortgelaufen von ihnen – ein zweites, das endgültige Mal.«

»Aus Angst …«

»Mit Angst!«

»Es war einmal, Hannes! Es war einmal …«

In dem Vorortzug sitzen die beiden. Draußen das Land, durch das der Zug eilt, ist völlig dunkel. Nur manchmal leuchten die Lichter der Signallampen auf.

Die Leute in dem Abteil sitzen schläfrig oder schlafend da, nur die beiden sind hellwach. Sie sitzen nahe beieinander. Er hat den Kopf auf ihre Schulter gelegt und flüstert leise.

»Und so oft ich zu dir reden wollte, ich konnte es nicht. Und wiederum war es die Angst. Ich fürchtete, du könntest verlangen, dass ich mich mit Mutter und Bruder wieder aussöhnte, und da konnte ich dir doch nicht zu Willen sein! Und ich fürchtete, du würdest denken, dass du es wärest, die zwischen mir und der Mutter stünde, und würdest es wie eine Schuld tragen – und meine Schwäche allein hat doch die Schuld.«

»Deine Schwäche allein …«

Durch die schon nachtleeren Straßen Berlins gehen die beiden ihrer Wohnung zu. Passanten eilen an ihnen vorüber, Autos gleiten vorbei, hell erleuchtet sind die Scheiben der Lokale.

Sie sehen nicht. Sie hören nichts. Sie sind allein miteinander in diesem Meer der Großstadt. Sie kennen nur einander.

»Und wie ich da Mutters Gesicht sah, so alt geworden, so verfallen, da packte mich die Angst, dass ich aus Mitleid mit ihr zurückgehen könnte, dich verlassen, weil sie doch die Schwächere von euch beiden ist … Wie ich sie rufen hörte, mit der alten Stimme, und es war doch die alte Stimme nicht mehr, so brüchig geworden, so voll Schmerz … da riss es mich an allen Gliedern, als möchte ich hoch und zu ihr … von dir fort! Denn, du verstehst doch, dass ich dann nicht wieder zu dir zurückgekonnt hätte, es gab nur eine Wahl.«

»Ja –?«

»Und da wurde mir so angst, denn du bist doch mein alles. Und ich empfand es so schmählich, dass die Mutter rief, nach langer Zeit wieder rief, und ich blieb sitzen, denn ich konnte dich doch nicht verlieren.«

»Aus Angst bliebst du bei mir …«

»Mit Angst!«

»Auch das war einmal, Hannes. Es war einmal …«

Liebe

In dem Zimmer der beiden brennt kein Licht, nur eine milde Helligkeit dringt durch die beiden Fenster, deren Vorhänge nicht zugezogen sind. Aus der sanften Dunkelheit dringt Hannes Stimme: »Eines Tages wirst du verstehen, Hannes, dass du wohl viel Angst gehabt hast. Aber es war nicht die Angst des Feigen, es war die Angst eines Menschen, der sich nicht verlieren wollte. Du hast alles, auch das Schwerste, immer auf dich genommen, um zu dir selbst zu kommen. Und du wirst zu dir selbst kommen!«

»Ich bin zu dir gekommen, Hanne!«

»Aber ich bin du, Hannes, ich bin das Herz, das dir gehört. Hast du nicht einmal so gesagt? Und wenn du es überlegst, so ist es doch fast so, als wärest du ganz ähnliche Wege gegangen wie wir alle, wie dein Volk, das in tausend Ängsten und vieler Schmach immer wieder nur zu sich selbst wollte, sich nicht aufgeben konnte …«

Einen Augenblick ist es still.

Dann sagt Hanne: »Und an diesem Tag wirst du begreifen, dass es sinnlos ist, vor überhaupt etwas im Leben Angst zu haben. Angst haben, das ist sterben. Du aber lebst, und alle draußen leben, und die Zeiten der Angst sind vorbei. Man kann nur einmal sterben – aber man kann eine Ewigkeit in der Schmach leben. In der Schmach ist der Tag eine Ewigkeit. Du bist ja frei, Hannes! Wovor fürchtest du dich denn? Ich bin bei dir – ich bin so bei dir, in dir wie dein eignes Herz. Du kannst dein Herz nicht verlieren. Du kannst mich nicht verlieren …«

»Und Mutter?«

»Warte, Hannes, warte doch! Heute hast du noch dein Gesicht vor ihr versteckt, vielleicht morgen schon bist du stark genug, ihr ins Gesicht zu sehen und ihr zu sagen: ich liebe dich noch.«

»Nie! Sie würde …«

»Also warte! – Sieh doch um dich! Denke daran, wie es aussah in diesem Land, als du fortgingst. Damals hättest du nie geglaubt, es würde wieder besser. Und wie ist es geworden? Und wie wenig Zeit ist seitdem vergangen! So wird es auch bei dir sein! Du bist ja gar nicht schwach – das haben sie dir eingeredet, bis du es geglaubt hast. Wer so auf sich besteht, der ist nicht schwach!«

»Doch, Hanne, stark bin ich nur durch dich!«

»So sei durch mich stark, du Tor! Ich bin ja du! Die Freude, die du mir gibst, gebe ich dir wieder. Die Liebe, die du mir schenkst, schenke ich dir zurück. Was ist von dir? Was ist von mir? – Sag doch!«

»Es klingt wie Friede, Hanne. Es klingt, als seien wir am Ziel!«

»Du bist am Ziel, Hannes, glaub mir doch!« »Und alles andere, das Böse, die ganze schwere Vergangenheit?«

»Ist nun bei mir. Sie war einmal, Hannes, es ist nur noch eine alte Geschichte, die mit den Worten anfängt: es war einmal …«

Dritter Teil
Zwei Menschen bleiben beieinander

Tante und Neffe

Es war ungewöhnlich spät geworden an diesem Abend, als Frau Mahling die Halle verließ. Ihr kleines Hilfsmädchen, das sie an Hanne Larks Stelle angenommen hatte, war ihr plötzlich, überdrüssig der ewigen Stichel- und Scheltreden, mitten aus der Arbeit fortgelaufen, und so hatte sie allein den ganzen Stand aufräumen und zusammenpacken müssen.

Und morgen früh würde es dasselbe sein, und am Abend wieder nicht anders, und alle Tage so fort! Und bekam man wirklich wieder eine Hilfe, so sollte man ihr nicht sagen dürfen, wenn sie etwas falsch machte oder wenn sie faul, affig, eitel war, wenn sie ewig in den Spiegel guckte oder nur nach den jungen Männern statt auf die Kundschaft – man sollte alles von diesen jungen Dingern hinnehmen!

Wenn es sich noch gelohnt hätte! Aber das Geschäft ging immer schlechter. Da saß man den ganzen Tag, seit zweiundzwanzig Jahren hatte man so in der Halle gesessen und hatte gemeint, sich eine feste Kundschaft erworben zu haben – und nun liefen sie alle zum Stand gegenüber, zu diesem undankbaren, sittenlosen Ding, das in wilder Ehe mit einem Hochstapler lebte! Ja, nur ein hübsches Lärvchen, ein Puppenlächeln – und die Leute vergessen sofort Anstand und Moral, alte Kundschaft und solide Geschäftsmethoden!

Frau Mahling ist müde und abgeschlagen, aber deswegen ist ihre Erbitterung nicht schwächer geworden. Es ist schon eine Qual für eine kleine, enge Seele, Tag für Tag zu sehen, wie die Jugend dort drüben ihre Triumphe feiert, ihr Verkauf auf Verkauf nachzuzählen und sich immer wieder zu sagen: ›Wenn es nach Recht und Gerechtigkeit ginge, müsstest du so viel verkaufen! Was ist sie denn? Ein sittenloses, undankbares Ding – aber ich …‹

Ja, Frau Mahling ist jetzt fest davon überzeugt, dass Hanne aus reiner Undankbarkeit, um ihr einen Tort zu tun, von ihr fortgelaufen ist. Was hat sie, Tante Gustchen, nicht alles für die Hanne getan! Sie hat sie von ihrem Dorf geholt, sie hat ihr die Branchekenntnisse beigebracht, sie hat sie genährt und gekleidet und bezahlt, als sie noch nichts war und konnte. Und nun tut dieser Ausbund von Undankbarkeit alles, die Tante zu schädigen. Drüben wird verkauft, aber die Tante sitzt bald für nichts da!

Die Tante vergisst dabei, dass sie nicht nur darum weniger verkauft, weil jetzt ein besonders hübsches Mädchen ihr gegenübersitzt, sondern auch deswegen, weil ihr viele Waren fehlen. Seht, die Tante hatte ja mit Herrn Oppermann gebrochen, zur Rache dafür, weil er den jungen Hochstapler der Polizei entrissen und sogar in seinem eignen Kontor angestellt hatte! Das war nur richtig von der Tante gewesen, kein Mensch konnte ihr zumuten, sich von einem anrüchigen Menschen bedienen zu lassen, der noch dazu mit ihrer Nichte in wilder Ehe lebte!

Aber Frau Mahling war ja keine ganz einfache Kundin, und die Grossisten, die sie nun beehrte, waren nicht ganz so geduldig mit ihr wie Herr Oppermann. Zudem, wenn eine Ware einmal knapp war, gaben sie sie zuerst ihrer Stammkundschaft und nicht der neu zugelaufenen Frau Mahling, die doch gleich wieder weiterlief. So war es gekommen, dass Frau Mahling oft Waren nicht hatte, die am Stande gegenüber die Kundschaft anlockten.

Und diese Kundschaft hatte sich geändert, sie änderte sich jeden Tag mehr. Dieselben Hausfrauen, die durch viele Notjahre hindurch sich geduldig und demütig hatten anschnauzen lassen, fanden heute, sie hatten es nicht nötig, sich von jemandem dumm kommen zu lassen, dem sie Ware für ihr gutes Geld abkauften. Frau Mahling aber, die nie besonders freundlich gewesen war, zeigte sich in dieser Zeit besonders unfreundlich – da gingen die Hausfrauen …

Aber all dies wollte Tante Gustchen gar nicht wissen. All das, was hier zusammenkam, das sah sie nicht. An all ihrem Ärger, an all ihren schlechten Geschäften, an jeder Überarbeit war Hanne Lark schuld. In der vielen freien Zeit, die Tante Gustchen beobachtend am eigenen oder schmähend an Nachbarständen zubringen konnte, dachte und sagte sie oft: »Ich wünsche keinem Menschen was Schlechtes – Gott bewahre mich vor der Sünde! Aber wenn die mal so richtig reinfiele, wär es nur gerecht, und über Gerechtigkeit darf sich der Mensch freuen. Und ich tät's. Ich gönnt's ihr – und freute mich!«

Müde und abgeschlagen und in solcher Gemütsverfassung geht also Frau Mahling aus der Halle. Draußen ist es schon Nacht geworden, die Straßenlaternen brennen. Frau Mahling seufzt, sie denkt daran, dass Oskar nun schon zwei Stunden zu Hause sitzt und auf sein Abendbrot wartet, dass sie ihm berichten muss, die kleine Hilfe ist nun auch fortgelaufen, und sie müssen sehen, wie sie allein zurechtkommen. Oskar ist – bei den mannigfaltigen häuslichen und geschäftlichen Widerwärtigkeiten der letzten Zeit – nicht ganz so geduldig wie sonst. Ein paarmal hat er schon gesagt: »Hättste bloß die Hanne nicht rausgeschmissen, Guste!«

Als wenn sie sie rausgeschmissen hätte! Als wenn die mit ihrem Flaps nicht ganz von allein fortgelaufen wäre! Als wenn

Tante Gustchen sich das gefallen lassen könnte, dass »ihr« junges Mädchen einen jungen Mann in ihre Kammer ließe!

»'n Abend, Tante Juste«, sagt eine raue Stimme aus einem Torweg.

Eine untersetzte Gestalt taucht aus der Dunkelheit auf und verstellt der Tante den Weg.

»Ach herrje!«, fährt Frau Mahling aus ihren zornigen Überlegungen auf. Sie ist sehr erschrocken. Wie alle Übergerechten hat sie eine übergroße Angst vor Dieben und Mördern. Sie drückt ihre lederne Geldtasche fest an sich und lässt sie auch nicht loser, als sie den erkennt, der sie so erschreckt hat.

»So, bist du das, Emil?«, fragt sie mit viel Schärfe. »Mach man gleich, dass du weiterkommst! Mit dir hab ich nichts mehr zu schaffen!«

»Aber warum denn nicht, Tantchen?«, fragt Emil Schaken höchst erstaunt. »Wat haste denn jejen mir? Dir hat wohl die Kleene 'n Floh ins Ohr jesetzt?«

»Mit einem, der mir meine Wechselkasse stiehlt«, erklärt Frau Mahling entrüstet, »hab ich nichts mehr zu tun. Und ich bin auch gar nicht deine Tante, und du bist nicht richtig verwandt mit mir!«

»Siehste!«, sagt Emil und pfeift langgezogen durch die Zähne. »Det hab ick mir doch beinah jedacht! Biste den beiden also ooch uffen Leim jekrochen, Tante Juste!«

»Ich red überhaupt nicht mit dir!«, sagt die Tante abwehrend, hörte aber doch eifrig zu.

»Det war doch 'ne Schiebung von denen«, erklärt Emil Schaken. »Soll ick dir saren, wie't wirklich war? Ick bin doch denen nachjestiegen, weil ick weiß, du machst det nich haben, auf die Bude und Sittlichkeit und so. Und da ha' ick ihnen ooch richtig jeschnappt, du vastehst mir, Tantchen, du vastehst mir! Na, die aber ooch nich dumm, jleich zur Polente, ick habe ihr jeschlagen, und dabei hat er mir ausgeknockt! Und wie ick so richtig wach werde, ist der Polizist doch wirklich über mir und dein schönet Wechseljeld klimpert in meine Taschen. Det muss mir doch warraftig eens von den beiden rinjestochen haben – ick sare ja nicht, et war die Hanne!«

Etwas atemlos schließt Emil Schaken die Erklärungen über sein Missgeschick ab; er hat lange Zeit gebraucht, sie sich zurechtzulegen, nun scheinen sie ihm aber auch völlig befriedigend.

Freilich ist Tante Mahling, trotz ihrer Erbitterung, nicht ganz so verblendet, wie er sich das denkt. »Ach, geh doch!«, sagt sie wegwerfend. »Das ist ja alles gelogen, was du mir da erzählst!«

»Auf Ehre und Jewissen, Tante Gustchen!«, versichert Emil Schaken, aber mehr geschäftsmäßig. »Det is so wahr wie't Evangelium!«

»Du sollst dich nicht versündigen, Emil!«

»Und ick versteh dir überhaupt nicht, Tante Gustchen. Du hast doch warraftig keene Ursache, von die Hanne jut zu denken! Ick hab 'n paarmal in de Halle rinjekuckt diese Tage. Du jammerst mir, Tante. Aber det is et: du bist zu edel. Sie nimmt dir de janze Kundschaft weg, und du redest noch jut über ihr …«

»Das Wechselgeld hat nicht Hanne gestohlen!«, sagt Frau Mahling schwächer.

»Jenau meine Worte: du bist zu edel! Und dabei – wenn man det so beobachten tut, wie die verkooft, und denn schielt se zu dir rüber, wie de dastehst in deinem Jammer, und denn gniggert se sich heimlich eenen über dir – leid kannste einem tun, Tantchen!«

»Ich bin nicht neidisch«, sagt die Tante wärmer. »Ich gönne jedem das Seine. Aber der Krug geht so lange zu Wasser, bis er bricht.«

»Wat ick sare: der Krug jeht so lange ... Ick finde, an deine Stelle, bald is es nu lange jenug.«

»Ich gönne keinem etwas Schlechtes«, wiederholt Frau Mahling ihre so oft gesagten Worte. »Der Herr bewahre mich vor der Sünde. Aber wenn der mal was geschähe, wär es nur gerecht!«

»Nu ja«, sagt Emil Schaken gleichgültig. »Det kann ja mal sind. Warum nich? Det kann vorkommen. Nich nur olle Leute stößt wat zu ...«

Frau Mahling schweigt. In ihr streitet es. So schlecht ist sie ja nun doch nicht, dass sie bei diesem verkommenen Menschen etwas gegen ihre Nichte Hanne Lark bestellt. So schlecht ist Frau Mahling nicht, und vor allem ist sie dafür zu feige.

Emil Schaken sagt unterdes: »Ick arbeete jetzt uffen Bau. Steine tragen. Ooch 'n mieset Jeschäfte, det nichts einbringt wie kaputte Knochen. Und uffpassen muss man! Wie leicht fällt so 'n Stein runter, und wenn da grade eener untensteht...«

»Ich will von so etwas nichts hören«, erklärt Frau Mahling energisch.

»Sollste ja ooch jar nich. Und wieso überhaupt? Ick rede doch vom Bau, und die arbeetet doch in de Halle! In de Halle werden doch keene Steine nich jetragen! Oder doch?« Er lacht sein misstöniges Lachen.

»Jetzt bist du aber still, Emil!«

»Bin ick, Tantchen, uffs Wort. – Wat ick saren wollte, wir haben erst uffen Freitag Löhnung, und ick bin 'n bisscken knapp bei Kasse. Ick brooch nämlich durchaus 'n neuen

Lederschurz. Kannste mir nich mit fünfzig Märkern unter die Arme greifen, Tantchen?«

»Du bist ja verrückt, Emil! Fünfzig Mark – nicht eine Mark gebe ich dir!«

»Doch, det tuste, Tante. Überleg dir det mal, Tantchen. Det is doch keen weggeschmissenet Jeld«, er denkt nach, »ick jeb dir det ooch wieda!«

»Fünfzig Mark kommen gar nicht in Frage!«

»Na, denn zwanzig, ick bin ja jar nich so. – Jefällt dir det eijentlich jut, det se noch mit dem Jüngling von Oppermann zusammensteckt?«

»Sie fragt nicht nach dem, was mir gefällt. Die tut, was sie will!«

»Jesus, wat ick denke. Koofste noch bei Oppermann, Tante Juste?«

»Ich denke ja gar nicht daran. Wo dieser junge Kerl mich bedient. Nicht sehen kann ich ihn!«

»Ja«, sagt Emil Schaken nachdenklich. »Det is komisch. Wir müssen doch verwandt sind, Tantchen. Ick kann ihn ooch nich riechen. Sind die beeden denn noch immer so dicke zusammen?«

»Es ist gradezu ekelhaft ...!«, erklärt die Tante mit Entrüstung. »Ich habe auch schon mit ihrem neuen Chef gesprochen, aber der ist so richtig einer vom Kurfürstendamm, der findet nichts dabei.«

»Also liebt er ihr richtig – ick meine, den jungen Fatzken. Det muss dem doch sehr peinlich sein, wenn der wat zustößt ...«

»Red nicht. Was soll ihr zustoßen?«

»Det kann man nich wissen. So wat kommt vom Himmel. Wie 'n Stein.« Wieder dieses misstönende Lachen. »Also, Tantchen, denn man los, her mit dem Zwanzig-Märker!«

»Ich habe dir schon gesagt: ich gebe dir kein Geld. Und jetzt schon gar nicht! Bilde dir bloß nichts ein!«

»Ooch jut, Tantchen«, sagt Emil Schaken gleichmütig. »Wir sprechen uns denn mal später ...«

Und er schickt sich an kehrtzumachen.

»Emil«, rief die Tante, jetzt sehr erregt. »Ich sage dir noch einmal: bilde dir nichts ein! Wenn der Hanne was passieren sollte, mit einem Stein oder so – ich zeige dich selbst der Polizei an!«

»Nee, so wat!«, sagt Emil Schaken sehr erstaunt. »Wer red't denn von 'nem Stein. Ick habe dir doch extra jesagt, Stein kommt in de Halle nich in Frage! So wat kann da jar nich vorkommen! Na also!«

Und damit taucht Emil Schaken in der Dunkelheit unter und lässt seine Nenntante, Frau Auguste Mahling, in wirklichen Ängsten zurück.

Der Unglücksfall

»Nein, Herr Oppermann«, sagt Johannes Wiebe lächelnd. »Sie sind immer furchtbar nett zu mir gewesen, und Sie sind es auch jetzt wieder. Aber das hilft alles nichts. Ich muss weiter. Ich kann wirklich nicht länger bei Ihnen bleiben.«

»Ich werde Ihnen was sagen, Herr Wiebe«, spricht Oppermann überredend. »Ich lege Ihnen fünfzig Mark im Monat zu. – Ich lege Ihnen hundert Mark zu!«, ruft er schnell, als er sieht, dass Johannes Wiebe lächelnd den Kopf schüttelt. »Ich versteh das ja. Es bedrückt 'n jungen Mann, wenn er weniger verdient als seine Braut. Ich darf doch Braut sagen, Herr Wiebe?«

»Das dürfen Sie, Herr Oppermann!«

»Nun also, sollen Sie ebenso viel verdienen wie das Fräulein Hanne! Einverstanden?«

»Gut gemeint, Herr Oppermann. Aber verstehen Sie, es geht mir nicht ums Verdienen. Nicht nur. Aber ich muss mehr leisten, das hier bei Ihnen, das füllt mich nicht aus ...«

»Kann ich auch verstehen«, sagt Herr Oppermann. »Ich bin ganz zufrieden mit meinem Laden, aber für einen jungen Menschen ist es natürlich alle Tage dasselbe. Aber das schaffen wir auch. Ich habe schon lange daran gedacht, wir nehmen noch einen jungen Mann, und dann versuchen wir es und machen den Import nicht mehr über Hamburg, sondern direkt. Sie können Spanisch, Sie können Italienisch ...«

»Aber Portugiesisch kann ich nicht, und das brauchen wir auch dazu. Nein, Herr Oppermann, es ist alles herzlich gut gemeint, aber es geht wirklich nicht. Ich will einfach mehr leisten – meinen Kräften entsprechend. Ihre Arbeit hier können zwanzig andere ebenso gut leisten wie ich.«

»Und Sie wollen eine Arbeit machen, die nur Sie allein können?«, fragt Oppermann. »Das hat Ihnen die Hanne eingeredet. Das ist so richtig das Mädel, die gibt keine Ruhe.«

»Eingeredet nicht, aber Mut hat sie mir gemacht. So ist das, Herr Oppermann!«

»Wenn man so bedenkt«, erinnert sich Oppermann schwermütig, »wie Sie damals zu mir kamen – zum Umblasen! Nicht eine Apfelsinenkiste habe ich Ihnen zugetraut! Und nun so! Sie haben sich mächtig rausgemacht, Herr Wiebe!«

»Ich will es hoffen, Herr Oppermann. Einmal muss man ja seine Flaumfedern verlieren und das Fliegen lernen.«

»Ach, zu den Fliegern wollen Sie?«, wundert sich Oppermann. »Ja, wenn das so ist! So was kann ich Ihnen freilich nicht bieten!«

»Nein, nein, um Gottes willen nicht!«, ruft Johannes Wiebe lachend. »Sie haben mich ganz falsch verstanden. Nein, ich gehe an ein Werk.«

»An ein Werk? Was für ein Werk?«

»An ein Eisenwerk. Davon verstehe ich nämlich ein bisschen.«

»Davon verstehen Sie also auch was! – Na also, muss ich mir zum Ersten eine neue Kraft suchen!«

»Und Sie sind mir nicht böse, Herr Oppermann?«

»Ich? I wo! Keine Spur! Wie komm ich denn dazu? Jeder muss selber sehen, dass er vorankommt, 'n Abend, Herr Wiebe!«

»'n Abend, Herr Oppermann!«

Johannes Wiebe packt also zusammen, um auch Feierabend machen zu können. Die Bücher werden eingeschlossen, die Schreibmaschine gesäubert und zugedeckt. Dann wäscht er sich und zieht sich sein Jackett an. Dabei pfeift er – seit jenem nun auch schon wieder fernen Tage, da er Hanne alles, was sein Herz bedrückte, gestanden hat, ist ihm immer leichter geworden. Es war, als gäbe es nun in ihm nicht mehr all die bösen Erinnerungen aus der Vergangenheit. Er hatte sie auf Hanne übertragen – sie quälten ihn nicht mehr.

Seitdem fühlte er sich immer stärker und sicherer werden. Er fing an, sich im Leben umzusehen, und er entdeckte, dass dieses Leben in der Heimat gut zu leben war. Es gab nichts mehr, was ihn erschreckte oder ängstigte. Es lag auch keine Veranlassung mehr vor, sich ängstlich vor den andern zurückzuziehen. Jetzt empfand er ähnlich wie sie, und der, mit dem man ähnlich empfindet, wird bald zum Kameraden. Alle wollten – nach endlosen schweren Jahren – wieder vorwärtskommen. Nach einer jahrelangen erzwungenen Muße freute sich jeder wieder, eine vernünftige Arbeit zu leisten.

Da brauchte es nicht vieler Worte von Hanne, dass er erkannte, die Arbeit bei Oppermann war nur ein Unterschlupf gewesen, eine Zuflucht. Damit eine Arbeit einen wirklich freute, durfte sie keine läppische Spielerei sein.

Und, nachdem die beiden lange Zeit vergebens hin und her geraten hatten, welchem Beruf sich Hannes nun zuwenden sollte, war er plötzlich von selbst auf das geraten, an das sie schon lange gedacht hatte, das sie aber nicht vorschlagen wollte: auf das Eisen.

Ein bisschen verstand er doch wirklich davon, er war in einem Werk aufgewachsen, er hatte seine Erzeugnisse verkauft. Nun also! Warum nicht?

Die paar Hemmungen, dass er vielleicht dem väterlichen Werk Konkurrenz machen könnte, dass er mit dem Bruder geschäftlich zu tun bekommen könnte, vergingen ihm in der froheren Stimmung rasch. Es gab keine Konkurrenz mehr, alle hatten so viel zu tun, dass es kaum zu schaffen war.

»Und du kannst dein Leben doch nicht ewig darauf einrichten, dass du dich vor deinem Bruder versteckst!«, sagte Hanne. »Wenn es mit rechten Dingen zuginge, müsste er sich vor dir verstecken – und das weiß er wahrscheinlich auch sehr gut.«

Also bewarb sich Johannes Wiebe und bekam auch ohne weiteres die ausgeschriebene Stelle, einen viel wichtigeren Posten, als er sich hätte träumen lassen.

»Ich glaube, sie haben gar nicht mich, sie haben meinen Namen engagiert, Hanne«, sagte er hinterher ein wenig beschämt zu seiner Freundin. »Sie haben mich gefragt, ob ich mit dem Eisenwerk Hermann Wiebe mal zu tun gehabt hätte – und als ich ›ja‹ sagte, war ich engagiert, ohne Frage und ohne Zeugnisse. Vielleicht wissen sie sogar, wer ich bin …«

»Und was schadet das, Hannes?«, fragte Hanne lebhaft. »Fang bloß nicht wieder mit deinen vielen Bedenken an! Du hast so lange Schwierigkeiten und Nachteile durch deinen Namen gehabt, dass du ruhig auch mal einen kleinen Vorteil mitnehmen kannst!«

Aber er hatte nicht im Geringsten die Absicht, wieder mit seinen Bedenken anzufangen! Er war ihrer so überdrüssig – es musste endgültig mit ihnen vorbei sein!

Und nun war auch die Kündigung bei dem herzensguten Herrn Oppermann überstanden! Auch vor der hatte sich Johannes Wiebe ein wenig gescheut, es musste den Mann doch verletzen, dass seine Hilfe, deren er sich in ihrer Schwäche erbarmt hatte, ging, sobald sie sich stark genug fühlte!

»Unsinn, Hannes!«, hatte auch hier wieder Hanne Lark gerufen. »Du hast ihm gute Arbeit für sein Geld gegeben! So lange hat Herr Oppermann noch bei keinem Angestellten in der Kantine sitzen können wie bei dir!«

Und siehe da, Herr Oppermann war wirklich nicht völlig verzweifelt, er hatte nicht mit Aufgabe seines Geschäftes oder mit Selbstmord gedroht, weil er diese unersetzliche Kraft verlor … Herr Oppermann hatte einige Einwendungen gemacht, und dann hatte er friedlich »'n Abend« gesagt und war zu seinem Schoppen gegangen – es war alles halb so wild!

Johannes Wiebe flötet gefühlvoll vor sich hin. Er wirft noch einen Blick durch das kleine Kontor (es ist alles in bester Ordnung), und nun löscht er das Licht, tritt hinaus und schließt ab.

In der Halle, die er nun betritt, herrscht auch schon halbe Dunkelheit: es ist längst Feierabend. Die Kunden und die meisten Händler sind schon fortgegangen, ein paar verspätete Gestalten wirken noch im Dämmern wie Gespenster herum. Hanne wird auch längst zu Haus sein …

Trotzdem will er noch an Hannes oder vielmehr an Pottschmidts Stand vorüber, ein- oder zweimal hat sie sich schon verspätet, und sie haben dann gemeinsam nach Haus gehen können.

Er biegt in den Hauptgang ein, als er plötzlich von der Seite her angerannt wird, mit solcher Vehemenz angerannt wird, dass er fast hinfällt. Die kleine Gestalt des Täters – er kann ihn nicht erkennen – murrt etwas vor sich hin, was aber bestimmt wie keine Entschuldigung, sondern eher wie ein Fluch klingt und verschwindet.

›Nanu!‹, denkt Johannes Wiebe und reibt sich seine Schulter, die ziemlich stark schmerzt. ›Das war ja wohl unser Freund Emil Schaken! Geht der hier auch wieder um? Das muss ich doch der Hanne erzählen!‹

Er denkt sich weiter nicht viel dabei. Emil Schaken ist nun eben ein Zeitgenosse, kein sehr würdiger – aber warum soll schließlich nicht auch er in der Halle zu tun haben.

Siehe da! Auf dem Stand von Herrn Pottschmidt brennt wirklich noch ein einsames Licht. Herr Pottschmidt sitzt mit Hanne über Abrechnungen.

»Na ja«, sagt er wohlwollend, denn die Geschäfte gehen alle Tage besser. »Da ist also auch der junge Mann. Zeit für Feierabend, habe ich recht?«

»Eigentlich wohl«, sagt Johannes Wiebe lächelnd. »Aber ich warte auch gern noch eine Weile.«

»Ja, Hannes, tu das!«, sagt Hanne. »Geh vor die Halle und rauch eine Zigarette. Es dauert wirklich nicht mehr lange.«

»Schön«, antwortet Johannes und schickt sich an zu gehen. Er bleibt aber noch einmal stehen und sagt halblaut zu ihr: »Ich glaube, eben hat mich Emil Schaken fast umgerannt.«

»Emil Schaken?«, fragt Hanne ziemlich uninteressiert. »Wieso denn?«

»Na, nur soso. Reiner Zufall«, erklärt Johannes Wiebe, und da er einsieht, dass Hanne Lark doch völlig ihren Abrechnungen hingegeben ist, verzichtet er darauf, ihr schon jetzt von dem zweiten wichtigen Tagesereignis Mitteilung zu machen, und geht.

Dabei kommt ihm der Stand von Frau Mahling ins Auge. Auch Frau Mahling hat noch nicht Feierabend gemacht, sondern wirtschaftet wie ein unseliger Geist zwischen ihren Kisten und Körben. Mit einem »Guten Abend« will Johannes Wiebe vorbeigehen.

Frau Mahling sieht hoch und schaut ihn an. Ihr Gesicht trägt einen solchen Ausdruck von Verwirrung und Unentschlossenheit, dass er unwillkürlich stehenbleibt.

Sie sehen sich beide an.

»Ach«, sagt Frau Mahling mit schwacher Stimme.

»Ja, bitte?«, fragt Johannes Wiebe verwundert.

»Ich …«, fängt Frau Mahling an. Aber sie kann ihre Unentschlossenheit nicht überwinden.

»Nein, nichts«, sagt sie und wendet sich wieder ihren Körben zu.

»Kann ich Ihnen irgendwie behilflich sein, Frau Mahling?«, fragt Johannes Wiebe und kann sich nicht entschließen zu gehen, so sehr lagen Sorge und Kummer auf dem Gesicht von Hanne Larks Tante.

»Sie?«, fragt Frau Mahling plötzlich heftig. »Sie mir helfen? Sehen Sie lieber zu, dass Sie der Hanne helfen, vielleicht hat sie's bald nötig!«

»Die Hanne? Wieso?«, fragt Johannes Wiebe erstaunt.

Aber Frau Mahling scheint nicht gesonnen, über diese rätselhaften Andeutungen hinauszugehen, und verschwindet im Innern ihres Standes.

So zuckt Hannes die Achseln und geht endgültig aus der Halle. Als er sich draußen die Zigarette anzündet, wird ihm klar, dass es mit der guten Stimmung vorbei ist. Es ist alles noch genauso wie vor einer Viertelstunde, nichts ist geschehen, aber die gute Stimmung ist vorbei.

Er erinnert sich so gut des Gesichtes von Frau Mahling. Es sah so weiß aus im Licht einer einsamen Glühbirne, die an einem Draht vom Standpfosten herabbaumelte – weiß und angstvoll. Johannes Wiebe wusste ja, dass diese Frau ihn hasste – wie groß musste da ihre Angst sein, wenn sie sogar diesen Hass überwandt und sie dazu brachte, ihn anzusprechen!

›Sehen Sie lieber zu, dass Sie der Hanne helfen‹, hatte sie gesagt. Und noch: ›Vielleicht hat sie es bald nötig!‹

Mit einem energischen Schwung wirft Johannes Wiebe die Zigarette fort, von der er doch nichts schmeckt. Er will zurück in die Halle, er will noch einmal versuchen, etwas Näheres von Frau Mahling zu erfahren.

Aber dann zögert er von neuem, ihm ist eingefallen, dass eine Unterredung mit Tante Gustchen im Angesicht des Standes ihrer Nichte immer große Schwierigkeiten haben wird. Besser ist es schon, er wartet hier draußen auf sie.

So brennt er sich vor lauter Ungeduld eine neue Zigarette an, und ehe er noch zehn Züge getan hat, hat er sich haarscharf bewiesen, dass es Unsinn ist, hier draußen zu warten.

Er soll auf Hanne achten. Oder ihr helfen, so war es. Und hilft er ihr, wenn er hier draußen steht? Nun also! Und wieder kehrt er zurück, tritt in die Halle.

Aber diesmal geht er nicht den Mittelgang hinunter, er wählt einen Seitengang. Womöglich sind alles nur Einbildungen, er kann unmöglich deswegen Herrn Pottschmidt und Hanne schon wieder stören. Es sähe ja so aus, als drängele er auf Feierabend.

Langsam verschwindet er im Dunkel des Seitenganges.

Unterdessen haben Hanne und Pottschmidt ihre Rechnungen abgeschlossen, beide sind zufrieden, beide lächeln.

»Das flutscht, Fräulein!«, sagt Herr Pottschmidt. »Habe ich recht?«

»Ja«, gibt Hanne zu und sieht zum Stand der Tante hinüber, in dem noch immer Licht brennt. »Der Umsatz steigt ständig. – Aber diese rumänischen Walnüsse schicken Sie mir nicht noch mal, Herr Pottschmidt. Sie sind innen alle angeschimmelt – so was ist kein Geschäft für uns!«

»Nein«, sagt Herr Pottschmidt schuldbewusst. »Ich habe mich anschmieren lassen, sie sind zu frisch geerntet. Na, dann muss ich sehen, wie ich sie loswerde. Sie möchten nur erste Qualität verkaufen, Fräulein. Sie sind höllisch hinter guter Ware her, habe ich recht?«

»Das haben Sie!«, sagt Hanne Lark energisch.

»Wird er denn noch warten?«, fragt Herr Pottschmidt, der durch irgendeine Ideenverbindung von der guten Ware auf Johannes Wiebe geraten ist. »Ist ein bisschen spät geworden heute mit uns.«

»Der wartet«, erklärt Hanne und zieht ihr Jackett an.

»Na, denn viel Vergnügen, Fräulein«, sagt Herr Pottschmidt und schaukelt davon.

Wie Hanne nun auch gehen will, taucht plötzlich die Tante vor ihr auf.

»Guten Abend, Tante Gustchen«, sagt Hanne ein wenig verwundert.

»Tu mir eine Liebe«, sagt die Tante kläglich. »Frag mich nichts, aber geh heute mit mir nach Haus.«

»Zu dir?«

»Ja, zu mir!«

»Aber warum denn?«

Trotz ihres Kummers fängt die Tante an, sich schon wieder über ihre Nichte zu ärgern. »Ich habe dir doch gesagt, du sollst mich nichts fragen!«, schilt sie.

»Aber das geht doch nicht, Tante Gustchen!«, sagt Hanne. »Du weißt doch, ich werde erwartet …«

»Du kannst ihn ruhig einmal warten lassen, Hanne. Du weißt doch: *das* ist keine Sünde …«

»Ach, Tante …«, sagt Hanne bloß.

Sie ist jetzt fest davon überzeugt, die Tante will sie bloß darum in ihr Heim verschleppen, um sie zu einem sündenlosen Leben zu bekehren. (Tante Gustchen muss eine Hilfskraft sehr nötig haben …)

»Also, kommst du mit mir?«, fragt die Tante.

»Nein«, sagt Hanne. »Ich will ihn lieber doch nicht warten lassen!«

»Na, denn nicht!«, ruft die Tante ärgerlich. »Ihn habe ich gewarnt, dich habe ich gewarnt, aber wenn ihr denn durchaus in euer Unglück rennen wollt …«

»In unser Glück, Tantchen!«, sagt Hanne und geht. (Tante und Nichte haben wirklich sehr wenig Geduld miteinander.)

Hanne also geht. Sie geht grade auf den Ausgang zu, den Mittelgang hinauf.

Hoch oben über diesem Ausgang, in der Giebelspitze, ist die große Hallenuhr, die alle Viertelstunde ein wenig blechern anschlägt. Und zwischen Ausgangstür und Uhr läuft ein eiserner Umgang, auf dem es auch Stände gibt und auch kleine Kontore und auch Kistenstapel.

Die Tante ist auf dem Mittelgang stehengeblieben und sieht der Nichte gespannt nach. Ärger und Angst bewegen ihr Herz. Die Angst möchte sie die Nichte zurückrufen lassen, der Ärger versiegelt ihr den Mund. ›Lass sie nur gehen!‹, denkt sie. ›Sie will es ja nicht anders. Ich habe alles getan …‹

Hart am Eisengitter des Umlaufs steht ein hoher Kistenstapel. Das soll nicht sein, aber auch ein Markthallenaufseher kann nicht überall sein. Er kann auch nicht sehen, was nachträglich, nach seinem Fortgang, geschieht, dass zum Beispiel eine Kiste ziemlich weit über das Geländer vorsteht, so weit, dass sie leise schwankt wie eine Kippe … Das kann jetzt niemand mehr sehen, dafür ist es zu dunkel …

Hanne Lark also geht auf diesen Ausgang zu, ziemlich rasch, denn Hannes hat nun wirklich lange genug gewartet.

Und die Tante starrt ihr nach.

Und Johannes Wiebe geht im Seitengang, nur durch zwei Standreihen von Hanne getrennt, auch auf den Ausgang zu. Er hat ein Stück von der Unterredung zwischen Tante und Nichte mit angehört, seine Unruhe hat sich verstärkt. Er geht noch schneller als Hanne, er will sie unter der Tür treffen.

Und die Kiste oben schwankt leise …

Hanne ist fast an der Tür, da hat in Tante Gustchen die Angst gesiegt, sie schreit mit lauter Stimme: »Hanne! Hanne Lark! Komm zurück!«

»Ja?«, fragt Hanne und dreht sich um.

»Hier bin ich, Hanne«, ruft Johannes Wiebe leise.

In demselben Augenblick fährt er zusammen. Er hat oben ein Prasseln, ein Knirschen, ein Knacken gehört – er versteht nicht, was das sein kann. Aber ohne zu verstehen, stürzt er auf Hanne zu.

Hanne bekommt von ihm einen Stoß, dass sie weit forttaumelt, hinschlägt …

Und dann ein fürchterliches Krachen, Holz splittert, eine Stimme schreit seufzend: »O Gott!«

Diese Stimme, seine Stimme – mit einem Satz ist Hanne wieder auf den Beinen, stürzt zurück, fällt über die zerbrochene Kiste, aus der Konservenbüchsen polternd hervorrollen, fällt neben ihm hin.

»Hannes!«, schreit sie, »Liebster Hannes!«

Und fühlt die feuchte Wärme an ihren Händen.

»Licht!«, schreit sie. »Hannes! Sag was! Hannes!«

Durch die Halle, an ihr vorbei, stürzt Frau Mahling. Sie sieht nichts, sie hört nichts mehr. Sie flüstert vor sich hin: »Gott, vergib mir meine Sünden! – Gott, vergib mir meine Sünden! – Gott, vergib mir meine Sünden!«

Immer wieder. Immer wieder.

Und verschwindet in die Stadt hinein.

Und oben schleicht etwas im Dunkeln, bewegt sich lautlos wie eine Katze, tut ein paar Schritte, lauscht, schleicht weiter. Ein Lichtschein durch die Fenster erhellt das Gesicht von Emil Schaken, mit dem Zigarrenstummel im Mundwinkel, unverändert, mit den kleinen Augen und dem rohen Kinn …

Jetzt kommt eine Treppe, leise fängt er an hinabzusteigen.

Aber immer von unten die klagende Stimme: »Hannes! Liebster Hannes! Sag doch ein Wort! Mein Herz, du mein Herz!«

Und nun schon mehr Stimmen! Und Schurren von Füßen! Und Laufen!

Und nun das bläuliche Aufflammen der Bogenlampen in der Halle!

Und nun die Tür, die verhängnisvolle Tür, die von außen aufschlägt, durch die ein Polizist eintritt, mit festen Schritten, auf die kleine Gruppe zu.

Und nun das Klingeln eines Krankenwagens.

Aber immer die schöne, klagende Stimme: »Sag ein Wort, Hannes! Nur ein Wort – Hannes! Hannes!«

Nachtwache

Sie hatte es erreicht, dass man ihn in ein Einzelzimmer legte; bei dem Verbinden aber hatte sie nicht zugegen sein dürfen.

»Was ist mit ihm?«, hatte sie den Arzt gefragt. »Ist es schlimm?«

Der Arzt hatte sie von der Seite angesehen und ausweichend gesagt: »Wir müssen es abwarten. Morgen werden wir weitersehen. Gehen Sie ruhig nach Haus – hier ist er gut aufgehoben. Wir sehen schon nach ihm.«

»Ich kann doch nicht nach Haus gehen!«, hatte sie gerufen. »Ich muss doch bei ihm bleiben! Er liegt so da, Herr Doktor, weil er nicht wollte, dass mir etwas geschah! Ich *muss* bei ihm bleiben!«

Wieder sah der Arzt sie an. »Sie sind seine Frau? Oder die Schwester?«

Sie verschmähte jede Lüge. »Ich bin seine Freundin, Herr Doktor. Ich bin der einzige Mensch, den er auf Erden hat. Er muss mich sehen, wenn er wach wird!«

»Und wenn er wach wird, versprechen Sie mir dann in die Hand, dass Sie nicht mit ihm reden, dass Sie sofort die Nachtschwester rufen – versprechen Sie das?«

»Ich verspreche Ihnen das, Herr Doktor!«

»Gut, ich verlasse mich auf Sie! Ich werde Bescheid sagen, dass Sie hierbleiben dürfen.«

Der Arzt wandte sich zum Gehen. Noch einmal hielt er

inne. »Sie wissen keine Angehörigen von ihm, die Sie benachrichtigen müssten?«

Sie erzitterte. Sie wollte ihn nicht fortgeben, in andere Hände – jetzt nicht! Er gehörte ihr allein.

»Ich weiß keine Angehörigen, die ich benachrichtigen muss«, sagte sie mit fester Stimme.

»Gut«, sagte der Arzt wieder. »Sie wissen, Sie haben nichts zu tun, als still an seinem Bett zu sitzen, still und stumm.«

»Still und stumm«, wiederholte sie, und der Arzt war gegangen. So saß sie denn an der Seite des Bettes und sah in dieses Gesicht, das ihr lieber war als alles in der Welt. Sie hatte es freudig gesehen und mutlos, strahlend, leuchtend vor Glück und voll Angst – nun war es gelblich weiß, die Lippen bewegten sich nicht, kaum war der Atem zu spüren, die Lider zuckten nicht.

Er lag da, wie er von der Kiste getroffen war, ohne Leben, wie ein Baum dahingestreckt daliegt, den die Axt des Holzfällers umgelegt hat. Es ist alles noch da, Äste, Stamm und Blätter – aber das Leben fehlt. Das Leben ist nicht mehr da!

Sie erinnerte sich gut, wie schwach er gewesen war, als er zu ihr kam, verkümmert, erstickt im Unterholz. Mit unendlicher Geduld hatte sie ihn frei gemacht, dass er Luft und Sonne zu spüren bekam. Er war in den letzten Monaten gewachsen, er war ein gesunder, starker Baum geworden – und nun lag er so da!

Sie starrte in sein Gesicht, sie vergaß das Verbot des Arztes, sie flüsterte leise und dringlich: »Hannes! Liebster Hannes!«

Sie legte ihre Hand auf seine: nichts, keine Antwort, kein Echo.

Die Nachtschwester kommt herein, Hanne zieht erschrocken ihre Hand zurück. Die Schwester wirft einen Blick auf die stumme Gestalt und fragt: »Er hat sich nicht gerührt?«

»Nichts. – Ach, Schwester …«

»Ich muss jetzt die Temperatur messen«, sagt die Schwester.

Sie legt das Thermometer ein, zählt mit ihrem Sandührchen den Puls. Mit angstvoll geweiteten Augen verfolgt Hanne Lark jede Bewegung. Die Schwester malt Zeichen auf eine Tabelle über dem Bett, vergeblich versucht Hanne Lark, sie zu lesen.

»Ach, Schwester«, sagt sie bittend. »Wie geht es? Hat er Fieber?«

»Es steigt«, sagt die Schwester. »Aber das kann nicht anders sein. Wenn er sehr unruhig wird, rufen Sie mich, ja?«

Und wieder ist Hanne Lark mit dem Kranken allein.

Sie versteht es nicht, dass nichts mit ihm geschieht. Er ist doch schwer verletzt, er atmet kaum, er hat Fieber – und nichts geschieht mit ihm. Sie lassen ihn einfach liegen, sie geben ihm nicht einmal Medizin!

›Ach, wenn ich doch reich wäre!‹, wünscht sie sich zum ersten Mal in ihrem Leben. ›Ich ließe die besten Ärzte kommen. Alles, alles müsste geschehen! – Man kann ihn doch nicht einfach so liegen lassen!‹

Und sie denkt an eine reiche Frau, seine Mutter.

Aber sofort schüttelt sie den Kopf. Er gehört ihr. Das, was er heute ist, hat sie aus ihm gemacht. Sie teilt ihn mit keinem, auch nicht mit seiner Mutter! Er hätte es auch nicht gewollt.

Sie kann nicht immer in dieses gelbliche Gesicht starren, das sich nicht verändert, kein Leben gewinnt. Sie streift die Schuhe von den Füßen und beginnt lautlos im Zimmer auf und ab zu gehen.

Von Zeit zu Zeit bleibt sie stehen und starrt in sein Gesicht.

Kein Leben! Mit einem verzweifelten Achselzucken, das all die völlige Ohnmacht ihrer äußersten Hilfsbereitschaft zum Ausdruck bringt, nimmt sie ihre Wanderung wieder auf …

Im Krankenhaus ist es jetzt ganz still geworden. Zuerst war noch Laufen auf den Gängen, Klappern von Geschirr, das Schlagen einer Tür … Jetzt ist es so still geworden, dass sie die Uhr draußen auf dem Gang ticken hört, unermüdlich. Mit ihrem scharfen Ticken zerteilt sie die Zeit, Lebenszeit, so karg bemessene Lebens- und Glückszeit, sie tickt sie nutzlos weg …

Ach! wenn es denn sein muss, soll er doch krank sein, aber so, dass sie mit ihm sprechen kann! Sie hat ihm nie richtig gesagt, wie sehr sie ihn liebt, wie viel er ihr gegeben hat, dass seit ihm ihr ganzes früheres Leben wie ein inhaltloser, wirrer Traum geworden ist. Erst er hat jedem ihrer Tage einen Sinn gegeben! Und jeden Tag Freude! Und jeden Tag Glück!

Sie kann nicht mit ihm reden, aber jetzt fängt er an zu reden!

Mit einem Ruck bleibt sie an seinem Bett stehen und sieht auf sein Gesicht hinunter. Es hat sich gerötet – das Fieber steigt!

»Das Fieber steigt!«, flüstert sie hilflos vor sich hin.

Er ist wohl zu matt, den Körper zu rühren, aber er fängt an, den Kopf zu bewegen. Ruhelos dreht sich der Kopf auf dem Kissen, die Lippen rühren sich, es ist, als wollten sie sprechen …

»Ja, Liebster?«, fragt sie und beugt sich zu ihm. »Was ist? – Kann ich etwas für dich tun? – Ich bin es, Hanne …«

Nichts.

Weiter diese unheilvolle, ruhelose Bewegung des Kopfes,

als wolle er etwas fortschieben mit ihm, aber keine Antwort. Weiter dieses unverständliche Flüstern – aber nicht zu ihr gesprochen.

»Hannes!«, sagt sie mit aller Kraft ihrer Liebe. Aber er hört sie nicht.

Die beiden Unseligen

Mit dem Ruf »Gott, vergib mir meine Sünden!« ist Frau Mahling in die Stadt gelaufen, sinnlos vor Schrecken, ohne Weg, ohne Überlegen.

Sie läuft immer weiter, ziellos, stößt gegen Leute an, entgeht knapp einem Auto, bleibt stehen, kehrt ohne Grund um und flüstert dabei immer vor sich hin: »Gott, vergib mir meine Sünden!«

In ihr ist noch nichts als das schreckliche Krachen, mit dem die herabstürzende Kiste auf das Pflaster schlug, und nicht nur auf das Pflaster!

Sie schüttelt wieder den Kopf, macht wieder kehrt und flüstert lauter: »Gott, vergib mir meine Sünden!«

Wieder läuft sie. Sie läuft durch die strahlenden Straßen der Stadt, lachende Menschen gehen in Lokale, lachende Menschen drängen sich vor den Toren des Kinos – sie huscht zwischen ihnen durch, grau, gehetzt, ohne Rast – das böse Gewissen, das ohne Ruhe ist …

Die böse *Tat* sitzt unterdes in der kleinen Stampe. Emil Schaken hat seine Molle vor sich stehen, den Zigarrenstummel im Maul. Er sitzt da, wie immer, er sitzt an demselben Tisch, an dem er in jener ersten Nacht Johannes Wiebe kennenlernte, er sitzt wieder allein da.

Um ihn, in ihm hat sich nichts geändert, wird sich nie

etwas ändern – er ist nicht entwicklungsfähig. Nie im Leben hat er etwas zugelernt, wird er etwas zulernen.

Ein ehemaliger Kollege kommt – ein wenig angetrunken – an seinem Tisch vorbei, und weil er eben angetrunken ist, bleibt er sogar bei Emil Schaken stehen.

»Na, Emil?«, fragt er. »Wat machste? Arbeitste jetzt wieda in de Halle?«

Emil schaut hoch mit seinem starren Gesicht. »Nee, Franz«, antwortet er, »ick jeh jetzt uffen Bau. Steine tragen.«

»Is ooch janz schön«, sagt Franz. »Aber mir war, als hätt ick dir in de Halle jesehen.«

»Möglich«, gibt Emil Schaken zu. »Der eene sieht eben wat, der andere sieht jar nischt.«

»Haste schon jehört, da is heute 'n Unfall jewesen in de Halle?«

»Da kommen wohl mehr Unfälle vor wie bloß heute.«

»Det kann man eijentlich nich saren, ville passiert da nich! Heute aber is eenem 'ne Kiste von dem Umjang uffen Leib jefallen.«

»Na!«, sagt Emil. »Wenn se den erwischen, der de Kiste so wacklig hinjestellt hat …!«

»Det denkste also ooch, Emil?«

»Det denk ick, Franz. Dem jehts schlecht!«

»Na also«, sagt der andere und trudelt befriedigt weiter.

Emil aber sitzt weiter vor seiner Molle.

Eine Hand berührt die Schulter der Umherirrenden, eine Hand in einem weißen Lederhandschuh.

»Na, Mutter, wo soll die Reise denn eigentlich hingehen?«

Aufschreckend sieht Frau Mahling in das Gesicht des Polizisten. Sofort wird sie wacher, versucht, sich zusammenzunehmen. Denn für den allzu Gerechten ist genau wie für den Bösen die Polizei immer ein Schreckgespenst.

»Na, was ist denn?«, fragt der Polizist gutmütig. »Haben Sie sich verlaufen? Zehn Minuten sehe ich Ihnen schon zu. Wo wollen Sie denn überhaupt hin?«

»Ich wohne in der Bischofstraße, Herr Wachtmeister«, erklärt Frau Mahling verlegen.

»Und was machen sie da hier am Schlesischen Bahnhof? Wissen Sie überhaupt, dass Sie am Schlesischen Bahnhof sind?«

»Doch, Herr Wachtmeister. Ich habe hier eine Freundin besucht.«

»So – und warum wollten Sie eine Fahrkarte lösen?«

»Ich – eine Fahrkarte?«

»Das wissen Sie also gar nicht, dass Sie am Fahrkartenautomaten gestanden und immerzu am Griff gezogen haben? – Freilich, Geld haben Sie nicht reingesteckt. – Nun, wie ist das?«

»Ich weiß doch nicht! Ach bitte, Herr Wachtmeister, lassen Sie mich doch bitte wieder gehen. Ich gehe auch bestimmt nach Haus!«

»Mit Ihnen ist doch was nicht in Ordnung. Haben Sie was getrunken?«

»Ich! Herr Wachtmeister, ich bin in meinem ganzen Leben abstinent gewesen!«

»So! Aber krank sind Sie doch auch nicht!«

»Nein, bitte, Herr Wachtmeister – ich will es Ihnen ja sagen. Ich hab einen fürchterlichen Schreck gehabt, davon war ich ganz von Sinnen!«

»So, was denn für einen Schreck? Wer sind Sie überhaupt?«

»Ich bin Frau Auguste Mahling aus der Bischofstraße. Ich

habe einen Gemüsestand in der Zentralmarkthalle. Vielleicht kennen Sie ihn, Herr Wachtmeister …«

Der Wachtmeister nickt, ob er ihn nun kennt oder nicht.

»Und wie ich heute Abend nach Hause will, fällt gerade eine schwere Kiste einem Mann direkt auf den Leib. Davon habe ich mich so erschrocken …«

»So, davon? Davon sind Sie so erschrocken, dass Sie bis zum Schlesischen Bahnhof rennen und eine Fahrkarte kaufen wollen? Komisch, nicht? War es denn eine von Ihren Kisten?«

»Nein! Die Kiste fiel doch vom Umgang, und ich hab meinen Stand doch unten. Aber ich glaube, der Mann ist tot, und das Mädchen schrie so schrecklich …«

»Welches Mädchen?«

»Meine, nein, sein Mädchen.«

»Sie wollten was anderes sagen, ›meine‹, haben Sie angefangen.«

»Na, also, es ist meine Nichte gewesen, die so schrie. Die ging nämlich mit dem Menschen. Nun wissen Sie wirklich alles, Herr Wachtmeister, und nun kann ich doch nach Haus?«

»Meinethalben«, entschließt sich der Wachtmeister. »Ich werde ja sehen. Aber gehen Sie schnurstracks nach Haus. Laufen Sie nicht wieder so kopflos durch die Stadt!«

Frau Mahling geht wirklich schnurstracks nach Haus.

Zur gleichen Stunde etwa entschließt sich Emil Schaken, die Stampe zu verlassen.

Vor der Tür des Mahling'schen Hauses treffen sie zusammen.

»Na, Tantchen?«, sagt Emil Schaken und bleibt vor ihr stehen.

»Geh …«, flüstert sie und versucht verzweifelt, ihn aus dem Wege zu schieben. »Ich habe nichts mit dir zu schaffen, du – Mörder!«

»Ick vasteh dir nich, Tante. Wat heißt hier Mörder? Haben se jemanden jemordet?«

»Du weißt sehr gut … Ich ruf um Hilfe, Emil, wenn du nicht gehst!«

»Schrei doch! Du schreist dir nur selber wat uffen Leib! Also, mach, Tante, det Jeld …«

»Was für Geld?«

»Die hundert Märker, die du mir versprochen hast!«

»Ich hab dir kein Geld versprochen!«

»Mach zu, Tante Juste!«

»Ich schrei …«

»Schrei doch! Oder soll ick mit dir ruffjehn und Onkel Oskar allens erzählen …«

»Still! Zwanzig Mark habe ich gesagt!«

»Nee, fuffzig, aber nun sind's hundert jeworden. Mach zu!«

Mit zitternder Hand zieht Frau Mahling die Scheine aus ihrer Tasche.

»Da – geh! Mach, dass du fortkommst! Lass dich nie wieder sehen!«

»Dank schön, Tante Juste! Dann also uff Wiedersehen!«

Und er geht.

Mit zitternden Knien, blass, erschlagen, steigt Frau Mahling die Treppe hinauf.

Scheltend empfängt sie ihr Mann.

»Wo bleibst du denn wieder so lange? Jeden Abend wird's später. Und mein Abendessen …«

»Oskar!«, flüstert sie mit weißen Lippen und empfindet es zum ersten Male in ihrem Leben als Wohltat, einen Menschen zu haben, der sich um sie kümmern kann. »Bring mich ins Bett. Mir ist sehr schlecht. Es ist ein Unglück geschehen …«

»Was denn für ein Unglück?«

»Frag nicht, Oskar! Frag gar nichts. Bring mich bloß ins Bett. Ich glaube, ich bin hin, Oskar …«

Entschluss

Immer unruhiger ist der Kranke geworden, immer lauter sein unverständliches, abgerissenes Sprechen. Grade will Hanne die Nachtschwester rufen, da tritt sie ein, mit einem Arzt.

Es ist wieder ein anderer Arzt, nicht der, mit dem Hanne Lark am Abend sprach. Dies ist ein großer, fetter Mann mit einem bleichen, starken Gesicht, durchdringend blickenden Augen unter buschigen Brauen.

»Das ist also der Unfall«, sagt er zur Schwester, und die Schwester nickt und flüstert eine ganze Weile mit dem Arzt.

Fast rasend vor Ungeduld blickt Hanne auf die beiden. Da kommt also nun endlich ein Arzt, und er muss es doch nun sehen und hören, wie schlecht es dem Hannes geht. Aber statt sofort ans Bett zu gehen und zu helfen, stehen die beiden da unter der Tür und flüstern. Womöglich darüber, dass sie bloß seine Freundin ist. Hanne bildet sich ein, die Schwester sei darum so kurz zu ihr gewesen, weil sie nicht seine Frau oder Braut ist.

»Ach, Herr Doktor!«, sagt sie flehend.

»Einen Augenblick«, antwortet der Arzt und flüstert weiter.

Aber es dauert wirklich nur einen Augenblick, da ist er am Bett.

»Nehmen Sie mal seine Temperatur, Schwester«, sagt er.

Und zu Hanne: »Wie lange ist er schon so?«

»Vielleicht eine Stunde, aber zu Anfang war es nur wenig …«

Der Arzt nickt. »Verstehen Sie, was er spricht?«

»Nein«, sagt Hanne. »Ach, Herr Doktor, ich will ja gerne alles tun …«

»Einen Augenblick!«, sagt der Arzt wieder. »Hat er verstanden, was Sie zu ihm gesagt haben?«

Hanne wird glühend rot, denn sie erinnert sich des Verbotes.

Nun sagt auch die Schwester: »Herr Doktor Rieck hat der Dame verboten, mit dem Patienten zu sprechen.«

Der Arzt lächelt, und Hanne, die dieses Lächeln sieht, fühlt plötzlich Vertrauen zu diesem Arzt.

»Und Sie haben natürlich doch zu ihm gesprochen«, sagt er lächelnd. »Sie wären ja kein Mensch, wenn Sie geschwiegen hätten. Nun, hat er Sie verstanden?«

»Nein, Herr Doktor, nichts. Kein Wort. Ich …«

Der Arzt nickt, dann sieht er die Schwester an. Die Schwester, die das Thermometer abgenommen hat, spricht ihm lautlos ein Wort, eine Zahl, zu. Angstvoll folgt Hanne jeder Bewegung der beiden.

»Es ist gut, Schwester«, sagt der Arzt. »Ich will Sie nicht aufhalten. Ich bleibe noch ein Weilchen hier.«

Und er lässt sich schwerfällig in einen aufseufzenden Korbsessel nieder, während die Schwester mit sachtester Hand die Tür schließt.

»Herr Doktor«, sagt Hanne Lark flehend, kaum dass die Schwester gegangen ist. »Kann man denn gar nichts für ihn tun? Ich will alles bezahlen, ich will arbeiten – wir haben auch Geld zu Haus! Aber man kann ihn doch nicht einfach so liegen lassen! Er stirbt ja, Herr Doktor, bitte, tun Sie etwas, nur sterben darf er nicht! Bitte – Herr Doktor!«

»Ruhig, ruhig!«, sagt der Arzt streng. »Setzen Sie sich dorthin! Das ist nicht gut, wenn Sie sich so aufregen! Nicht für ihn und nicht für Sie …«

»Ich will ja ruhig sein«, sagt sie und wischt mit einem Tuch über die Augen. »Ich will mich auch hinsetzen. Aber tun Sie etwas für ihn, Herr Doktor, ich flehe Sie an!«

»Ja, glauben Sie denn, Sie unverständiges Kind, ich soll ihm jetzt eine Pille eingeben, und davon wird er wieder gesund? Man muss Geduld haben. Jetzt kann man gar nichts tun, nur ihm Ruhe geben. Er hat wohl innerliche Verletzungen, das wird man morgen sehen. Nicht wahr, eine Kiste ist auf ihn gefallen?«

Sie schließt die Augen.

»Sie sollte auf mich fallen«, flüstert sie.

»Es war also kein Unglücksfall, es war ein Racheakt?«

Wieder nickt sie.

»Sehen Sie, da tun wir schon etwas. Ich habe der Polizei, die ihn durchaus vernehmen wollte, gesagt, dass er für die nächsten sechs, acht Tage nicht vernehmungsfähig ist. Das ist doch schon etwas, nicht wahr, Fräulein?«

»Ja …«

»Und wir lassen Sie bei ihm. Das ist gegen alle Regel. Wie lange kennen Sie sich schon?«

»Über ein Jahr, Herr Doktor.«

»Und er hat keine Verwandtschaft?«

Sie schüttelt den Kopf.

»Sehen Sie, Fräulein«, sagt der Arzt. »Sie müssten es uns sagen, wenn er nahe Verwandte hätte. Wir wollen ja hoffen, dass es gut mit ihm ausgeht, aber wenn es anders würde und da wäre irgendein alter Vater oder eine Mutter und sie hätten nicht einmal mehr ihren Sohn – vorhersehen dürfen, wäre das recht?«

Er sieht sie mit seinen starken Augen bezwingend an.

Dann: »Ich versteh es ja. Er ist vielleicht zerfallen mit ihnen, gerade Ihretwegen vielleicht, und nun fällt es Ihnen schwer, den ersten Schritt zu tun. Aber, Fräulein, es muss sein. So wahr Sie ein anständiger Mensch sind, es muss sein!«

»Seit langer Zeit«, antwortete sie, »schon lange, ehe er mich überhaupt kannte, ist er nicht mehr bei denen zu Haus gewesen: er wollte es nicht. Sie haben ihn fortgetrieben, und ich habe ihn kennengelernt als den, zu dem sie ihn gemacht hatten: willenlos, ohne Mut und Glauben, schwach, mit sich und aller Welt zerfallen. So kam er zu mir. Und ich habe ihn zu dem gemacht, was er dann wurde: mutig, stark, froh, gläubig. Alles ist ihm durch mich geworden, was ihn zu einem Mann machte – die haben ihn als ein verzärteltes Kind in die Welt geschickt.«

»Trotzdem!«, sagte der Arzt. »Er ist jetzt weder Kind noch Mann, er ist ein schwer Kranker. Seine Eltern müssten hier sein.«

»Er hat nur noch eine Mutter. Und einen Bruder. Aber er ist selber geflohen vor ihnen. Er sah sie einmal zufällig, Herr Doktor, es ist noch gar nicht so lange her. Er ist vor ihnen in sinnloser Angst geflohen. Er würde selber nicht wollen ...«

»Sie denken immer nur an ihn. Und an sich. Sie müssen auch an seine Mutter denken. Was die fühlt ...«

»Ich bin seine Mutter! Ich bin ihm alles geworden, seine Heimat, sein Glück. – Und er alles für mich. Das sind fremde Menschen für ihn.«

Der Arzt sah sie schweigend an. Dann wandte er den Blick von ihr ab und richtete ihn auf den Kranken. Es war, als habe das eilige, leise Sprechen seine Unruhe verstärkt, der Kopf bewegte sich rascher, er sprach lauter mit sich.

Der Arzt neigte seinen Kopf und hörte schweigend zu. Auf der andern Seite des Bettes stand Hanne und lauschte auch.

Plötzlich hob der Arzt den Kopf und sagte zu dem Mädchen mit einem schwachen Lächeln: »Und doch spricht er jetzt im Fieber nicht von Ihnen, sondern von seiner Mutter.«

Sie machte eine abwehrende, verneinende Gebärde mit den Händen und lauschte weiter. Dann hob sie den Kopf und sah den Arzt an. »Nein«, sagte sie. »Er spricht nicht von seiner Mutter. Er schraubt wieder Muttern auf.«

Der Arzt machte eine Bewegung.

»Ich will es Ihnen erklären, Herr Doktor. Ich habe es hundertmal gehört, wenn er im Schlaf davon sprach, und er hat es mir manchmal erzählt. Drüben in den Staaten hat er in einer Autofabrik gearbeitet, am fließenden Band, wissen Sie«, der Arzt nickte, »und da hat er nie etwas anderes tun müssen als acht Muttern auf den Motor aufsetzen, Stunde für Stunde, Tag für Tag, Woche für Woche. Und wenn er es nicht schaffte, schalten sie mit ihm und drohten ihm mit Entlassung. Es ging ihm damals sehr schlecht, Herr Doktor.«

»Und jetzt setzt er also immer noch Muttern auf«, sagte der Arzt. »Sind Sie nie auf den Gedanken gekommen, Fräulein, dass er seine Arbeit mit den Muttern vielleicht nur darum so schlecht schaffte, weil er auch seiner Mutter gegenüber versagt hat? Es gibt so seltsame Zusammenhänge …«

Sie sah ihn an, betroffen und zweifelnd, sie schwieg.

»Also benachrichtigen Sie seine Mutter«, sagte der Arzt abschließend.

»Aber warum muss es jetzt sein, jetzt, wo er krank und

schwach ist? Sie kennen mich nicht, Herr Doktor, aber Sie müssen es mir glauben, ich habe immer, seit ich alles wusste, bei ihm dahin gestrebt, dass er sich aussöhnte mit ihr. Wäre er stark und gesund – wie heute Abend noch, ich riefe sie sofort. Aber jetzt, wo er wehrlos ist, warum gerade jetzt?«

»Weil es morgen vielleicht zu spät ist«, sagte der Arzt.

Er beugte sich über das Bett, nahm des Mädchens Hand und sagte: »Seien Sie stark. Sie müssen stark sein. Gehört er Ihnen so ganz, wie Sie glauben, so werden Sie ihn nicht verlieren. Geht es aber schlecht aus mit ihm, so würden Sie nie ohne Beschämung an ihn denken können, wenn Sie in dieser Stunde versagt haben.«

Sie ließ ihre starke, fleißige Hand willenlos zwischen seinen Händen. Sie sah auf den Kranken herunter.

Nach einer Weile sagte sie leise: »Vorhin, als ich alleine mit ihm hier war, habe ich mich damit getröstet, dass das erste Gesicht, in das er wieder sehen wird, meines ist, mein die erste Stimme, die zu ihm spricht. Es soll also nicht sein. Sie werden mich hier nicht dulden, sie wird er zuerst sehen – und vielleicht zuletzt.«

Sie sah ihn lange an.

»Sie wissen wohl«, sagte der Arzt leise, »dass das Recht Recht bleibt, auch wenn es schwer ist.«

Sie hörte ihn nicht.

Sie sah in das geliebte Gesicht.

Dann ging sie ohne Umsehen hinaus auf den Flur, leise schloss sie die Tür hinter sich. Einen Augenblick sah sie ohne Verständnis den Gang auf und ab, dann auf die Uhr, die fast halb zwölf zeigte. Dann entdeckte sie die Nachtschwester, die in einer Tür stand und sie schweigend ansah.

»Wo kann ich hier telefonieren?«, fragte sie flüsternd.

Die Schwester zeigte es ihr.

Sie ging zu der Zelle. Lange suchte sie in dem Telefonbuch, es wurde ihr schwer, mit den von Tränen flimmernden Augen die richtige Nummer zu finden.

Schließlich hob sie den Hörer ab und wählte.

Reue

Von dem Klingeln war sie aus dem Traum geschreckt, aus Schrecken in Schrecken …

Eine lange Weile saß sie atemlos im Bett und lauschte dem sich entfernenden Klingeln nach.

»Es ist nur die Feuerwehr …« sagte sie zu sich. »Es ist nichts …«

Dann tastete sie mit ihrer Hand nach dem Knopf der kleinen Lampe, sie schaltete, und ein schwacher, rötlicher Lichtschein ließ die vertrauten Gegenstände in ihrem Zimmer deutlich werden.

»Es ist nichts«, sagte sie wieder halblaut und wandte sich nach der andern Seite.

Oskar lag auf dem Rücken und schlief fest, mit halboffenem Munde. Sie sah ihn lange an; in dieses Gesicht, mit dem sie über zwanzig Jahre gelebt hatte, sah sie, aber es war wie ein unbekanntes Gesicht. Sie kannte ihn nicht. Sie hatten zusammen gelebt und gearbeitet, aber sie wusste nicht, wie er aufnehmen würde, was sie tun musste.

Sie berührte ihn sanft an der Schulter. »Oskar!«, sagte sie. »Wach auf! Oskar!«

Er drehte sich unwillig auf die Seite. »Ist es denn schon wieder Zeit? Ich bin ja grade erst eingeschlafen!«

»Oskar!«, sagte sie. »Du musst aufstehen!«

Er gähnte, richtete sich halb auf, schaltete auch seine

Nachttischlampe ein, warf einen Blick auf die Uhr, stutzte, schüttelte den Kopf, hielt sie ans Ohr und sagte empört: »Was ist denn los? Es ist doch erst halb zwölf!«

»Ja«, sagte sie. »Wir müssen aufstehen. Ich kann nicht mehr schlafen. Es drückt mir das Herz ab, Oskar! Ich muss zur Polizei.«

»Guste«, rief er erschreckt. »Was ist das mit dir? Bist du wieder krank? Was willst du auf der Polizei? Wir haben nie mit der Polizei zu tun gehabt.«

»Ich habe einem Mörder geholfen«, sagte sie und fing leise an zu weinen, da sie endlich sprechen konnte. »Ich habe ihm noch Geld gegeben. Ich muss zur Polizei … Ich halte es nicht aus, ich kann nicht schlafen, es drückt mir das Herz ab …«

»Guste!«, sagte er und legte seine Hand fest auf ihre Schulter. »Guste, du träumst ja noch! Wach auf, ich bin das, Oskar. Du bist bei uns, Guste …«

»Es war Emil Schaken!«, weinte sie. »Er hat heute Abend oben in der Halle eine Kiste auf den Freund von Hanne geworfen. Sie schrie so schrecklich … Eben habe ich sie wieder schreien hören … Und dann klingelte das Auto vom Unfall …«

»Das ist wirklich wahr, Guste, das mit Emil und Hannes Freund?«

Sie nickte. »Ich muss zur Polizei – ich muss es angeben. So kann ich nicht leben.«

»Aber es geht dich doch nichts an, Guste! Du hast doch nichts damit zu tun!«

»Doch, ich war so neidisch auf sie, und er, der Emil, sagte mir, er wolle ihr ein bisschen eins auswischen. Er wollte Geld von mir …«

»Und du hast ihm Geld gegeben?«

»Da noch nicht! Ich habe ihm auch gesagt, er soll nichts tun, sonst übergebe ich ihn selbst der Polizei …«

»Siehst du, Guste!«

»Aber ich habe doch gewusst, dass er es trotzdem tun würde. Ich wusste nur nicht, was. Ich habe den jungen Mann gewarnt, Hannes Freund, verstehst du, und dann habe ich auch mit ihr gesprochen. Aber da wurde ich wieder so neidisch und böse auf sie …«

»Aber warum denn, Guste?«

»Weil sie doch so glücklich ist und so viel verkauft!«

»Aber doch nicht darum, Guste! Was ist denn das? Einmal verkauft der eine mehr, einmal der andere. Darum tut man doch nicht so was!«

»Ich weiß doch nicht, Oskar, was mit mir ist. Ich habe immer geglaubt, ich bin gerecht, aber seit die Hanne von uns fort ist, weiß ich gar nichts mehr. Ich glaube, ich habe ein schlechtes Herz, Oskar.«

»Du bist ein bisschen sehr genau, Guste, und ein bisschen zu scharf, und du siehst lieber bei allen Menschen das Schlechte als das Gute – aber schlecht, Guste, schlecht bist du bestimmt nicht!«

»Doch, doch, ich habe auf dem Gang gestanden und habe ihr nachgesehen und habe gedacht: jetzt passiert was. Aber ich habe nicht wirklich geglaubt, dass was passiert, ich hatte nur solche Angst …«

»Und dann?«

»Dann habe ich sie noch zurückgerufen, da fiel die Kiste schon … Und da fing sie an zu schreien …«

»Und du?«

»Ich bin weggelaufen, ich weiß nicht, wohin. Ich habe nur daran gedacht, ob mir Gott wohl meine Sünden verzeiht. Plötzlich habe ich gewusst, dass ich schlecht bin. Ich war am

Schlesischen Bahnhof, da habe ich mir wohl eine Fahrkarte kaufen wollen und wegfahren von allem … Aber ich weiß es nicht mehr. Ein Schupo hat mich gefragt, was ich da mache, und hat mich wieder nach Haus geschickt.«

»Und dann?«

»Dann hat Emil Schaken hier vor der Tür gestanden und hat Geld von mir verlangt. Ich habe es ihm gegeben, dass er bloß ging. Und dann bin ich hier heraufgekommen, und du hast mich ins Bett gebracht. Aber ich kann nicht schlafen, ich kann nie wieder schlafen. Und wenn ich einschlafe, höre ich das Krachen von der Kiste und die Schreie, und nun klingelt das Unfallauto …«

»Komm, Guste«, sagte ihr Mann mit einer ganz ungewohnten Entschiedenheit in der Stimme. »Heul nicht mehr. Du hast getan, was du konntest. Keiner kann aus seiner Haut, das werden die Herren auch verstehen.«

»Ich bin schlecht …«

»Komm, wir müssen wirklich zur Polizei, damit du Ruhe bekommst und dass sie ihn kriegen. Hab bloß keine Bange – was soll dir viel geschehen? Schade ist's um den jungen Menschen, Hannes Freund, das war ein netter Mensch, aber das hilft nun nichts? – Komm, Guste!«

»Und du gehst mit?«

»Ich geh mit. Natürlich geh ich mit dir, Guste. Ich bleib bei dir. Ich sitz dabei, wenn du deine Aussage machst, und höre, Guste, wenn sie dich dabehalten. Es kann ja nur ein paar Tage sein, dann besuch ich dich!«

»Also, komm, Oskar. Was bin ich froh, dass ich wenigstens einen Menschen habe!«

Als sie vom Telefon zurückkam, war ihr Schritt bestimmter geworden, ihr Auge weinte nicht mehr. Sie hatte sich entschlossen, und wie nun auch die Folgen dieses Entschlusses für sie sein mochten, sie würde sie tragen.

Vor der Tür seines Zimmers zögerte sie einen Augenblick. Dann wandte sie sich ab und setzte sich auf einen Stuhl, der auf dem Gang stand. Dort saß sie still, die Hände in den Schoß gelegt, den Blick auf die Uhr geheftet, deren Zeiger sich langsam auf die Mitternachtsstunde zubewegten.

Nach einer Weile öffnete sich die Tür des Krankenzimmers, und der Arzt trat heraus. Sie sah ihm, ohne aufzustehen, entgegen, ein schwaches Lächeln um den Mund.

»Nun?«, fragte der Arzt und blieb vor ihr stehen.

»Sie wird gegen zwölf hier sein.«

»Gut«, sagte der Arzt.

»Herr Doktor«, sagte sie leise. »Ich habe ihr nicht gesagt, wer sie anruft. Sie glaubt, es war das Krankenhaus. Ich möchte nicht, dass sie jetzt etwas von mir erfährt.«

»Nein?«, fragte der Arzt.

»Sie soll allein mit ihm sein. Sie soll nichts von mir wissen.«

»Sie wollen gar nicht mit ihr reden?«

»Noch nicht, Herr Doktor, ich kann es nicht, ich will nicht in Gnaden aufgenommen werden, bloß weil es ihm schlechtgeht. Ich bin zu stolz auf ihn und was wir einander sind, als dass ich bloß geduldet werden möchte.«

Sie schwieg.

Dann: »Später, wenn es ihm bessergeht, soll er selber wählen. Wenn er mich ruft, Herr Doktor, jede Minute … Nicht anders.«

»Ich verstehe das«, sagte der Arzt.

»Sie werden ihr nichts sagen?«

»Ich werde ihr nichts sagen.«

Eine Pause entstand.

Dann fragte der Arzt: »Wollen Sie nicht noch einmal zu ihm hinein?«

»Nein«, sagte sie. »Ich habe meinen Abschied genommen. Ich habe ihn in mir.«

Sie schwiegen.

Dann entstand Bewegung am Ende des Ganges. Von einer Schwester geführt, kam eine große, weißhaarige Frau auf den Arzt zu.

Hanne Lark steht auf von ihrem Stuhl. Die Dame sieht sie nicht, sie eilt auf den Arzt zu.

Hanne Lark nickt, sie sagt: »Ich danke Ihnen auch schön, Herr Doktor, für alles.«

Der Arzt hört sie schon nicht mehr, er hat sich der Mutter zugewendet.

Aneinander vorbei gehen die beiden Frauen, ohne sich anzusehen.

Eine kommt, eine geht.

Das verschwundene Lächeln

In der Halle ist es wie alle Tage. Die Kunden kommen und gehen, die Kontrollkasse klappert und klingelt. Die Männer, von denen die Obstkisten herangerollt werden, rufen laut ihr »Vorsicht! He! Sie da, passen Sie doch uff!«.

Wie alle Tage steht Hanne Lark an ihrem Stand, fragt und gibt Auskunft, wiegt ab, wechselt Geld – immer dasselbe. Aber seit drei Tagen hat sie nichts mehr, auf das sie sich freuen kann, hinter einem langen Arbeitstag steht kein fröhlicher Feierabend. Alles still um sie, in ihr. Arbeit nur um der Arbeit willen getan, grauer Nebel, Windstille …

Alles wie sonst – dieselben Kunden, dieselben Fragen, die gleiche Arbeit. Die da kommen und gehen, haben nie etwas von einer Kiste, die herabstürzte, gehört, nichts von einem Unglücksfall. Und die Hallenleute selbst, die davon gehört haben, mögen wohl davon reden, aber die Hanne sehen sie nur von der Seite an, und mit ihr sprechen sie kein Wort davon.

»Se warn ja nich mal valobt«, gibt eine Frau die Meinung vieler wieder. »Wat soll man da viel fragen? Valleicht is et ihr bloß jenierlich.«

Stille also. Warten – aber es gibt doch Änderungen. Wenn Hanne auf den Stand gegenüber sieht, merkt sie, dass er heute nun schon den dritten Tag geschlossen ist. Frau Mahling kommt nicht mehr in die Halle. Hanne könnte sich darüber Gedanken machen, vielleicht käme ihr dann vieles recht sonderbar vor, wenn sie an jene Gespräche mit der Tante denkt und an ihr Ausbleiben jetzt.

Aber all das interessiert Hanne nicht. Was liegt daran. Allein daran kann etwas liegen, dass Hannes wieder zurechtkommt. Aber davon hört sie nichts. Kein Wort. Nebel.

Also eine Änderung ist jedenfalls da: der Mahling'sche Stand ist geschlossen. Und es gibt noch eine Veränderung, die Hanne freilich nicht recht zu Bewusstsein kommt.

Da tritt zum Beispiel ein älterer Herr an ihren Stand und verlangt zwei Pfund von dem Gravensteiner Apfel, den er vorige Woche gehabt hat.

Hanne tut es leid, mit den Gravensteinern ist es jetzt vorbei, aber sie haben eine sehr schöne Orangen-Renette – ob die der Her mal probieren will?

Ja, der Herr will das. Er nimmt den Apfelschnitz, den

ihm Hanne herüberreicht, er probiert, er sagt: »Ja, die ist gut. Die nehm ich. Also zwei Pfund.«

Und plötzlich beugt sich der Herr weit vor über die Apfelkörbe und fragt Hanne flüsternd: »Fräulein, ist Ihnen was?«

Sie sieht ihn an.

Er ist ein älterer, ein bisschen dick gewordener Herr mit einem richtigen Schnurrbart, dunkel angezogen, mit einem Einholnetz in der Hand. Vielleicht ein pensionierter Lehrer. Jedenfalls ist es eins von den Gesichtern, die man sich schwer einprägt, ein Gesicht wie alle. Ein bisschen zerknautscht vom Leben, aber im Ganzen doch trotz aller Falten freundlich geblieben.

Hanne weiß wohl, er ist öfter an ihrem Stand gewesen, aber an etwas anderes erinnert sie sich bei ihm nicht.

Und dieser ältere Herr fragt sie nun, ob ihr was ist …

»Nein«, antwortet sie ein wenig verwundert. »Mir ist nichts. Wieso?«

»Weil Sie gar nicht mehr lächeln, Fräulein! Sie haben gutes Obst, Fräulein, alles, was recht ist, wenn's auch manchmal ein bisschen teuer ist. Aber wegen des Obstes allein mache ich mir wirklich nicht den weiten Weg ganz oben aus der Frankfurter Allee her. Den mach ich, weil Sie so hübsch lächeln.«

Ein bisschen Wärme zieht durch Hannes Herz. »Ja«, sagt sie, »man kann nicht alle Tage lächeln.«

»Sie haben wohl Sorgen, Fräulein?«, flüstert der Alte über die Apfelkörbe weg. »Ist er untreu? Aber nein, das kann Ihnen wohl nicht passieren!«

»Nein, er ist nicht untreu«, sagt Hanne und lächelt nun wirklich ein wenig. »Aber er ist krank, sehr krank!«

»Er wird schon wieder werden!«, tröstet der alte Mann

hastig und drückt ihr plötzlich eifrig, eindringlich die Hand. »Bestimmt wird er wieder! Und dann lächeln Sie mich auch wieder ein bisschen an, Fräulein, was? Alles muss er ja nicht allein kriegen, nicht wahr?«

Und damit drückt er ihr noch einmal die Hand. Sie lächelt ihn vage an, durch einen leisen Tränenschleier.

Er geht. Ein Herr, dem sie etwas ist, vielleicht freut sich dieser alte pensionierte Lehrer auf jeden Dienstag und Freitag, wenn er sie in der Halle sieht. Das ist etwas … Man kann nicht leben davon, zu einer Lebensfreude reicht es nicht aus, aber etwas leichter macht es doch das Herz.

Nun kommt eine Alte, die kennt Hanne Lark ganz genau. Es ist so ein schiefes, altes Reff mit einem hageren Gesicht, flinken frechen Augen. Hanne Lark sieht sie gar nicht gerne an ihrem Stand. Immer hat sie zu mäkeln, schelten, meckern, sie möchte die Waage hypnotisieren, und es ist ihr nicht abzugewöhnen, dass sie Obst und Gemüse gründlich abtastet, knautscht, drückt, was doch alles streng verboten ist.

»Hören Sie, Fräulein«, legt sie gleich angriffslustig los, »bei allen kostet der Rotkohl acht Pfennige das Pfund und bei Ihnen neun, det erklären Se mir mal!«

»Wollen Sie denn Rotkohl kaufen?«, fragt Hanne, die ihre Kundin kennt.

»Nee, nich die Bohne! Wat soll ick mit Rotkohl, for mir is weißer jut jenug! Aber det macht keenen Schiedunter! Wieso, erklären Se mir das mal …«

»Also, ich gebe Ihnen den Rotkohl auch für acht Pfennig«, sagt Hanne Lark, die keine Neigung für eine lange Streiterei hat.

»So? Tun Se det? Wo ich Ihnen jesacht habe, ich will gar keenen! Det sind faule Mätzchen, Frollein! Ick will det wissen, wieso! Det is mein Recht als deutsche Volksgenossin –

oder ich gehe zur Hallenaufsicht. Ich finde det einfach unerhört.«

»Ach, bitte, bitte«, sagt Hanne plötzlich, deren Nerven nachgeben. »Wollen Sie nicht ein andermal mit mir schelten? Ich kann es heute nicht hören! Mir ist wirklich nicht gut.«

Das hagere Gesicht mit den frechen kleinen Augen verändert sich plötzlich – plötzlich sehen die Augen scheu aus.

»Reden Sie doch nicht, Frollein! Ick sag ja keenen Ton! So, hat Sie's ooch gehascht? Ja, det lässt keenen aus! Ick jeh schon, Frollein, ich will gar nichts von Sie. Ich weeß andere, wo ick meine Galle loswerden tu – wenn Se erst so zusammengekloppt sind wie ick, wern Se det vastehen!«

Und dieses alte, schiefe, gallige, freche Reff lächelt doch plötzlich der Hanne zu! Es kann natürlich nichts anderes sein als ein Lächeln, wie wenn man auf eine Zitrone beißt, mehr ist nicht da, wie sie selbst sagt: zusammengeschlagen vom Leben – aber gut gemeint jedenfalls. Sehr gut gemeint, jeder nach seinen Kräften!

Und nun erscheint Pottschmidt der Große, der Schnaufende, erscheint im Vorbeigehen, um bei seiner Verkäuferin Erkundigungen einzuziehen.

»Na, Fräulein, was macht der Umsatz? Kleinigkeit zurückgegangen? Macht nichts! Trösten Sie sich, wir halten es aus! Hören Sie«, beugt er sich zu ihr und prustet ihr flüsternd ins Ohr, »morgen kriegen wir Zitronen. Fünfzig Kisten! Liegen schon auf dem Güterbahnhof. Das wird eine Sache! Die ersten Zitronen! Sie werden's doch schaffen?«

»Natürlich, Herr Pottschmidt!«

»Na, so natürlich sehen Sie augenblicklich nicht aus, Fräulein, habe ich recht? Immer noch keine anderen Nachrichten?«

»Gestern Abend war er noch immer bewusstlos.«

»Und heute? Ist schon Mittag vorbei! Alle Tage nachfragen, dafür sind die da im Krankenhaus!«

»Meine Freundin will heute Abend mal nachfragen, Herr Pottschmidt!«

»Warum gehen Sie nicht selbst? Von mir aus können Sie Urlaub haben, alle Tage. Bloß nicht morgen, wenn die Zitronen kommen! Also gehen Sie heut!«

»Danke, Herr Pottschmidt. Ich bleibe lieber hier bei meiner Arbeit.«

»Haben Sie auch wieder recht! Arbeit ist immer das Beste. Die Nacht ist noch lang genug für Grübeln, habe ich recht?«

»Zu lang, Herr Pottschmidt!«

»Weiß ich! Ich weiß das doch! Ganz im Anfang hab ich mal einen Waggon angegangene Apfelsinen gekauft, ich hab doch tatsächlich drei Nächte kein Auge zugetan! Na, ich bin se nachher noch ganz gut an 'ne Marmeladenfabrik losgeworden – aber meine drei Nächte Schlaf waren futsch. Ich kenn das!«

Er sah geschäftig um sich.

»Sieh da! Frau Mahling ist wieder eingetroffen! Sieht nicht gut aus, die Frau, ich mach, dass ich wegkomm! Die ist nicht gut auf Sie zu sprechen, Fräulein, wenn sie auch Ihre Tante ist!«

Womit Herr Pottschmidt verschwindet.

Hanne Lark aber sieht zum Stand der Tante hinüber. Wirklich, sie ist wieder da, sie packt aus, sie richtet ein. Unwillkürlich nickt Hanne, als sich ihre beiden Blicke begegnen, und die Tante nickt trübe zurück. Einen Augenblick sehen sie sich so an, über die Hallengasse mit ihrer Kundschaft fort. Dann legt Frau Mahling das Stemmeisen, mit dem sie eine Kiste öffnete, aus der Hand.

Sie kommt quer über die Gasse an Hannes Stand.

»Hanne«, sagt sie und bietet ihr die Hand, »wollen wir wieder gut sein?«

»Ja«, sagt Hanne und nimmt die Hand.

Einen Augenblick stehen sie so, weiter wird nichts über die alte Feindschaft gesprochen.

»Hast du Nachrichten«, fragt die Tante schließlich zögernd.

»Er ist immer noch bewusstlos«, antwortet Hanne und sieht fort.

»Hanne«, sagt die Tante leise. »Sie haben ihn jetzt.«

»Wen?«

»Ihn, den Emil Schaken! Sie haben ihn festgenommen.«

»Ja?«, fragt Hanne interesselos.

»Er hat auch gestanden«, sagt die Tante wieder nach einer Pause.

»Ach, Tante«, sagt Hanne plötzlich, »du meinst es wohl gut – aber ist es jetzt nicht gleich? Was geht mich Emil Schaken an? *Er* allein geht mich was an, dass er wieder was wird! Er *muss* wieder gesund werden!«

»Kind«, widerspricht die Tante. »Er muss doch seine Strafe haben!«

»Seine Strafe? Wird er davon gesund? Es ist mir gleich, wie so einer lebt! Aber er, er!«

Die Tante zieht langsam ihre Hand aus der umklammernden der Nichte. Trotz allem guten Willen bleiben Welten zwischen ihnen.

»Solange Leben ist, ist Hoffnung«, sagt sie ein wenig verlegen und geht zurück an ihren Stand.

Die beiden vermeiden es nun, sich wieder anzusehen. Sie sind einander so fremd!

Später am Nachmittag kommt Marie Jäckel bei Hanne vorbei.

»Ich muss jetzt nur noch zu einer Kundin auf Anprobe«, sagt sie. »Aber dann gehe ich gleich ins Krankenhaus und erkundige mich.«

»Bis halb acht bin ich hier, Marie«, sagt Hanne. »Wird es später, kommst du direkt in die Wohnung …«

»Ja. Ach, wenn ich dir doch heute gute Nachrichten bringen könnte!«

»Ja. Wenn du doch … Ja.«

Sie sucht unter dem Tisch ihres Standes und bringt einen kleinen Strauß Veilchen zum Vorschein.

»Nimm sie mit. Gib sie heimlich der Schwester. Aber heimlich, Marie! Die sollen nichts merken. Er ist so klein, er wird unter den andern Blumen nicht auffallen.«

»Nein. Der Arzt hat gefragt, warum du gar nicht kommst?«

»Ich habe zwei Ärzte gesehen – einen langen und einen dicken. Welcher hat gefragt?«

»Der dicke!«

»Ach, er weiß doch … Er soll mich nicht quälen! Sie ist doch immer da!«

»Ja, sie schläft auch dort.«

»Sie schläft …«

»Das sage ich dir, Hanne, wenn du es noch lange so weitermachst, so spreche ich mit ihr!«

»Du hast mir versprochen, Marie …«

»Aber du musst auch nicht unvernünftig sein, du machst dich hin. Die ganze letzte Nacht bist du auf und ab gegangen, ich habe es wohl gehört.«

»Wenn er nur ein einziges Mal wieder zu mir ›Hanne‹ sagte, wäre alles Unglück vergessen.«

»Er wird es wieder sagen! Er wird es dir hundertmal, tausendmal noch sagen, Hanne!«

Sie bewegt den Kopf zweifelnd hin und her.

»Wenn ich bei ihm hätte sitzen bleiben dürfen. Aber so … Nein, geh, Marie, du musst zu deiner Kundin, und ich muss meine Arbeit tun.«

»Also auf heute Abend!«

»Guten Abend, ja!«

Erwachen

Johannes Wiebe schläft seinen bewusstlosen Schlaf nicht mehr in dem früheren schmalen Krankenzimmer. Jetzt liegt er in einem großen hellen Raum. Durch die Scheiben dringt viel Licht, auf dem Liegebalkon vor dem Fenster stehen viele Blumen, die herbstlich gefärbten Baumkronen des Krankenhausgartens sind zu sehen.

Auch das Zimmer ist kein nüchternes Krankenzimmer mehr. Frau Wiebe hat alles getan, um in dem wiedergefundenen Sohn beim Erwachen freundliche Erinnerungen zu wecken: an den Wänden hängen ein paar von seinen liebsten Bildern, in einem Bücherregal an der Wand stehen seine Dichter wie damals, als er sie verließ.

In der vorbildlichen Haltung der alten Generation, die sich nie »gehen« ließ, sitzt Frau Wiebe an der einen Seite des Bettes, mit geradem Rücken, ungebeugtem Haupt – aber sehr weißem, stillem Gesicht. Sie sieht zu der Schwester hinüber, die auf der andern Seite des Bettes sitzt und strickt.

Nach einer Weile sagt sie: »Er schläft entschieden ruhiger, Schwester Karla!«

Schwester Karla zählt erst ihre Tour zu Ende. »Siebenunddreißig, achtunddreißig, neununddreißig, vierzig …«

Dann sagt sie: »Ja, gnädige Frau, das Fieber ist ja auch zurückgegangen.«

Wieder Schweigen, noch vertieft durch das metallische Klirren der Nadeln.

Schließlich sagt Frau Wiebe: »Wenn er nur etwas essen würde!«

»Das ist nicht so schlimm, gnädige Frau! Er wird schon wieder essen, wenn er erst bei Besinnung ist.«

Und wiederum Schweigen.

Frau Wiebe steht auf. Sie geht zu einem Tischchen, das neben einer Chaiselongue steht, nimmt ein Buch auf, blättert gedankenlos darin und fragt dabei, über die Seiten des Buches fort: »Woher wußten Sie eigentlich meine Adresse? Er war doch schon bewusstlos, als er hier eingeliefert wurde?«

Das Gesicht der Schwester wird verschlossen. Sie sagt, ohne aufzusehen: »Das kann ich nicht sagen, gnädige Frau. Ich hatte keinen Nachtdienst.«

»Und wer kann mir das sagen, Schwester?«

»Ich weiß nicht – vielleicht der Arzt.«

Frau Wiebe legt das Buch aus der Hand. Sie sagt ein wenig ungehalten zur Schwester: »Ich möchte wirklich wissen, wer mich angerufen hat. Ich frage jeden Menschen hier danach, und keiner will Bescheid wissen. Auch nicht Oberarzt Leer. Es war eine weibliche Stimme …«

»Bitte, ein wenig leiser, gnädige Frau«, sagt die Schwester mit der leidenschaftslosen Stimme ihres Berufes. »Er schläft heute nicht so fest.«

»Wenn er doch endlich aufwachte! Jetzt sitze ich hier drei Tage und habe noch kein Wort zu ihm sprechen können!«

»Er muss aber von selbst erwachen, gnädige Frau. Nicht durch Geräusche von außen.«

Mit einem Achselzucken nimmt Frau Wiebe das Buch wieder auf, setzt sich auf die Couch und beginnt zu lesen.

Es klopft kurz gegen die Tür, und der Arzt tritt ein. Es ist der dicke Doktor, Oberarzt Leer, der Hanne Lark dazu brachte, Frau Wiebe zu rufen.

»Nun«, sagt er, »wie sieht es hier aus? Guten Tag, gnädige Frau. Zeigen Sie mir mal die Kurve, Schwester. Das ist ja ganz erfreulich. Sehen Sie, er reagiert schon etwas, wenn ich jetzt sein Lid hochziehe.«

»Oh, stören Sie ihn nicht, Herr Doktor«, bittet Frau Wiebe plötzlich.

»Tja«, sagt der Arzt, »morgen oder heute vielleicht noch ist es nun so weit. Er schlägt die Augen auf und befindet sich wieder in der Welt mit all ihren Problemen. – Das geht einem Genesenden immer schwer ein.«

»Es gibt gar keine Probleme für ihn, Herr Doktor«, erklärt Frau Wiebe mit Bestimmtheit. »Sobald er transportfähig ist, schaffe ich ihn zu uns. Er soll die beste Pflege haben, Sie als Betreuer« – der Arzt lächelt vage –, »es wird alles getan werden, um ihn rasch wieder auf die Beine zu bringen!«

»Natürlich«, sagt der Arzt trocken. »Und wohin werden ihn dann seine Beine tragen?«

Dies ist eine Frage, die Frau Wiebe ein wenig hart vorkommt.

»Ich habe Ihnen erzählt, Herr Doktor Leer«, sagt sie etwas spitz, »dass der Junge uns aus dem Hause gelaufen ist und lange Zeit fort war. Er hat es nicht über sich bringen können, wieder den ersten Schritt zu uns zu tun. Nun habe ich ihn getan – er wird glücklich sein, wieder zu Hause sein zu können.«

»Aber der Junge, der fortlief, kommt nicht wieder nach Haus!«, sagt der Arzt eifrig. »Liebe gnädige Frau«, fährt er fort, als sie ihn verständnislos ansieht, »er muss sich doch verändert haben, jedenfalls ist er kein Junge mehr …«

»Auch der erwachsene Mann bleibt seiner Mutter Kind …«

»Für seine Mutter ja. Wie er aber darüber denkt, ist eine andere Sache. – Überlegen Sie einmal, er hat hier in Berlin gearbeitet, vielleicht lange Zeit, jedenfalls ist er in der Markthalle verunglückt. Es ist doch wohl fast unmöglich, dass er in dieser Zeit ganz ohne Menschen gelebt haben soll. Er sieht nicht aus wie ein Einsiedler. Er wird Bekanntschaften, vielleicht Freundschaften geschlossen haben – er hat auch weiter in der Welt gelebt, gnädige Frau …«

»Aber worauf wollen Sie hinaus, Herr Doktor Leer? Das ist ja alles gut möglich, aber was hat das mit mir zu tun?«

»Sie werden ihn fragen müssen, gnädige Frau, ob er nach Haus gebracht werden will, das meinte ich!«

»Aber das ist doch selbstverständlich! Lieber Herr Doktor, ein kranker Sohn gehört in das Haus seiner Mutter. Wenn er wieder wohl genug ist, soll er ruhig seine Freundschaften weiterpflegen – wenn er dann noch mag.«

Der Arzt bewegte zweifelnd die dicken Schultern.

»Aber, Herr Doktor, ich verstehe Sie nicht. Ich habe Ihnen doch erzählt, er war ein verwöhnter, weicher Junge, ein richtiges Muttersöhnchen, soweit ich ihm das erlaubte. Er wird froh sein, wieder ein bisschen geborgen zu sitzen, sich helfen lassen zu können …«

»Aber er hat sich lange allein geholfen! Sehen Sie diese Hand, gnädige Frau!«, sagte der Arzt und nahm sachte die Hand des Kranken in seine. Er drehte sie um. »Haben Sie nicht darauf geachtet, wie viel Narben sie hat? Keine große

Verletzung, nein, aber all die kleinen Narben einer Hand, die schwere tägliche Arbeit tun musste. Es sind ziemlich frische Narben darunter. Da, sehen Sie, das sieht aus wie ein Riss von einem Nagel, schlecht verheilt. Er hat wohl nicht Zeit und Gelegenheit gehabt, der kleinen Wunde viel Aufmerksamkeit zu schenken. Wer so gearbeitet hat, ist kein Junge mehr, der sich gerne bemuttern lässt …«

»Ich habe das Gefühl, Herr Doktor«, sagte Frau Wiebe, »Sie wollen mich vor etwas warnen. Es ist mir auch, als wüssten Sie etwas, wovon ich nichts weiß. – Ja, richtig, wer hat mich eigentlich in jener Nacht hierhergerufen? Es war eine weibliche Stimme!«

»Wer Sie angerufen hat?«, fragte der Arzt unbekümmert. »Das wird sich aus dem Nachtwachtbuch feststellen lassen. Ich sage Ihnen später Bescheid. – Und warnen will ich Sie tatsächlich. Sie haben Ihren Sohn lange nicht gesehen, Sie sitzen hier seit drei Tagen in Angst und Sorge, Sie sehnen den Augenblick herbei, wo Sie mit ihm sprechen können – ich warne Sie, seien Sie zurückhaltend, überwältigen Sie ihn nicht! Tun Sie nichts mit ihm, ehe Sie nicht seines Einverständnisses sicher sind. Fragen Sie ihn nach *seinen* Wünschen, denken Sie gar nicht an das, was *Sie* vielleicht gerne möchten.«

»Ich danke Ihnen, Herr Doktor«, sagte Frau Wiebe ein wenig steif. »Wir von der alten Generation sehen noch ein wenig auf Haltung. Ich werde mich bestimmt nicht gehen lassen. Und im Übrigen bin ich Mutter, und keiner kann besser als eine Mutter die Wünsche des Sohnes erraten.«

»Nun also«, sagte der Arzt lächelnd, aber nicht völlig überzeugt, »so wären wir uns also einig. Wir werden äußerst behutsam und sachte vorgehen. Wir werden die Wünsche unseres Patienten respektieren. Übrigens«, sagte er und wandte sich nun ganz dem Kranken zu, »bin ich der Überzeugung, unser junger Freund schläft gar nicht mehr, sondern er horcht schon eine ganze Weile mit halbem Bewusstsein auf den Klang unserer Stimmen. Wir wollen doch einmal sehen. – Herr Wiebe«, sagte er mit lauterer Stimme, »sehen Sie mich doch mal an, Herr Wiebe!«

»O bitte nicht, Herr Doktor!«, rief Frau Wiebe wieder in plötzlicher Angst und berührte den Arzt an der Schulter.

Er wehrte sie ab.

»Ich bin der Doktor Leer, Herr Wiebe«, sagte der Arzt. »Sie liegen in einem Krankenhaus. Sie sind ein bisschen gefallen, Herr Wiebe, aber jetzt geht es Ihnen schon wieder ganz nett ... Sie verstehen mich doch?«

Der Kranke hatte seine Augen aufgeschlagen und sah mit seinem hageren, von Bartstoppeln schwärzlichen Gesicht auf den Arzt.

Nun bewegte er langsam den Kopf als Zeichen der Bejahung.

»Ausgezeichnet!«, lobte der Arzt erfreut. »Wie ist Ihnen denn? Warten Sie, ich will es Ihnen sagen. Kopf stark benommen – nicken Sie, wenn's stimmt –, Schmerzen am ganzen Leib, Druck im Magen, Ohrensausen und ein bisschen Flimmern vor den Augen. Stimmt's? Na also – und wer bin ich nun? Wir wollen doch mal sehen, ob Sie das Sprechen nicht verlernt haben!«

Ein unverständlicher Laut kam von Johannes Wiebes Lippen; hinten am Bettende schluchzte Frau Wiebe, von der Schwester zurückgehalten, leise auf.

Der unverständliche, mühsame Laut wiederholte sich.

Aber der Arzt war hocherfreut. »Nun also!«, sagte er. »Richtig, Herr Wiebe! Ich bin der gute Onkel Doktor. Ganz wie damals, als wir noch als kleiner Junge mit verdorbenem Magen im Bett lagen. Und wer kam da noch ans Bett, Herr Wiebe, wer saß da und machte die Umschläge und gab die bittere Medizin?«

Der Kranke, folgsam wie ein Kind, ließ seinen Blick nicht vom Gesicht des Arztes. Wieder versuchten seine Lippen ein Wort zu formen, diesmal klang es schon fast verständlich, das Wort »Mutter«.

»Nun sehen Sie, mein Freund«, sagte der Arzt fröhlich. »Das geht ja schon immer besser. Und weil Sie nun in einem wirklich gut geleiteten deutschen Krankenhaus sind, haben wir natürlich auch eine Mutter für unsere kranke Jugend da! Kommen Sie her, Frau Wiebe, und sagen Sie Ihrem Sohn guten Tag!«

Eben noch hatte Frau Wiebe geschluchzt, aber nun, da sie an das Bett ihres Hannes trat, war ihre Haltung untadelig. Sie lächelte, leise berührte sie die Hand ihres Sohnes, sie sagte: »Guten Tag, Hannes, ich freu mich …«

Und setzte sich, ihre Hand auf der seinen, neben das Bett. Nur wenig zuckten ihre Lippen.

»Mutter!«, sagte Johannes Wiebe ganz deutlich. »Mutter! Dass du hier bist! Ich freu mich so!«

»Und ich erst!«, antwortete die Mutter leise. »Hannes, du mein alter Hannes!«

»So …«, sagte der Arzt heiter. »Und nun werden wir nach der Uhr drei Minuten so still daliegen, und dann werden wir schön weiterschlafen. Und wenn wir dann aufwachen, werden wir uns ganz anders fühlen. Wir werden ein bisschen essen, wir werden uns ein bisschen unterhalten …«

»Und dann kommst du bald zu mir, Hannes!«, sagte Frau Erna Wiebe nun doch. »Sieh doch einmal, deine Bilder, deine Bücher …«

Der Arzt tauschte hinter dem Rücken von Frau Wiebe mit der Schwester einen Blick. In hilfloser Verzweiflung rollte er die dicke Schulter. Dann trat er einen Schritt näher ans Bett, sah scharf auf den Kranken.

Der hatte seinen halb ängstlichen, halb verwunderten Blick über die Wände gehen lassen.

»Meine Bilder, meine Bücher …«, sagte er leise. »Oh, das ist schön, als wenn ich gar nicht fortgewesen wäre … Aber ich bin doch fortgewesen?«, fragte er plötzlich und fragte es nicht die Mutter, sondern den Arzt.

Statt des Arztes sagte die Mutter rasch: »Es ist nun, als wärest du nie fortgewesen, Hannes! Du kommst zu mir, in dein altes Reich …«

Johannes Wiebe bewegte ungeduldig den Kopf. Er fragte den Arzt: »Und wo ist Hanne?«

Stille. Der Arzt betrachtete seinen Kranken stumm.

Die Mutter sah erschrocken in des Sohnes Gesicht.

»Wo habt ihr Hanne gelassen?«, fragte er erregt und versuchte, sich aufzurichten, um das ganze Zimmer übersehen zu können.

»Halt, mein Freund«, sagte der Arzt rasch und legte ihn zurück in seine Kissen. »Jetzt beginnt unsere Schlafenszeit. Ganz ruhig, mein Freund. Ich verspreche Ihnen, schlafen Sie gut, wird die Hanne an Ihrem Bett sitzen, sobald Sie aufwachen. Ist das gut?«

»Sie versprechen es mir, Herr Doktor?«

»Auf mein Wort! – Und nun schlafen Sie wieder ein, Herr Wiebe – aber erst sagen Sie noch Ihrer Mutter gute Nacht!«

Johannes Wiebe hob langsam den Blick zur Mutter. »Gute Nacht, Mutter«, sagte er.

Der Arzt zitterte, dass Frau Wiebe noch ein Wort sagen, eine Frage stellen könnte. Aber sie bezwang sich, sosehr sie es bekümmern mochte, dass der Sohn seit seiner Frage nach dieser Hanne sie nicht mehr angesehen hatte.

Sie sagte freundlich: »Gute Nacht, Hannes, schlaf dich gesund!«

»Gute Nacht, Mutter«, sagte der Sohn und schloss die Augen.

»Kommen Sie, gnädige Frau«, sagte der Arzt. Und zur Schwester: »Ich sehe nachher noch einmal herein.«

Die beiden traten auf den Gang hinaus, die Tür des Zimmers schloss sich.

»Was heißt das, Herr Oberarzt?«, fragte Frau Wiebe mit einiger Schärfe. »Wer ist diese Hanne? Warum haben Sie mir kein Wort von ihr erzählt?«

»Jetzt kommt das Verhör«, sagte der Arzt lächelnd. »Aber setzen Sie sich, gnädige Frau!«

Frau Wiebe setzte sich mit einer ungeduldigen Bewegung.

»Auf diesem selben Sessel saß in der Nacht seiner Einlieferung« – Kopfbewegung zur Tür hin – »ein junges Mädchen namens Hanne ...«

Frau Wiebe machte eine Bewegung, als wolle sie aufstehen.

Der Arzt lächelte.

»Dieses junge Mädchen hatte grade den Entschluss gefasst, einen sehr schwer erkämpften Entschluss wohlgemerkt, gnädige Frau, den Platz am Bett unseres Kranken der Mutter einzuräumen. Sie war die Einzige, die Ihren Namen und Ihre Adresse kannte, sie war also auch die, von der Sie angerufen wurden. Ehrlich gesagt, ich wusste, dass die Anruferin nicht im Wachtbuch stehen würde.«

»Und warum haben Sie mir bisher nichts davon gesagt, Herr Doktor? Ich hätte es doch richtiger gefunden. Ich muss gestehen, ich war völlig verwirrt, als mein Sohn nach dieser Hanne fragte. Er sah mich nicht einmal mehr an!«

»Auf den Wunsch des jungen Mädchens, gnädige Frau. Sie hatte mich ausdrücklich darum gebeten.«

»Lieber Herr Doktor Leer!«, sagte Frau Wiebe sichtlich erleichtert. »Das ist alles recht hübsch von diesem jungen Ding! Wirklich, es freut mich, dass sie so viel Takt zeigt. Nun werde ich ihr aber zeigen, dass ich auch nicht kleinlich bin. Ich werde sie hierherbitten. Sie kann gerne eine halbe oder eine Stunde am Bett von Hannes sitzen. – Du lieber Gott, wenn sie mich gekannt hätte, sie hätte nicht so ängstlich sein müssen! Von meinem anderen Sohn bin ich andere Dinge gewöhnt.«

Sie sah einen Augenblick hart aus. Dann schüttelte sie den Kopf.

»Also, Sie benachrichtigen sie irgendwie?«

»Gerne, gnädige Frau, nur, meinen Sie, sie wird auch kommen?«

»Warum sollte sie nicht kommen, wenn Sie es ihr sagen lassen?«

»Sie hat Ihnen den Platz geräumt, gnädige Frau. Vielleicht wäre es Ihnen möglich, das junge Mädchen zu rufen?«

»Mir? Sie meinen, ich sollte sie selbst …«

»Ja, das meine ich. – Es war wirklich auf der andern Seite kein ganz leichter Entschluss!«

Frau Wiebe dachte nach.

»Es ist ein bisschen sehr ungewöhnlich!«, sagte die Dame. »Und etwas viel verlangt, scheint mir, dass ich die Freundin meines Sohnes …« Sie lächelte. »Sie sind hier so eine Art kleiner Herrgott, Herr Oberarzt Leer, nicht wahr? Sie lenken mit sorglicher Hand die Geschicke Ihrer Patienten?«

Der Arzt schnaufte. »Ich bin bloß ein fetter Mann, der bequem wird«, sagte er. »Wenn Sie diese Bestellung machen, sparen Sie mir viel Mühe, gnädige Frau.«

»Sie sind gerissen, Herr Doktor«, sagte Frau Wiebe lächelnd. »Geschäftlich würde ich Sie nur mit äußerster Vorsicht genießen. Aber immerhin. Ich will mich einmal von ihnen lenken lassen. Wie erreiche ich das junge Mädchen? Wie heißt sie überhaupt?«

Der Arzt sagte bedauernd: »Ich habe keine Ahnung. Wirklich, ich weiß nicht einmal ihren Namen. Das Wort ›Hanne‹ habe ich eben zum ersten Male gehört. Sie müssen bedenken, in jener Nacht hatten wir nicht viel Zeit für Förmlichkeiten.«

»Aber wie soll ich sie finden?«

»Wie gesagt, die Freundin Ihres Sohnes ist seitdem nicht wieder hier gewesen. Aber jeden Tag kommt eine Bekannte von ihr und erkundigt sich nach unserm Patienten. Wenn Sie sich mit der in Verbindung setzen wollen? Ich werde Bescheid sagen lassen, dass man sie zu Ihnen schickt.«

»Gut, Herr Doktor Leer. Ich werde dann alles veranlassen. Wann meinen Sie, dass sie kommen soll?«

»Nun, sagen wir, morgen früh um neun. Und noch eins: Denken Sie es sich nicht so leicht, gnädige Frau …«

»Was – leicht?«

»Also, ich würde das junge Mädchen persönlich bitten, nicht durch Boten.« Der Arzt, schon im Gehen, lachte wieder. »Dies als Ihr kleiner Herrgott gesagt, gnädige Frau!«

Und er ging, schwerfällig, aber lächelnd. Ein wenig unwillig sah ihm Frau Wiebe nach.

»Das junge Mädchen ist eben gekommen«, meldete eine Schwester, und Frau Wiebe erhob sich von der Couch, auf der sie lesend gelegen.

»Ich komme sofort, Schwester«, sagte sie und trat noch einmal an das Bett des Kranken. Sie sah auf ihn herab, der da den tiefen Schlaf der Erschöpfung schlief.

»Dummer, törichter Junge!«, flüsterte sie leise und strich ihm die Haare aus der Stirn.

»Ich denke, in einer halben Stunde bin ich wieder zurück«, sagte sie zu der strickenden Schwester am Krankenbett. Dann ging sie langsam, sich unter der Tür noch einmal umschauend, aus dem Zimmer.

Das Mädchen auf dem Gang sah ihr entgegen, mit einem schwachen, ungewissen Lächeln.

»Ich bin Frau Wiebe«, sagte Frau Wiebe. »Die Mutter von Johannes. Und Sie wollen die Freundlichkeit haben, mich zu seiner – Freundin zu führen?«

»Gerne, gnädige Frau. Es geht ihm besser, sagte der Arzt … Oh, ich freue mich so, dass ich Hanne …«

»Ja, es geht ihm ein wenig besser. Nur müssen ihm natürlich alle Aufregungen erspart bleiben. Darum haben wir ja auch sofort seinem Wunsche nachgegeben, als er nach seiner Freundin verlangte.«

»Darum«, wiederholte Marie Jäckel mit leiser Enttäuschung.

»Und Sie glauben, dass Ihre Freundin sich zusammennehmen wird? Dass sie nicht aufgeregt sein, keine Weinszene machen wird?«

»Die Hanne? Selbstverständlich wird sie ruhig sein!«

»Nun, so selbstverständlich ist das bei den jungen Mädchen von heute nicht! – Übrigens, wie heißt Ihre Freundin eigentlich? Hanne – ich nehme an: Johanna …«

»Alle nennen sie Hanne! – Hanne Lark heißt sie.«

»Und wer sind diese ›alle‹?«

»Nun, jedermann in der Halle. Sie ist so bekannt, jeder mag sie …«

»In was für einer Halle?«

»Aber in der Zentralmarkthalle doch! Sie verkauft doch dort – Obst und Gemüse für Herrn Pottschmidt, der das große Geschäft am Kurfürstendamm hat!«

»Ja, mein liebes Kind, das wusste ich wirklich nicht. Ich habe bis vor einer Stunde überhaupt noch nichts von der Existenz von Fräulein Johanna Lark gewusst! Verkäuferin also in der Markthalle …«

»Er hat Ihnen nichts von ihr erzählt?«

»Der Arzt?«

»Nein, Hannes!«

»Mein Sohn Johannes hat keine zehn Worte sprechen können. Darum bin ich ja auch etwas besorgt über den Verlauf dieses Wiedersehens.«

»Und hat gleich nach Hanne gefragt – bei zehn Worten! Das muss ich Hanne erzählen, das wird sie freuen!«

»Unzweifelhaft«, sagte Frau Wiebe. »Aber vielleicht gehen wir jetzt?«

Nebeneinander gingen sie schweigend den Korridor entlang, stiegen die Treppe hinunter. Der Ton zwischen ihnen beiden war immer kühler geworden; das ängstliche, scheue Herz von Marie Jäckel war zusammengeschreckt bei der Haltung kühlen Anstandes, die des Hannes Mutter einnahm. Und empörte sich doch zugleich mit all seinen schwachen Kräften. Nun gut, Frau Wiebe war eine große Dame – aber Hanne war auch etwas! Hanne hatte für

Hannes mehr getan als Frau Wiebe! Und Hanne war nicht Marie Jäckel, Hanne lehnte sich auf, widersprach – wenn es nur gutgehen würde, dieses Kennenlernen der beiden …

Vor der Tür des Krankenhauses – im Abenddämmern schon – fragte Frau Wiebe: »Wie weit ist es denn? Am besten nehme ich wohl ein Auto?«

»Es sind kaum zehn Minuten, gnädige Frau. Aber ich kann leider im Auto nicht mitfahren. Es ist gleich Ladenschluss. Ich muss unbedingt noch ein paar Besorgungen machen.«

»Vielleicht kann ich schon vorausfahren«, sagt Frau Wiebe, die der Gedanke, mit diesem kleinen Mädchen Besorgungen machen zu müssen, nicht gerade begeistert.

»Aber Hanne wird noch nicht zu Haus sein«, sagt Marie Jäckel. »Hanne kommt nie vor ein halb acht.«

»Ja, also werde ich mit Ihnen einkaufen, mein Kind«, sagt Frau Wiebe ergeben. »Was müssen Sie denn einkaufen?«

»Schneiderzutaten. Ich bin Schneiderin, gnädige Frau. Ich heiße übrigens Jäckel, Marie Jäckel.«

»Und das ist so eilig?«

»Ja, ich habe das Kleid für morgen versprochen.«

»Meine Schneiderinnen halten nie ihre Versprechungen«, sagte Frau Wiebe mit einem belustigten Seufzer.

»Vielleicht nicht«, antwortete Marie Jäckel. »Vielleicht ist es bei denen etwas anderes. Ich aber, gnädige Frau, ich arbeite nur für kleine Leute, und wenn die sich schon ein Kleid machen lassen, so brauchen sie es auf den Tag und oft auf die Stunde. Das Kleid, das morgen früh fertig sein soll, ist für eine Silberhochzeit bestimmt – da muss man schon sein Wort halten.«

»Da Sie so zuverlässig sind, werde ich von nun an alle meine Kleider bei Ihnen arbeiten lassen, Fräulein Jäckel«, sagte Frau Wiebe scherzend.

Marie Jäckel aber nahm es für ernst und blieb erschrocken stehen. »O nein, bitte nicht, gnädige Frau!«, sagte sie bittend. »Ich könnte nie für Sie arbeiten. So einen schönen Wollstoff habe ich noch nie zugeschnitten, ich käme vor Angst um! Und der Schick, und wie das sitzt – nein, ich bin nur eine ganz kleine Schneiderin …«

»Das Kleid ist aus Paris, mein liebes Kind!«, sagte Frau Wiebe besänftigt, denn es freut auch noch die kummervollste wie die stolzeste Frau, wenn ihre Kleider bewundert werden. »Aber Sie haben einen guten Blick, das ist auch etwas, und wenn Sie sich ein wenig weiterbilden könnten …«

»O nein! Bitte nicht! Ich möchte bleiben, was ich bin. Ich bin gar nicht ehrgeizig, ich bin immer zufrieden. Hanne ist ehrgeizig, die möchte immer weiterkommen, und Hannes ist auch ehrgeizig.«

»Mein Sohn Johannes? Da irren Sie sich aber wohl. Was hat er denn in der letzten Zeit gearbeitet?«

»Er war Buchhalter bei einem Obsthändler.«

»Wohl in der Halle, wie Sie es nennen?«

»In der Halle, ja.«

»Nun, das ist doch noch kein sehr hochgeschraubter Ehrgeiz.«

»Aber zum Ersten hatte er doch einen ganz fabelhaften Posten in einer Eisenwarenfabrik angenommen!«

»In einer Eisenwarenfabrik?« Frau Wiebe wurde sehr hellhörig. »Wie heißt die Firma denn?«

»Das weiß ich nicht. Hanne wird es wissen. Hanne hat ihm doch zugeredet.«

»So! Hanne hat ihm zugeredet. Jedenfalls scheint sie wirklich ehrgeizig zu sein, ein bisschen gefährlich ehrgeizig …«

»Hier, gnädige Frau, muss ich in den Laden«, sagte Marie Jäckel, die ganz unglückselig über ihr unbedachtes

Ausplaudern war. »Wenn Sie einen Augenblick warten wollen? Ich mache ganz schnell.«

»Sie brauchen sich nicht zu hetzen, Fräulein Jäckel«, sagte Frau Wiebe mit Würde. »Das Warten wird mir nicht lang werden. Sie haben mir reichlich Stoff zum Nachdenken gegeben.«

Mit diesem Pfeil tief in ein ängstliches Herz hinein entließ sie die kleine Marie Jäckel. Und Marie war wirklich so verwirrt, dass sie all ihre Einkäufe durcheinanderbrachte und rote Knöpfe für das Kleid der Silberbraut gekauft hätte – die Verkäuferin musste es ihr erst sagen.

Als sie aber wieder aus dem Laden trat, fand sie Frau Wiebe freundlich und aufgeräumt vor. Und da sie zu jenen sanften Wesen gehörte, die nur zu froh sind, jede erlittene Kränkung sofort vergessen zu können (von Vergeben ganz zu schweigen), so biss sie sofort wieder auf den Haken, den ihr Frau Wiebe listig hinhielt.

»Mir ist eben eingefallen, Fräulein Jäckel«, sagte Frau Wiebe freundlich, »dass es ja wohl auch in der Markthalle war, wo mein Sohn verunglückte. Ich habe bisher nichts Näheres darüber erfahren können, ich hörte nur etwas von einer Kiste, die auf ihn gefallen ist. Wissen Sie da wohl näher Bescheid?«

»Aber natürlich, gnädige Frau!«, sagte Marie Jäckel eifrig. »Ich weiß alles. Und es war gar kein Unglücksfall, sondern ein schlechter Kerl, der auf Hannes eifersüchtig war und der Hanne eins auswischen wollte, hat die Kiste absichtlich auf ihn hinuntergestoßen! Das heißt: eigentlich galt sie Hanne, Hannes ist nur dazwischengesprungen ...«

»Das sind ja unglaubliche Geschichten!«, rief Frau Wiebe und blieb nun wirklich aufgeregt stehen. »So etwas gibt es noch! Und in solchen Kreisen hat mein Sohn gelebt! Nein, da wird es wirklich die allerhöchste Zeit, dass ich eingreife und mit all diesen Unsinnigkeiten Schluss mache!«

»Aber, gnädige Frau«, sagte Marie Jäckel bestürzt, denn diese Reaktion auf ihre Mitteilungen hatte sie nicht erwartet. »Schlechte Menschen gibt es doch überall, nicht nur in der Markthalle.«

»Nein, nein, mein Fräulein!«, sagte Frau Wiebe energisch. »Nicht diese Art Schlechtigkeit, die um irgendeines Mädchens willen andre mit dem Tode bedroht! Mit einer Kiste werfen, ich habe nie so etwas gehört!«

»Hanne ist nicht irgendein Mädchen!«

»Ihre Hanne in allen Ehren, mein liebes Fräulein Jäckel, ich kenne sie nicht und möchte sie …« Frau Wiebe brach ab. »Aber das sind Kreise, die sind nichts für uns, weder für mich noch für meinen Sohn.«

»Es gibt überall schlechte Menschen«, wiederholte Marie Jäckel mit festerer Stimme.

»Schön. Oder vielmehr nicht schön. Aber mir werden Sie schon erlauben müssen, meinen Sohn den Gefährdungen durch diese schlechten Menschen zu entziehen. In meiner Hut, in meinem Hause ist er sicher.«

»In Ihrem Haus!«, rief Marie Jäckel, und jetzt war sie von all dem Mut beseelt, der wie ein Strahl vom Himmel, immer gänzlich unvorbereitet, die Sanften befällt. »In Ihrem Haus ist er also sicher, aus dem er bei Nacht und Nebel, als er elend und krank aus der Welt zurückkam, vom eigenen Bruder vertrieben wurde? Da ist er vor Schlechtigkeit also sicher – aber da sitzt ja die allergrößte Schlechtigkeit selber im Haus!«

»Was, Mädchen!«, sagte Frau Wiebe leichenblass und hielt Marie Jäckel krampfhaft an der Schulter fest. »Was reden Sie da? – Er ist nie wieder in unser Haus gekommen! Ich war in Hamburg …«

»Und er hat dem Bruder, der ihn verhöhnte, die Schlüssel vor die Füße geworfen! Der Emil Schaken, der ihn mit der Kiste getroffen hat, der ist bloß ein halbes Tier mit einem viertel Verstand, aber sein Bruder, ihr ältester Sohn, der soll ein kluger Mensch sein – wer ist da der schlechtere von den beiden, der aus unsern Kreisen, wie Sie sagen, oder der in Ihrem Haus?«

»Mädchen«, sagte Frau Wiebe, »das war ein bisschen viel für mich. Sehen Sie zu, dass ich bald zum Sitzen komme! Meine alten Beine wackeln unter mir, es ist mir, als hätte ich keine Knie mehr …«

»Oh, gnädige Frau! Ich bin ein schlechtes Mädchen. Ich hätte Ihnen das nicht sagen sollen! Wir haben uns doch alle drei das Wort gegeben, nie und zu keinem davon zu sprechen! Aber Sie haben mich so böse gemacht mit dem Reden von unsern Kreisen und von Hanne … Und Hanne ist es doch gewesen, die sich seiner erbarmt hat, als es ihm so schlechtging und er so verzweifelt war! Hanne hat sich von Onkel und Tante aus dem Hause jagen lassen, weil sie ihm durchaus selbst helfen wollte! Hanne hat ihm Mut gemacht und wieder Freude an der Arbeit gelehrt und dass er wieder vorwärtskommen will! Und Hanne hat's für ihn ohne ein Wort ertragen, dass die Leute sie verlästern, weil er sie nicht heiratet. Er hat nämlich nie in Ihr Haus gewollt wegen seiner Papiere, sonst wären sie längst verheiratet. Und sie müssen's auch sein, denn lange dauert es nicht mehr, dass Hanne … Ach, gnädige Frau, nun habe ich das auch noch ausgeschwatzt, und ich habe der Hanne doch mein Wort gegeben … *Er* weiß das doch noch nicht einmal.«

»Komm, komm, Kind. Weine bloß nicht. Wir sind alle beide alte Klatschweiber, aber das sage ich dir, ich habe noch nie durch eine Klatscherei so viel gelernt wie durch diese. Gottlob, dass ich mit dir gegangen bin, ich hätte ja bei der Hanne in den ersten fünf Minuten mehr verdorben, als ich in fünf Jahren wiedergutmachen kann … Der Oberarzt Leer ist wirklich wie ein kleiner Herrgott.«

Und Frau Wiebe lächelte.

»Wie meinen Sie das, gnädige Frau?«, fragte Marie Jäckel verwirrt.

»Ach, nichts. Ich sprach nur von dem Arzt, der Hannes behandelt. Der wird ihn wieder gesund kriegen, da verlass dich drauf, Kind, uns alle wird er gesund kriegen …«

»Und Sie sind mir bestimmt nicht böse, gnädige Frau? Es ist ja furchtbar nett von Ihnen, dass Sie mich nun ›du‹ nennen. Ich hätte natürlich alles nicht sagen dürfen, aber das von seinem Bruder musste ich sagen, denn der ist wirklich ein schlechter Mensch.«

»Und das ist bestimmt richtig, was Sie mir da erzählt haben? Sie irren sich bestimmt nicht?«

»Wie kann ich mich da irren, gnädige Frau! Ich weiß doch jedes Wort, wie die Hanne es mir erzählt hat. Mit mir hat er ja nicht davon gesprochen. Mit der Hanne hat er auch nie darüber sprechen wollen. Über ein halbes Jahr hat's gedauert, bis sie ihn so weit hatte.«

»Also ist es wirklich wahr, ich kann es noch nicht glauben!«

»Leider ist es wahr, gnädige Frau. Und das Schlimmste war, dass er, den Bruder mein ich, all seine Schlechtigkeiten gar nicht zu ihm direkt gesagt hat, sondern zu Ihrem Mädchen.«

»Still, Kind. Mit seinem Bruder werde ich sprechen. Heute noch. – Aber eines verstehe ich nicht: warum hat mir der unglückselige Junge denn nie ein Wort davon geschrieben? Er musste doch wissen, dass ich, wie sein Bruder auch redet, seine Mutter bin.«

»Gewiss hat er Ihnen geschrieben, gnädige Frau. Aber gewiss doch. Es war freilich nur ein Abschiedsbrief, er hat Ihnen auch alles Geld hineingelegt, das er noch von Ihnen hatte.«

»Ich habe nie einen Brief bekommen.«

»Hanne hat ihn selbst auf das Postamt gebracht. Er war ›Eingeschrieben‹, er muss zu Ihnen gekommen sein, gnädige Frau.«

»Dann ist es schlimm, Marie. Schlimm für ihn – aber schlimmer noch für mich. So – und nun möchte ich mich noch einen Augenblick bei Ihnen hinlegen, ehe ich nun Hanne sehe. Gar zu sehr als uralte Frau möchte ich doch nicht vor ihr erscheinen.«

»Gnädige Frau, Sie und alt!«

»Heute Abend bin ich uralt, Marie, und sehr müde. Aller Dinge müde. Aber danach wird nicht gefragt. Darf es auch nicht. Nur einen Augenblick Ruhe bei Ihnen …«

»Das hat der Hannes auch immer gesagt, als er noch ganz zerfahren war. Wenn ich dann an der Nähmaschine saß, ist er hier auf und ab gelaufen.«

»Der Hannes also auch. Nur, weißt du, Marie, ich laufe lieber nicht auf und ab, ich liege lieber. Wir sind zwar dieselbe Familie, aber das ist eben der Altersunterschied. – Und nun nähe los, dass dein Silberhochzeitskleid fertig wird!«

Und eine Tochter …

Als es zweimal kurz klingelte, sah Marie von der Nähmaschine zu Frau Wiebe hinüber.

»Das ist Hanne«, sagte sie.

»Sie meinen, ich soll ihr aufmachen?«, fragte Frau Wiebe.

»Ja, das wird wohl das Beste sein!«

Sie stand auf, ging zur Tür und wandte sich plötzlich mit einem fast hilflosen Lächeln zu Marie Jäckel um. »Verstehen Sie, dass ich Angst habe und dass mein Herz klopft? So ein Unsinn, ich habe noch nie in meinem Leben Angst gehabt!« – Leiser: »Gebe Gott, dass sie so ist, wie Sie sie sehen!«

»Sie müssen keine Angst haben«, sagte Marie Jäckel tröstend. »Hanne ist noch viel besser …«

Die Klingel schrillte ungeduldig. Frau Wiebe ging über den Gang. Sie öffnete die Tür. Hanne stand im Dämmerlicht des Treppenhauses vor ihr.

»Sie müssen nicht erschrecken, Fräulein Lark«, sagte Frau Wiebe. »Ich bin die Mutter von Johannes. Es geht ihm besser. – Ich wollte Sie gern kennenlernen.«

»Es geht ihm besser …«, wiederholte Hanne mit leiser Stimme. Dann: »Wenn ich Ihnen vorangehen darf – in unser Zimmer.«

Sie standen einander gegenüber, sahen sich an.

»Aber ich kenne Sie ja!«, rief Frau Wiebe erstaunt. »Ich habe Sie schon gesehen! Warten Sie … Sie sind … Sie waren …«

»Ich stand in einem Boot«, sagte Hanne Lark still, »neben Hannes …«

»Und Hannes verbarg sein Gesicht vor mir.«

»Ja, damals hatte er noch Angst.«

»Und nun?«

»Hat er Sie denn noch nicht gesehen? Hat er denn noch nicht mit Ihnen gesprochen? – Es geht ihm doch wirklich besser?«

»Er hat mich gesehen. Er hat zu mir gesprochen – zehn Worte. Und mit diesen Worten verlangte er Sie!«

»Er hat mich verlangt …!«

»Ja, aber jetzt geht es nicht«, sagt Frau Wiebe eilig, als sie sieht, dass Hanne schon wieder nach dem Mantel greift. »Jetzt schläft er …«

»Und wann?«

»Morgen früh um neun.«

»Ach, morgen früh um neun …«

»Wie? Passt es nicht? Geht es nicht?«

»Schlecht, ich habe eine dringende Arbeit. Sie rechnen auf mich in der Halle.«

»Aber das wird sich doch einrichten lassen!«

»Kaum – aber vielleicht kann ich schnell für fünf Minuten kommen.«

»Es muss doch Ersatz zu schaffen sein! Vielleicht ist es nur eine Geldfrage …«

»Es ist nicht nur eine Geldfrage. Seine Arbeit muss man tun – in guten wie in schlechten Tagen.«

»Das sage ich auch!«

»Aber die schlimmen Tage sind nun vorbei. Morgen früh werde ich einen Augenblick an seinem Bett sitzen und ihn ansehen. Ich habe ihn drei Tage nicht gesehen. Und ich habe in diesen drei Tagen nur Angst gehabt, ich würde ihn nie wiedersehen – nicht lebend …«

»Aber Sie unbegreifliches Mädchen!«, rief Frau Wiebe, angerührt von dieser sanften, ehrlichen Trauer. »Warum sind Sie nicht eher gekommen? Warum haben Sie Ihr Herz so gequält!«

»Man hat mir gesagt«, antwortete Hanne Lark still, »dass die Mutter an das Bett des kranken Sohnes gehöre, und das war richtig. Aber Sie verstehen, dass ich, wenn ich das bin, was ich ihm sein will, nicht geduldet an seinem Bett sitzen durfte.«

»Ja, das verstehe ich schon. Sie haben auch Ihren Stolz?«

»Habe ich ihn denn für mich? Er hat mich zu seiner Gefährtin gemacht – für ihn musste ich stolz sein. Wenn er die Augen aufschlug und sah uns beide, so durfte er sich nicht ängstlich fragen: vertragen sie sich auch? Geschieht keiner ein Unrecht? – Ich glaube, ich habe auch ein Recht, an diesem Bett zu sitzen.«

»Ich weiß es, ich habe mit Ihrer Freundin gesprochen. Sie haben eine gute Freundin.«

»Ja, eine sehr getreue ...«

»Ich will ehrlich sein. Wie Sie. Als ich zu Ihnen ging, tat ich es nur, weil Hannes Sie sehen wollte, der Arzt es verlangte. Ich ging nicht gerne. Ich kenne – leider – einiges von den Erlebnissen junger Männer. Ich hatte Sie mir ein wenig anders gedacht ...«

»Und nun?«

»Aber es wäre noch alles anders gekommen, auch wenn ich Sie gesehen hätte, wie Sie sind, wenn Ihre Freundin nicht gesprochen hätte.«

»Was hat Marie Ihnen erzählt?«

»Sie sprach von schlechten Menschen – bei uns und bei Ihnen. Ich habe meinen Stolz gehabt, ich habe vieles gesehen, aber ich habe es geringgeachtet, ich habe dazu geschwiegen. Dann hat mir Ihre Freundin einiges von dem erzählt, was in meinem Hause vorgegangen ist – zwischen Brüdern ...«

»Die Marie hat das erzählt ...?«

»Ja, ich war sehr hochfahrend zu ihr gewesen, ich hatte sie bis aufs Blut gereizt. Und plötzlich begriff ich, dass mein Stolz dumm und leer war, dass ich nicht mehr war als ihr alle – ein Mensch schlechthin, vielleicht weniger als ihr ...«

»Nicht weniger.«

»Vielleicht doch. Ich habe Marie Jäckels Worte noch

nicht vergessen: Sie haben sich seiner erbarmt, als er elend und verzweifelt war. Sie haben ihn zu einem Mann gemacht. Sie haben Spott und Hohn für ihn erduldet.«

Hanne Lark sieht sie unverwandt an. Nun sagt sie verwirrt: »Aber wovon reden Sie? Ich habe ihn geliebt, das ist alles! Ich liebe ihn mehr als mein Leben. Alles andere ist nichts, zählt nicht, wiegt nichts …«

»Ja, Sie lieben ihn wahrhaft. Ich aber, seine Mutter …«

»Er war ein verwöhntes Kind. Auch ich werde Mutter sein, und ich werde in die Fehler aller Mütter verfallen. Tadeln Sie sich nicht: eine Frau liebt anders als eine Mutter.«

»Trotzdem … Nein, Hanne, ich muss jetzt gehen. Ich habe noch einen schweren Weg vor mir. Wenn wir morgen an seinem Bett sitzen, werde ich nur noch einen Sohn haben …«

Hanne Lark schwieg einen Augenblick. Dann sagte sie mit starker Stimme: »Aber Sie werden den einen Sohn haben, der Sie wahrhaft liebt! Und eine Tochter!«

Der Sohn, der ging …

Aus dem alten, weißhaarigen Prokuristen Blohm war längst der junge, blonde Herr Henning geworden: man konnte sich nicht halten in diesem Betrieb, wenn der Chef keinen Gefallen an einem fand.

Der junge Herr Henning, so jung er war, spürte das auch. »Sie müssen doch den Betriebsrat empfangen, Herr Wiebe«, sagte er halb bittend, halb drohend.

»Muss ich, Henning? In meinem eigenen Betrieb muss ich?«

»Ja«, sagte der junge Mann fast verlegen. »Was das Gesetz

vorschreibt, das müssen Sie – auch im eigenen Betrieb, Herr Wiebe!«

»Und das Gesetz schreibt also vor, dass ich meinen Betriebsrat in derselben Sache und im gleichen Monat zum fünften Male empfange?«

»Sie wissen sehr gut, Herr Wiebe …«

»Was weiß ich Ihrer Ansicht nach so sehr gut, Herr Henning?«

»Sie haben nicht einen von den Betriebsratswünschen bisher erfüllt. Sie sagen ›Ja‹ und ›Ich will es mir überlegen‹, aber es erfolgt nie etwas. Dass da der Betriebsrat ungeduldig wird …«

»Um einmal von Ihnen zu reden, Herr Henning, sind Sie ein Vertreter der Arbeiterschaft oder des Arbeitgebers?«

»Ich bin ein Vertreter des Betriebes, Herr Wiebe!«, sagte der junge Mann trotzig.

»Und der Betrieb gehört …«

»Der Betrieb ist nicht ohne die Arbeiterschaft möglich. Ich vertrete auch die Interessen der Arbeiter …«

»Die Sie natürlich dafür bezahlen.«

»Nein, Sie bezahlen mich, Herr Wiebe! Und ich bin leichtsinnig genug gewesen, mir von Ihnen, als ich heiratete, ein Darlehen zu erbitten.«

»Ein jederzeit kündbares Darlehen, Herr Henning! Es ist gut, dass Sie mich daran erinnern.«

»Sie erinnern mich jeden Tag daran, Herr Wiebe!«

»Ich habe Sie noch nie gemahnt!«

»Eben erst, auf Ihre Art!«

»Wenn Ihnen meine Art nicht mehr gefällt, werden Sie sich einen gefälligeren Arbeitgeber suchen müssen, Henning.«

»Sie wissen sehr gut, dass ich das nicht kann, weil Sie mich ruinieren würden.«

»O nicht doch! Wie können Sie so etwas sagen! Trauen Sie mir das wirklich zu?«

»Sie sollten mich nicht auch noch verhöhnen!«

»Da fällt mir ein, dass dieses ganze Gerede sinnlos ist. Ich kann den Betriebsrat nicht empfangen, weil ich verreise.«

»Ich mache das nicht noch einmal, Herr Wiebe! Als ich das vorige Mal auf Ihre Weisung sagte, Sie seien verreist, sind Sie öffentlich im Betrieb umhergegangen! Vor allen stand ich als Lügner da!«

»Scheußlich, scheußlich! Aber morgen bin ich bestimmt verreist.«

»Ich glaube es Ihnen nicht! Sie ...«

»Ich verstand eben: Sie glauben es mir nicht?«

»Das tue ich auch nicht!«

»Sie wollen also, dass wir schon heute unsere kleine Abrechnung regulieren? Wenn ich mich recht erinnere, habe ich mir schon eine vollstreckbare Ausfertigung besorgt. Wir können morgen früh pfänden, Henning ...«

Eine kurze Pause entstand.

Die schleppende, spöttische Stimme hatte sich nicht einmal erhitzt, die junge aber war zehnmal brüchig geworden, war durch alle Register von der Verzweiflung bis zur offenen Widersetzlichkeit gelaufen. Jetzt sagte sie: »Ich weiß nicht ... ich will sehen ... Ach, es ist alles so schrecklich ...«

»Einen Augenblick«, sagte Frau Wiebe und trat ganz ein. »Sie können mit Recht sagen, dass mein Sohn morgen verreist ist. Er wird verreist sein. Ich werde den Betriebsrat morgen Nachmittag um vier sprechen.«

»Gnädige Frau!«, sagte der junge Mann und hatte plötzlich wieder Farbe. Er sah sie verwirrt an, dann lief er überstürzt aus dem Zimmer.

»Da hast du jemanden glücklich gemacht, Mutter«, sagte

Thomas Wiebe spöttisch. »Sein Glück wird leider nur bis zur nächsten Schenkentür dauern – er trinkt neuerdings. Vermutlich, weil er völlig verschuldet ist.«

»Gut«, sagte Frau Wiebe gedankenlos und betrachtete ihren Sohn so aufmerksam, als suche sie etwas an ihm.

Der lächelte. »Wenn du mich so ansiehst, Mutter«, sagte er, »werde ich nach edler Männergewohnheit an meinen Schlips fassen müssen, ob er auch richtig sitzt. – So, das wäre geschehen. – Und was macht unser Sorgenkind Johannes?«

»Ich hatte heute eine Begegnung, Thomas«, sagte Frau Wiebe. »Ich sah jenes gutaussehende Mädchen wieder, das wir im Sommer in einem Boot auf der Havel sahen. Du erinnerst dich vielleicht?«

»Möglich«, sagte er sehr wachsam. »Ich sage immer, du hast das erstaunlichste Personengedächtnis, Mutter.«

»Du erinnerst dich bestimmt, Thomas. Neben ihr hatte zusammengekauert ein junger Mann gesessen, den ich sofort für Johannes hielt. Du versichertest mir dann, du habest sein Gesicht gesehen und es sei nicht Johannes gewesen.«

»Und er war es also doch!« Der dicke Mann war mit einem Ruck aufgestanden, nun lächelte er nicht mehr.

»Ich sehe, Mutter, sie haben mit dir geredet, das Mädchen oder Johannes, vielleicht beide … Sie werden dir erzählt haben, dass ich meinen Bruder verleugnet habe, dass ich einen Brief an dich unterschlagen habe. Du selbst wirst dir schon gesagt haben, dass ich dir das wahre Ergebnis meiner Nachforschungen nach Johannes verheimlichte: ich weiß schon seit Wochen, dass Johannes in Berlin lebt, übrigens mit ebendiesem Mädchen zusammen, das von ihren Verwandten wegen Sittenlosigkeit aus dem Hause gejagt wurde.«

»Richtig, Thomas. Ich komme eben von ihr. Sie ist von heute an meine Tochter.«

»Wie du denkst, Mutter. Wie du es für richtig befindest – soweit es dich angeht. Meine Schwägerin dürfte sie kaum werden.«

»Richtig, Thomas! Jedenfalls wirst du nicht Gelegenheit haben, sie als Schwägerin zu begrüßen.«

»Wenn ich dir das alles aber verheimlicht habe, wenn ich Dinge beging, die man in keinem andern Fall tun würde, so habe ich es nicht um meinetwillen getan, sondern für dich. Ich habe von je mit Besorgnis gesehen, mit welch blinder Liebe du an diesem weichen, unfähigen Burschen hingst. Er konnte Fehler über Fehler begehen, du dachtest im nächsten Augenblick schon nicht mehr daran. Im Anfang hattest du noch ein wenig Kritik, du konntest einige seiner Schwächen erkennen, wenn ich dir die Augen dafür öffnete. Damals kamen wir überein, ihn in die Staaten zu schicken, damit ein Mann aus ihm würde.«

Der dicke Mann sah schwer atmend auf die Mutter, die ihn unverwandt ansah, mit unbewegtem Gesicht.

»Er kam nicht als Mann zurück«, fuhr Thomas Wiebe fort. »Er hat sich drüben nicht bewährt, er kam als Wrack zurück. Ich sah endlosen Kummer für dich voraus, Sorgen, Erschütterungen – für nichts, denn er war von seiner Schwäche nicht durch Liebe und Verwöhnung zu heilen. Ich habe dir diesen Kummer ersparen wollen. Ich habe den Brief vernichtet, in dem er sich übrigens selbst endgültig von dir lossagte. Ich habe geleugnet, ihn gesehen zu haben. Ich habe dir die Berichte vorenthalten, die ihn in einem zumindest zweifelhaften Milieu schilderten. Ist er doch sogar wegen eines Ladenkassendiebstahls verhaftet gewesen, freilich sofort wieder entlassen worden.«

Noch immer bewegte sich keine Miene in dem Gesicht der Mutter.

»Du hast heute ihn gesehen und dieses Mädchen. Unter diesem Eindruck denkst du vielleicht hart über das, was ich getan habe, Mutter. Trotzdem wirst du mir bei ruhiger Überlegung zugeben, dass ich keinen Schritt getan habe, zu dem mich nicht die Sorge um dich bestimmt hat, Mutter!«

Er schwieg endlich und sah sie unverwandt an.

Sie erwiderte den Blick ohne ein Wort.

Er hielt eine Weile aus, dann senkte er das Auge, nahm einen Bleistift vom Schreibtisch und fing an, ihn zwischen den feuchten Händen zu drehen.

»Du bist immer eine wohlüberlegte, nüchterne Geschäftsfrau gewesen, Mutter«, fing er noch einmal an. »Ich fürchte, du hast heute übereilt gehandelt. Du hast eben Henning versichert, ich würde verreisen. Es scheint, du bist mit einem fertigen Urteil hierhergekommen.«

»Ich bin nicht direkt hierhergekommen, Thomas«, sagte die Mutter.

»Nein?«, fragte er.

»Ich war vorher noch in der Villa. Ich habe mit Bertha gesprochen, mit Bertha, die seit fünfzehn Jahren in meinen Diensten steht. Ich habe mir von Bertha eine Schilderung jenes Wiedersehens zwischen zwei Brüdern geben lassen – du erinnerst dich an jene Nacht, als ich im Hamburger Hafen wartete!«

»Diese verlogene Gans!«, sagte er wütend und verlor zum ersten Mal die Fassung.

»Ich habe mich schon manchmal gefragt«, sagte Frau Wiebe ruhig, »warum so viele Menschen in deiner Nähe schlecht geworden sind, Thomas. Du hattest oft recht anständige Mitarbeiter, wie diesen Henning zum Beispiel. Oder Bertha – sie war, als sie zu uns kam, ein durchaus anständiges, zuverlässiges Mädchen. – Sie hat mir übrigens nicht nur von einem brüderlichen Wiedersehen erzählt – sie packt jetzt drüben ihre Sachen.«

»Sie lügt, Mutter, ich schwöre es dir! Entlassene Angestellte wollen einem immer etwas auswischen – das solltest du doch wissen! Und was jene Nacht angeht, so gebe ich zu, ich habe mich hässlich benommen. Ich habe es hundertmal bereut. Aber ich war angetrunken, ich machte mir Sorgen um dich …«

Sie machte eine Handbewegung.

»Wir wollen nicht mehr davon reden. Wozu auch? Du weißt Bescheid, wie ich jetzt Bescheid weiß. Ich denke, wir trennen uns in guter Form. Ich bin noch immer die Besitzerin der Firma – das andere werden unsere Anwälte regeln. Du sollst nicht zu kurz kommen, Thomas.«

Er wurde fahl.

»Mutter«, sagte er. »Du bist meine Mutter – du kannst mich nicht so fortschicken!«

»Du hast nie eine Mutter gebraucht, Thomas! Was du immer an mir schätztest, war mein nüchterner, klarer Geschäftsgeist. Und dieser Geist sagt mir: es ist besser, du gehst jetzt ohne Worte …«

»Sehr richtig, Mutter.« Er lächelte jetzt, ein langes schiefes Lächeln über das ganze Gesicht fort.

»Es bleibt mir nur, dir zu deinen neuen Teilhabern Glück zu wünschen: der verkrachte Auswanderer und das Mädchen aus der Halle!«

»Es ist gut, Thomas«, sagte sie mit Haltung, »dass du das Mädchen aus der Halle nicht vergisst. Sie ist in dieser Stunde mein größter Trost. Und meine stärkste Hoffnung. – Ich will dich nicht aufhalten, Thomas!«

Er stand einen Augenblick zweifelnd.

Da stand sie auf von ihrem Stuhl, ging, ihn scharf ansehend, an ihm vorüber, beinahe zum Berühren nah, und setzte sich auf seinen Platz am Schreibtisch. Saß da, sah ihn an …

Und er ging langsam von ihr zurück. Sein fettes Gesicht zitterte, als wollte er weinen. Aber er weinte nicht.

Er ging rückwärts, fasste mit der Hand auf dem Rücken die Türklinke, öffnete die Tür.

Sie sah ihm starr nach, ohne Blinzeln.

Dann, als die Tür ins Schloss fiel, ließ sie den Kopf langsam vornübersinken. Der stolze Nacken beugte sich, das Gesicht glitt auf die Arme, sie weinte, weinte …

Dann, während sie noch immer weiterweinte, fing die Hand an, blind nach dem Telefonhörer zu tasten. Sie fand ihn, richtete den Kopf auf und drehte die Nummernscheibe.

Mit einer seltsam brüchigen, trostlosen Stimme sagte sie: »Hier ist Frau Wiebe. Wollen Sie mir bitte einmal die Hanne an den Apparat rufen, Kind? – Ja, ich warte – Hanne, bist du das? – Bitte, sage nur ein paar Worte zu mir – ich bin sehr unglücklich. Sprich … Du hast Johannes schlafend gesehen? Es geht ihm gut? Er hat etwas getrunken, o schön, schön. Ich wusste doch, dich musste ich anrufen, um getröstet zu sein. Dank, Hanne, Dank!« –

Zitronen!

Durch die Halle ging ein Geraune, wurde zum Gerücht, zur Gewissheit schließlich: Pottschmidt hat Zitronen!

»Wer?«

»Pottschmidt doch! Der Dicke vom Kurfürstendamm, der immer so schnauft!«

»Ach nee! Der, wo die kleene Hübsche den Stand hat? Da muss ich doch gleich mal sehen!«

»Jewiß doch! Ick sch ooch!«

Es war, als habe sich alles Sehnen und Verlangen der großen Stadt Berlin auf Zitronen konzentriert. Hundert Hausfrauen entdeckten, dass sie nur ein jämmerliches und beklagenswertes Dasein geführt hatten – ohne Zitronen!

»Mutta, wat stehn die Leute da so an?«

»Ick weeß doch nich, Vata! Mal sehn. – Wat stehn Se denn hier so an?«

»Hier jibt et doch Zitronen, Mensch!«

»Wat, Zitronen? Mutta, broochen wa Zitronen?«

»Ick weeß nich …«

»Aba, Mutta, wo de Leute so jieperig druff sind! Nimm 'n Dutzend! Zitronen sind ja imma jut!«

»Du hast recht, Vata, ick werd 'n Dutzend nehmen!«

Das kleine Ladenmädchen lief und lief mit hochroten Backen. Der Helfer karrte Kisten über Kisten heran, brach sie in Hast auf, dass die Deckel splitterten. Rasch, mit lächelnder Miene, verkaufte Hanne.

»Tut mir leid. Mehr als fünf Stück kann ich nicht abgeben. Sie sehen doch, wie viel Leute noch warten!«

»Aba, Frollein, wo wir sechse zu Hause sind – und alle scharf uff wat Saures! Jib ihm Saures, Frollein, det muss wahr sind …!«

»Fünf Stück, mehr nicht!«

Und dabei schlug die Hallenuhr so schnell nacheinander die Viertelstunden. Es war schon acht vorbei, sie schlug viertel – es ging auf halb neun … Sie hat ihn gestern Abend noch gesehen, sie hat sich nicht bezwingen können, sie ist hingelaufen: er schlief. Es war so gut, ihn schlafen zu sehen, ein ganz anderer Schlaf, sie sah es sofort, als die schwere Ohnmacht bei seiner Einlieferung.

Die Schwester hat ihr erzählt, dass er, ruhig weiterschlafend, ein großes Glas Apfelsinensaft ausgetrunken hat: »Wenn wir nur auch Zitronen hätten! Zitronen wären ihm so gut!«

Sie hat Zitronen: eine Tüte mit fünf Stück – gleiches Recht für alle! – liegt bei ihrer Handtasche, aber nun schlägt die Hallenuhr halb neun!

»Wie viel Kisten noch, Franz?«, flüsterte sie dem Packer zu.

»Och, Frollein Hanne, wenn Se doch weitermachen, wer'n se ziemlich bis Mittag reichen!«

Bis Mittag – o Gott, da schläft er schon wieder, und sie freut sich doch so unsinnig darauf, wieder seine Augen sehen zu können, den Blick … Und wenn er nur ein Wort sagt, das eine Wort »Hanne«! Bis Mittag …

»Nur zwei, Frollein!«

»Wie?«

Er hat sie richtig aus dem Geleise geworfen, ihr alter Freund, der pensionierte Schullehrer!

»Sie können aber gerne fünf Stücke haben, wie alle!«

»Wir brauchen aber nur zwei. – Heute lächeln Sie wieder, Fräulein!«

»Ja, heute lächele ich.«

»Es geht ihm also besser?«

»Ja, viel, viel besser!«

»Sehen Sie, ich habe es Ihnen doch gesagt – von Ihnen läuft keiner weg!«

»Ach, lieber Herr, wollen Sie mir einen Gefallen tun?«

»Aber gerne! So gern!«

»Das da drüben an dem Stand ist meine Tante, Frau

Mahling. Wollen Sie die wohl bitten, einen Augenblick zu mir zu kommen?«

»Natürlich! Sofort! – Auf Wiedersehen, Fräulein, und weiter alles Gute!«

»Tausend Dank! Ihnen auch!«

Sie sieht, wie der alte Mann sich durch das Gewühl schiebt, an den recht vereinsamten Stand drüben. Ach, die Tante – wird sie kommen? Und wird sie tun, worum man sie bittet! Sie muss doch mit Neid herübersehen – sie ist doch so. Ganz Berlin ist ohne Zitronen – aber Pottschmidt hat welche! Wie der Mann das nur anstellt! Und ihre Nichte verkauft sie, strahlend, glücklich …

»Na, Hanne, was ist denn? Ihr macht ja heute mal wieder euern Fischzug, alle Kundschaft schnappt ihr mir weg!«

»Ja, nur fünf Stück. Tut mir leid, nein!« Und zur Tante: »Ach, Tante Guste, es geht ihm so viel besser, und ich darf ihn heute zum ersten Mal wach sehen und vielleicht sogar sprechen – um neun Uhr! Und du siehst doch, wie es hier zugeht!«

Die Tante sieht sie durch die Brille mit den kleinen, runden Augen scharf an.

»Das ist schön, dass es ihm bessergeht«, sagt sie, aber es klingt recht grämlich.

»Ja«, sagt Hanne und gibt ihrem Herz einen Stoß. »Und ich soll um neun bei ihm sein, hat der Arzt gesagt – hinterher schläft er gleich wieder. – Tante Guste, sei einmal furchtbar nett und spring hier für mich ein! Nur eine halbe Stunde!«

»Ich?«, sagt Tante Guste, und es hat ihr wirklich den Atem versetzt. »Ich soll für Pottschmidt verkaufen? Zitronen? Wo ich selber keine habe? Und mein Stand bleibt leer?«

»Tu's doch, Tante!«, bettelt Hanne Lark. »Sei einmal

furchtbar nett! Ich finde, du musst ihn und mich ein bisschen entschädigen. Mach's, Tantchen, lass mich nicht so lange betteln!«

»Ich habe noch nie so was gehört! Was sollen denn die Leute in der Halle denken? Wo sie doch alle wissen, wir sind nicht gut miteinander!«

»Die denken dann eben eine halbe Stunde lang, wir sind wieder gut miteinander! Hinterher können wir ja wieder böse miteinander sein – wenn du es durchaus willst! Du kannst mich ja gleich anschnauzen, wenn ich zu spät komme. Ich komme ganz bestimmt zu spät. In einer halben Stunde schaff ich es nie!«

Und Hanne Lark lacht. Sie lacht und verkauft dabei, sie wiegt ab, wechselt Geld, spricht zur Tante – ihre Augen sprühen wieder vor Lebenslust. Sie zieht in aller Biederkeit die gute Tante Guste ein bisschen durch den Kakao. Die gute Tante Auguste Mahling, die gar nicht gesonnen ist, gut zu sein.

»Nein, Hanne«, sagt sie. »Es geht nicht, so gerne ich es auch wollte!« (Die schöne Redensart all derer, die ganz bestimmt nicht gerne wollen.) »Ich kann's wegen der Leute und wegen meines Rufes nicht. Es ist ganz unmöglich.«

»Aber Tantchen!«, ruft Hanne und lässt dabei mit betäubendem Lärm ein Fuder Nüsse in die messingne Waagschale prasseln. »Mein Ruf ist doch jetzt prima! Wir heiraten doch – seine Mutter hat mich schon anerkannt. Weißt du das denn noch nicht?«

»Woher soll ich das denn wissen? Er hat also eine Mutter? Vater ist wohl nicht da?«

Ihre Stimme ist sehr argwöhnisch.

»Statt des Vaters gibt's eine Fabrik, Tante, vom Vater her. Eisenwaren. 377 Arbeiter, 56 Lieferautos, 43 Buchhalter.

Und ich werde Frau Fabrikbesitzer, und wenn wir Betriebsausflug machen, kaufen wir alles Obst bei Mahlings – einen ganzen Lastwagen voll! So, Tantchen, und hier hast du meine Schürze! Lina, sei nett zu meiner Tante, wenn sie auch nicht nett zu dir ist, sie ist nun mal so – und mehr als fünf Zitronen kriegt keiner, Tantchen!«

»Fünf!«, grollt die Tante. »Drei werde ich jedem geben! Nein, nur zwei, mit zwei Zitronen kann man sich auch einrichten. He, Sie, passen Sie doch ein bisschen auf, Sie fallen ja gleich in den Appelkorb – und Sie, drängeln Sie nicht so, deswegen nehme ich Sie nur ein bisschen später dran, wenn Sie so drängeln!«

Ja, nun weht ein anderer Wind am Pottschmidt'schen Stand. Nicht nur die Kundschaft ist unzufrieden, auch Herr Pottschmidt der Große wär's – aber der ist gottlob am Kurfürstendamm.

Jedenfalls rächt sich Tante Mahling für den ihr aufgezwungenen Posten ausgiebig an der Kundschaft, ihre Galle arbeitet zufriedenstellend.

Einmal war sie fast so weit, ein Mensch zu werden. Aber das ist schon wieder halb vergessen. Es ist wie ein böser Traum, der nichts Wahres in sich trägt. Man muss nicht mehr daran denken.

Immerhin, als eine Bekannte erstaunt fragt: »Was, Frau Mahling? Sie verkaufen bei Pottschmidt?«, antwortet sie spitz: »Ich bin für meine Nichte eingesprungen. Meine Nichte wird Frau Fabrikbesitzer. Sie haben 56 Lieferautos und 43 Buchhalter …«

Und sie gluckt mit dem Kopf auf ihren dicken Schultern hin und her wie ein altes Legehuhn in der Sonne!

Gottlob, dass Hanne Lark von alldem nichts sieht und nichts hört. Ihr würde doch ein bisschen ungemütlich bei den sichtbaren Folgen ihrer übermütigen Prahlerei, die doch immerhin ihren Zweck erfüllt, also der Tante Herz bewegt hat.

Hanne Lark läuft im Sturmlauf durch die Straßen Berlins, ihre graue Tüte mit den Zitronen in der Hand. Nur rasch, denn es ist fünf Minuten vor neun!

Als sie um eine Anschlagsäule huscht, prallt sie gegen einen Herrn. Die Tüte platzt, und die Zitronen rollen.

»Zitronen!«, sagt der Herr schnaufend, denn sie ist recht heftig gegen ihn geprallt. »Donnerwetter, geben Sie mir eine ab! Als Entschädigung für die Körperverletzung!«

»Nichts zu machen!«, lacht sie und hat schon ihre Zitronen aufgesammelt. »Die sind für einen wirklich Kranken!«

Und schon läuft sie weiter. Jetzt trägt sie die Zitronen nackt in der Hand, in der einen drei, in der andern zwei.

»Nehmen Se doch eene in 'nen Mund!«, schlägt ein Bengel vor. Alle lachen, sie lacht mit und läuft immer schneller.

Als sie aber schon das Krankenhausportal sieht, wird ihr Schritt langsamer. Ganz langsam tritt sie ein, ganz langsam steigt sie die Treppe empor. Gottlob, da ist wirklich ein Spiegel! Sie sind in diesem Krankenhaus nicht gerade verschwenderisch mit Spiegeln. Sie bleibt also stehen und hält zunächst einen kurzen Überblick über ihr Gesamtäußeres, dann geht es an die Einzelarbeit: Haare, Hut, Gesicht, Nase, Lippen – sitzt das Jackett auch richtig?

Ein letzter ernster Überblick, sie lächelt sich an, und weil sie sich doch ein bisschen albern vorkommt, steckt sie sich rasch einmal die Zunge heraus.

»Danke schön«, sagt der fette Oberarzt Leer hinter ihr. »Nicht die Spur belegt. – Und sonst geht's auch gut?«

Sie dreht sich strahlend um.

»Sonst geht's prima! Und Hannes – Herr Wiebe?«

»Ebenfalls prima, soweit es die Umstände gestatten. – Hat Ihnen Frau Wiebe übrigens einen Besuch gemacht?«

»Aber natürlich!«

»Und?«

»Und – wieso und?«

»Wie fanden Sie sie? Ein bisschen stachlig, wie?«

»Aber Herr Doktor! Die reizendste alte Dame – wir sind schon auf Du und Du! Sind Sie aber ein Menschenkenner!«

Der Arzt ist völlig überwältigt.

»Was?«, fragt er. »Das ist doch nicht Ihr Ernst!«

»Aber natürlich! Haben Sie denn etwas anderes erwartet?«

»Die reizendste alte Dame – und sie hat mich einen kleinen Herrgott genannt! Blamiert – bis auf den Grund des tiefsten Meeres blamiert! – Auf Wiedersehen, mein Fräulein! Eigentlich wollte ich mit Ihnen in das Krankenzimmer, aber nun werden Sie mit Ihren Zitronen allein hineingehen müssen! Reizendste alte Dame …«

Er entfernt sich, betrübt schnaufend. Lachend sieht ihm Hanne Lark nach.

Aber dann wird ihr Gesicht ernst.

Auf Zehenspitzen geht sie bis an die Tür seines Zimmers, neigt den Kopf, lauscht … dann klopft sie leise, und während sie noch klopft, fängt ihr Gesicht – bei ganz ernst bleibenden Augen – zu lächeln an.

Sie öffnet die Tür.

»Siehst du, da ist sie!«, tönt ihr Frau Wiebes Stimme entgegen. »Er wollte mir nicht mehr glauben, Hanne, weil es schon sieben Minuten nach neun ist.«

Aber sie hört Frau Wiebes Stimme nicht mehr, sie sieht sie auch nicht. Sie sieht nur das hagere Gesicht, das sich mühsam, ruckweise aus den Kissen sich ihr entgegenhebt.

Langsam nähert sich ihr Gesicht diesem fremd-vertrauten Gesicht – sie weiß nicht, dass sie geht.

Das Gesicht kommt näher und nah, die Augen fangen an zu leuchten.

Sie sagen sich die tausendmal gesagten Worte, die ihnen – wie ihre Liebe – immer neu bleiben:

»Hanne!«

»Hannes!«

»Dass du wieder da bist!«

»Dass ich dich wiederhabe!«

Sie kniet neben seinem Bett, ihr Gesicht ist in der gleichen Höhe wie seines.

»Oh, wir sind glücklich, Hanne!«, sagt er. »Sind wir glücklich?«

»So glücklich …«

»Gib mir deine Hand …«

Die Zitronen rollen ein zweites Mal auf die Erde.

Mit einem seligen Lächeln sagt sie: »Ich habe dir Zitronen mitgebracht, Hannes!«

»So glücklich …«, antwortet er.

Ende

Nachwort

Die Geschichte dieses Buches – rekonstruiert nach der Korrespondenz Falladas – beginnt mit dem 15. September 1939. Es ist das Datum einer Anfrage des Tonfilm-Studios Carl Froelich & Co. bei Hans Fallada in Carwitz, Post Feldberg/Mecklenburg: ob er zu einem Gespräch in Berlin bereit sei. »Wir sind zur Zeit damit beschäftigt, als nächsten Carl Froelich-Film einen Stoff vorzubereiten, der uns als besonders zeitnah, sowohl dem Milieu wie auch der künstlerischen Zielsetzung nach, auch für Sie interessant erscheint.« Fallada zeigt keine große Lust. Er sitzt am Roman »Der ungeliebte Mann«, außerdem waren seine bisherigen Erfahrungen mit dem Filmgeschäft nicht die besten: die Mitarbeit an der Verfilmung von »Kleiner Mann – was nun?« hat er abgebrochen, die Filme »Altes Herz geht auf die Reise« und »Der weite Weg« wurden abgesetzt. Vielleicht aber verspricht er sich von einer Zusammenarbeit mit Spielleiter Professor Carl Froelich, dem Vorsitzenden der Reichsfilmkammer, mehr Erfolg, auf jeden Fall aber dies: sein »Finanzschifflein« mit etwas »Ballast« ausstatten zu können. Das gesteht er Heinrich Maria Ledig, Sohn des Verlagsgründers Ernst Rowohlt und derzeit Geschäftsführer des Rowohlt-Verlages, der seit Ende 1938 als Tochtergesellschaft der Deutschen Verlags-Anstalt geführt wird. An Prof. Froelich schreibt er, noch zögernd, am 17. September seine Bedingungen: Er müsse allein arbeiten und könne nur die Grundlagen für einen Film in Form einer Erzählung oder eines Romans schreiben. Als Froelich einverstanden ist, fährt Fallada nach Berlin zum Studio in Tempelhof. Ledig bekommt einen ausführlichen Bericht über das Gespräch bei Prof. Froelich: »Also ich soll einen Heimkehrer-Film schreiben, [über] einen Auslandsdeutschen, der aus Amerika heimkehrt und durch ein Mädchen aus dem Volke mit dem Namen Zarah Leander zum neuen Deutschland bekehrt wird. Es soll aber in dem ganzen Film kein Wort von Politik geredet werden, die Menschen sollen Nationalsozialisten sein, aber nicht davon sprechen. Ich denke, ich kann das machen, zumal ich die Idee habe, das nicht als Buch zu schreiben, sondern in losen Skizzen. Ich muß bis zum 15.11. abliefern, was wieder eine Schinderei ist, aber das hilft ja nichts.« (27. September)

Ende September unterschreibt Fallada den Vertrag mit dem Froelich-Studio. Er verpflichtet sich, eine Filmerzählung zu schreiben, die von den dramaturgischen Mitarbeitern zu einem Drehbuch für einen Film mit Zarah Leander gestaltet werden soll. Das Honorar: 25 000 Reichsmark.

Neben dieser Vereinbarung erhält Fallada – wie es heißt – »besondere Richtlinien« und eine illustrierte Filmbeschreibung des Stummfilms »Zuflucht«. Es ist Froelichs Idee, aus seinem alten Film einen neuen zu machen. Immer wieder legt er Fallada ans Herz, darauf zu achten, dass dies auch im Titel zum Ausdruck kommt, und Fallada ergänzt seinen eigenen Titel um eine Unterzeile: Zuflucht, in Klammern.

Dass er die »Richtlinien« – zumindest in einem Punkt – nicht so ernst zu nehmen gedenkt, wie sie gemeint sind, spricht Fallada in einem Brief an Froelich vom 30. September unumwunden aus. Nach den Vorgaben sollte der spätere Heimkehrer beim »Durchbruch der nationalsozialistischen Bewegung« aus weltanschaulichen Gründen sein

Elternhaus verlassen – für Fallada keine brauchbare Ausgangssituation. Er sucht eine unpolitische, unverfänglichere. Nun habe er es sich so zurechtgelegt, schreibt er, dass der junge Mann aus dem von Mutter und Bruder geleiteten Familienbetrieb in den Zeiten der höchsten Arbeitslosigkeit fortgeht, weil er mit den Entlassungen nicht einverstanden ist. »Das ist ein sehr schöner Konfliktstoff.« Und so unterbricht er den »Ungeliebten Mann« und macht sich an die Arbeit: »Ein politisches Wort wird vereinbarungsgemäß nicht darin gesprochen, trotzdem ist das Thema natürlich heikel«, schreibt er Ledig. Am 2. Oktober beginnt er mit der Niederschrift, handschriftlich. Er scheint alles im Kopf zu haben, denn er schreibt, auf liniertem Papier, mit exakt gezogenem 2 cm breitem Rand, ohne nennenswerte Korrekturen das Manuskript herunter.

Am 7. Oktober, nach der ersten Arbeitswoche in »atemberaubendem Tempo«, gesteht er Froelich sein Unbehagen an der Einleitung und stellt ihm anheim, sie fortzulassen. »… es war mir in den Staaten, wo ich die Menschen und Verhältnisse nur durch die Bücher kenne, nicht ganz gemütlich.« Froelich wird diese Einleitung, die Fallada »Vorspiel« nennt, um sie von vornherein gegenüber dem »Hauptstück« herunterzuspielen, nicht streichen, bedient sie doch am vordergründigsten nationalsozialistische Propaganda. Noch einmal, am 11. November, äußert Fallada Ledig gegenüber die Vermutung (Hoffnung?), dass »sie« – die Froelich-Leute – »das ganze Vorspiel weglassen werden, denn sie wollen ja einen Leander-Film drehen«. Heinrich Maria Ledig macht von dem Moment an, als er das Manuskript in den Händen hat, kein Hehl aus seiner Meinung zum Vorspiel. »Ganz wie Sie finde ich, daß der Film auf das Vorspiel verzichten sollte.« Und im selben Brief vom

13. November versucht er, Fallada auf die Notwendigkeit einer Umarbeitung vorzubereiten, wenn es zum Vorabdruck des Manuskriptes in einer Zeitung oder zur Buchausgabe kommen sollte, die er für den Zeitpunkt ins Auge fasst, sobald der Film fertig ist: »Auch da müßte man das Vorspiel wohl fortlassen, fragt sich nur, ob man dann nicht das Manuskript doch noch etwas umschweißen müßte und ob Sie dazu Lust haben?«

Ledig, der um Falladas Not weiß, sich sein Amerika-Bild aus zweiter Hand zu besorgen, gibt seinem Autor Hinweise, wie er mit benutzter Literatur umzugehen hat, und in diesem Zusammenhang fällt der Name Smitter. Gemeint ist offensichtlich das Buch »Ein Mann – und etwas mehr« von Wessel Smitter, aus dem Amerikanischen übersetzt von Wolfheinrich von der Mülbe und 1939 in der Deutschen Verlags-Anstalt erschienen. Es ist möglich, dass Ledig, exzellenter Kenner der amerikanischen Literatur, Fallada dieses Buch selbst empfohlen hat. Roman aus Detroit, lautet sein Untertitel, und viele Details über die Fließbandarbeit, die Johannes Wiebe in dem Detroiter Motorenwerk bis in die Alpträume hinein peinigt, hat Fallada offenbar hieraus – bis hin zu jenem disziplinarischen Spaziergang zum Einlasstor, den der Werkmeister mit Johannes macht, um ihm die Schlangen der Arbeitsuchenden zu zeigen, getrennt in Weiße und Farbige.

Trotz des eigenen unguten Gefühls und trotz der Kritik Ledigs lässt Fallada auch in den späteren Fassungen dieses Vorspiel stehen. Es hat eine gewisse dramaturgische Funktion, weil hier die Knoten geschürzt werden, die eine liebende Hand später zu entwirren hat. Es geht allerdings mit den Zugeständnissen an deutsch-nationalen Chauvinismus und – ausgerechnet! – an Rassismus weiter als die Konzessionen, die Fallada im Hauptteil macht. Warum? Haben die »Richtlinien« es ihm abverlangt? Warum verleugnet sich Fallada, der Anwalt der kleinen Leute, der Ankläger sozialer Ungerechtigkeiten derart selbst? Hier liegen die Widersprüche im Leben Falladas, der – ein »unerwünschter Autor« – den Nationalsozialisten gegenüber zwar voller Vorbehalte, zu bestimmten Kompromissen aber auch bereit war, wie er in seinen Erinnerungen an die Umarbeitung des »Eisernen Gustav« auf Goebbels Wunsch selbst bekannte: »Ich liebe nicht die hohe Geste, vor Tyrannenthronen mich sinnlos, niemandem zum Nutzen, meinen Kindern zum Schaden, abschlachten zu lassen, das liegt mir nicht …«

»Aber jetzt bin ich in und um die Zentralmarkthalle tätig, und da fühle ich mich wohl«, schreibt Fallada in jenem Brief vom 7. Oktober an Froelich. Mit dem Hauptstück ist Fallada wieder bei dem Stoff, den er kennt und der ihm liegt. Er weiß, wie die Leute, über die er nun erzählt, aussehen und reden, sei es ein Berliner Wachtmeister, ein Arzt oder ein Obsthändler. Jetzt fällt auch das Statische der Amerikasequenzen weg, und von der Idee, lose Skizzen zu schreiben, die noch bei den »Reisebildern« existiert haben mag, hat sich Fallada offensichtlich verabschiedet. Ledig erhält Meldungen über den Fortgang der Arbeit: »… ganz gut in Gang gekommen« (5. Oktober), »… gut zwei Drittel liegen hinter mir« (14. Oktober), und antwortet: »Ich muß schon sagen: ›Romankacker‹ ist für solche Leistungen schon gar nicht mehr die ausreichende Bezeichnung.« Am 20. Oktober beendet Fallada die Niederschrift – 168 Seiten – und macht sich, weil er keine Sekretärin gefunden hat, der er diktieren könnte, selbst ans Abschreiben: »seufzend, zähneknirschend und mich vertippend«. Auf jeden Fall will er den Ablieferungstermin halten, und tatsächlich schickt er am 5. November drei Exemplare an Carl Froelich und eine Kopie an den Rowohlt-Verlag.

Ungeduldig wartet Fallada auf Reaktionen. Endlich der Brief von Ledig, der neben den erwähnten Passagen zum Vorspiel dem »lieben Meister« viel Lobendes zu sagen hat: Er habe die Sache großartig gemacht; aus einer sentimentalen und kitschigen Fabel sei doch noch ein lebenswirkliches Geschehen geworden. »Ausgezeichnet finde ich alle Szenen in der Halle, aber auch die im Krankenhaus (die Figur des Arztes ist unerhört echt), prächtig die Mahlings, besonders das giftige Gustchen, überzeugend die Schurken Thomas Wiebe und Emil Schaken.« Und dann am 21. November ein Telegramm von Froelich: »Gratuliere Ihnen und uns zu dem Buch.«

Zu diesem Zeitpunkt scheint Fallada noch eine ganz gute Meinung über seine abgelieferte Arbeit zu haben. Er kann sie nicht überbewertet haben, denn dass er nicht nur die »Richtlinien«, sondern auch ein unkritisches Unterhaltungsbedürfnis bediente, muss ihm bewusst gewesen sein. Aber er hat auch viel von seiner Lebens- und Schreiberfahrung einfließen lassen und aus den Vorgaben originelle Figuren entwickelt und vor allem eine Liebesgeschichte in einer Konstellation, die ihm am Herzen liegt: der lebensschwache Träumer und die starke Frau, die ihm zum Glauben an sich selbst verhilft. In der einfachen, schlichten Konstruktion des Märchens, in der das Gute über das Böse siegt, legt Fallada sein erzählerisches Gewicht auf das Kräfteverhältnis zwischen den beiden Liebenden, die sich endlich als Gebende und Nehmende immer ähnlicher werden.

Das »Mädchen aus dem Volk« sollte es sein, das dem Grübler und Zweifler die frohe Botschaft von der Volksgemeinschaft nahebringt. Fallada versucht, diese Aufgabe zu unterlaufen, und überzeugender als Hannes Lehrsätze aus dem Propaganda-Apparat ist für den Heim-ins-Reich-Kehrer dann doch die Wirkung ihrer Persönlichkeit. Fallada erklärt das Froelich, am 14. Oktober, und zwar so diplomatisch, dass dieser gar nicht anders kann, als die Kröte zu schlucken. Er habe sich genau an das gehalten, was man ihm gesagt habe, nur würde er den Begriff »Volk« nicht so sehr betonen. »... ich habe ein unverbildetes, freies, gläubiges Mädchen, das in seiner Liebe und in seinem Glauben stark ist, geschildert. Es ist eine schöne Mädchenfigur geworden, die dem Helden wirklich ohne Rederei durch ihr bloßes ›Sein‹ hilft und aufrichtet – das müßte die Rolle für jede Frau sein, die wirkliche, mätzchenfreie Liebe spielen kann.«

Es ist die Rolle, die Froelich für Zarah Leander vorgesehen hat. Fallada und Ledig sind sich in ihrer Skepsis einig. »Weiß der Henker«, meint Fallada, »was er sich unter einem einfachen Mädchen aus dem Volk für Zarah vorgestellt hat.« Und Ledig: »Ich nehme aber an, daß sie ihren obligatorischen Song schon an irgendeiner Stelle los werden wird.«

Im Dezember erfährt Fallada, dass Mathias Wieman den Johannes Wiebe spielen will. Es finden mehrere Gespräche zur Überarbeitung des Treatments statt. Was und wie Fallada überarbeiten soll, geht aus dem Briefwechsel nicht hervor, wohl aber, dass ihm von nun an die Arbeit immer verhasster, die Geschichte immer fremder wird. »Leander-Bockmist« nennt er sie dem Freund Peter Zingler gegenüber. Am 5. Januar 1940 meldet er an Ledig, dass er sich, »bewaffnet mit den Froelich-Vorschlägen«, wieder an die Arbeit macht, am 15. Januar, dass eine »völlige Umarbeitung besprochen« ist. Mindestens ein Drittel, wahrscheinlich die Hälfte, das steht fest, wird er umschreiben müssen – »eine Arbeit zum Kotzen«. Er bittet Ledig, wenn er das Manuskript später lesen wird, immer zu bedenken, dass jede Änderung vom Studio veranlasst worden ist. »Und Wünsche haben diese Leute! Und eine Phantasie – wie die Köchinnen! Na, Geld wird nicht bei Tage verdient!« (5. Februar)

Die Bearbeitung soll er nach den Randbemerkungen in den Manuskripten vornehmen. Auch Mathias Wieman hat Vorschläge gemacht, seine Bemerkungen beziehen sich auf ganze Szenenfolgen. Als Fallada Anfang Februar von dem Direktor des Studios, Friedrich Pflughaupt, die Nachricht erhält, seine Umarbeitungen zu unterbrechen, um noch einmal weitere Weisungen abzuwarten, ist er »völlig verzweifelt« und klagt über die »deprimierenden Arbeitsbedingungen«. Am 25. Februar schickt er dann die zweite Fassung – über die Hälfte ist neu – an das Studio Froelich. Anfang April hört er von Pflughaupt, dass die zweite Fassung im Studio nicht gut angekommen sei. Für die Drehbuch-Arbeit sollen trotzdem beide Fassungen benutzt werden. Fallada ist enttäuscht über den Misserfolg seiner monatelangen Arbeit, räumt aber ein: »Freilich ist sie eben gestückelt und nicht gewachsen.« (8. April) Im September unterrichtet ihn der Direktor davon, dass sich die verschiedenen Drehbuchfassungen immer weiter von der Vorlage entfernt hätten: »… es wird nicht ganz leicht sein, den Zauber, welchen sie ausstrahlte, wieder einzufangen.« Vorläufig hätte es aber damit noch Zeit, denn die Besetzung mit Frau Leander sei unwahrscheinlich geworden. Man hätte inzwischen andere Aufgaben für sie gefunden.

Nach mehr als zwei Jahren, am 10. Dezember 1942, meldet sich Pflughaupt plötzlich wieder bei Fallada. Man sei nun nicht mehr »von Kopf bis Fuß auf Frau Zarah Leander« eingestellt und wolle jetzt das Treatment noch einmal prüfen. Da im Archiv nur noch die von Pflughaupt weniger geschätzte zweite Fassung aufzufinden sei, bittet er Fallada, ihm die erste Fassung noch einmal zu schicken. Das besorgt Fallada umgehend. Schon am 14. Dezember schickt er ein Heft ab, das er, »Schweiß und Blut schwitzend, aus den verschiedensten Exemplaren und Fassungen« zusammengestellt hat. Ein halbes Jahr später, am 30. Juni 1943, schickt Pflughaupt, der bei einem Bombenangriff seine Wohnung verloren hat, die erste und zweite Fassung »als Vorsichtsmaßnahme« an Fallada zurück. Aus der Verfilmung würde vorerst nichts werden. »Der richtige Augenblick hierfür scheint erst einmal verpaßt zu sein. So verbleibt also nur die Hoffnung, daß wir den Stoff später einmal wieder ausgraben können.« Im Februar 1944, nachdem die Ateliers bei einem Luftangriff völlig zerstört worden sind, erhält Fallada noch einmal Nachricht: Er wird gebeten, mitzuteilen, ob er noch ein Exemplar der ersten Fassung besitze. Fallada, derzeit Patient in den Kuranstalten Westend, bestätigt, dass er noch ein Exemplar in Carwitz habe und, wenn gewünscht, die Übersendung veranlassen würde. Aber es folgt nichts mehr, und das ist dann auch das Ende des nie gedrehten Films.

Geblieben sind einige Text-Exemplare – vom Studio hektographierte Fassungen und undatierte Typoskripte, die mit sinnentstellenden Schreibfehlern behaftete Abschriften von Abschriften zu sein scheinen –, wobei unklar ist, welche Arbeitsfassungen jeweils zugrunde liegen und ob sie von Fallada autorisiert sind.

Erhalten geblieben ist das handschriftliche Manuskript mit der Notiz: Begonnen am 2. X. 39 – Beendet am 20. X. 39.

Ein Dokument aus der Fallada-Biographie und ein Zeugnis dafür, wie das Erzähltalent Fallada trotz des auferlegten Korsetts Geschichten von *Menschen* zu erzählen versteht.

Almut Giesecke

Zu dieser Ausgabe

Textgrundlage dieser Ausgabe ist die erste Veröffentlichung des Manuskriptes von *Hans Fallada, Dies Herz, das dir gehört (Zuflucht)*, die 1994 im Aufbau-Verlag erschien. Diese beruht auf der ersten handschriftlichen Fassung, die sich in der Stiftung Archiv der Akademie der Künste, Berlin, befindet. Der vorliegende Text wurde in Interpunktion und Ortographie den Regeln der Rechtschreibreform von 2006 angepasst. Häufungen von Satzzeichen (Gedankenstriche, Auslassungspunkte, Frage- und Ausrufezeichen) sind weitgehend auf ein zum Kontext passendes Zeichen reduziert. Die von Fallada nicht immer konsequent eingehaltene Kennzeichnung von gedachter Rede durch einfache Anführungszeichen wurde in allen entsprechenden Fällen angewandt. Versehentlich ausgelassene Wörter oder Dialogteile sind nach einem Typoskript ergänzt, das der Handschrift am nächsten kommt und möglicherweise zu den von Fallada selbst abgetippten Exemplaren gehört. (Es befindet sich im Besitz von Herrn Hans Haupt, Berlin.) Ebenfalls nach diesem Typoskript sind Absätze eingerichtet, überlange, mit Komma verbundene Satzfolgen durch Punkte getrennt und in einzelnen Fällen Wortstellungen geändert. Aus dem Typoskript wurde auch der Name *Meisenstraße* (in der Handschrift *Dieunddiestraße)* für die Straße, in der sich die Fabrik der Wiebes befindet, entnommen. Vom Autor verwechselte Namen wurden korrigiert.

Die im Nachwort zitierten Briefe von Fallada, H. M. Ledig, C. Froelich und F. Pflughaupt befinden sich ebenfalls in der Stiftung Archiv der Akademie der Künste, Berlin. Bei der Wiedergabe der Zitate wurden offensichtliche Schreibfehler korrigiert.

A. G.